蔡葩◎著

多少

雅

以

重

现

人民出版社

序言 再说找回南洋

韩少功

海南岛在汉代已设置郡县，并入中央帝国的版图，但仍是"天高皇帝远"，与中原的关系处于若即若离和时密时疏的状态，于是才有南北朝冼夫人率一千多黎洞归顺朝廷的故事。没有疏离，何来归顺?

北宋以后，在蒙古、突厥等北方游牧民族板块的挤压之下，华夏文明中心由黄河流域向长江流域偏移，帝国对海南的控制和渗透渐次加强。特别是从明朝开始的大批移民，沿东南沿海推进，渡过琼州海峡，汉人群落在海南形成了主导地位。"闽南语系"覆盖闽南、台湾、潮汕以及海南，给这一次移民留下了明显的历史遗痕。丘浚、海瑞等一批儒臣，后来都是在闽南语的氛围里得以成长。

至此，海南最终完成了对华夏的融入，成为了中原文化十分重要的向南延伸。但观察海南，仅仅指出这一点并不够。处于一个特殊的地缘区位，海南与东南亚相邻与相望，与南洋文化迎头相撞，同样伏有南洋文化的血脉。所谓"南洋"，就大体而言，"南"者，华夏之南也，意涉岭南沿海以及东南亚的广阔地域，其主体部分又可名之为"泛印度支那"，即印度与支那（China，中国）的混合，源自南亚的伊斯兰教与源自东亚的儒学在这里交集并存，包括深眼窝与高颧骨等马来人种的脸型，显然也是印度人与中国人在这里混血的产物。至于"洋"，海洋也，从海路传入的欧洲文化也，在中国人的现代词汇里特指16世纪以后的西风东渐，既包括荷兰、西班牙、葡萄牙等第一批海洋帝国的文化输入，也包括英国、法国、德国等第二批海洋帝国的文化输入。"洋火""洋油""洋葱""洋灰"（水泥）等，就是这一历史过程留下的各种新词，很早就被南洋居民们习用。

眼下从中原来到海南，人们会常常发现岛上风物土中寓"洋"。街市上的骑楼，有明显的欧陆出身，大概是先辈侨民从海外带回的建筑样式。排球运动的普及，同样有明显的欧陆烙印，以至文昌县为全国著名的"排球之乡"，几乎男女老少都熟悉这种洋体育，对太极拳与少林拳倒是较为陌生。还有语言："老爸茶"频频出现于海南媒体，但明眼人一看便知"爸"是 bar 的误译。体育习语如"卖波"（我的球），"奥洒"（球出界），当然也分别是 my ball 与 out side 的音译。如有人从事跨语际比较研究，肯定还可在海南方言中找到更多隐藏着的英语、法语、荷兰语——虽然它们在到达海南之前，可能经过了南洋各地的二传甚至三传，离原初形态相去甚远。

有些历史教科书曾断言中国在鸦片战争以前一直闭关锁国，其实这种结论完全无视了汉、唐、元、明等朝代的"国际化"盛况，即使只是特指明、清两朝，也仅仅适合于中原内地，不适合同属于中国的东南沿海。当年郑和下西洋，并非一个孤立的奇迹，其基础与背景是这一地区一直在进行大规模的越洋移民，一直在对外进行大规模的文化交流和商业交往，并且与东南亚人民共同营构了巨大的"南洋"。据说海南有三百多万侨胞散居海外（另说为五百多万），足见当年"对外开放"的力度之大，以至于现在还有些海南人，对马尼拉、新加坡、曼谷、西贡的街巷如数家珍，却不一定知道王府井在何处。

南洋以外还有东洋，即日本与高丽。两"洋"之地大多近海，其中相当大一部分，曾是中央帝国朝贡体系中的外围，受帝国羁制较少，又有对外开放的地理条件和心理传统，自然成了 16 世纪以后亚洲现代化转型的排头兵。在很长一段历史时期内，在西方的"民族国家"（nation-state）理念广为流播之前，亚洲多数国家的管辖边界和主权定位并不怎么清晰，海关、央行、国籍管理等诸多国家体制要件尚未成熟，以至于中、越两国的陆地边界到 20 世纪末才得以勘定签约。在这种情况下，孙中山先生领导的民主主义革命最初以南洋为基地，是一件再自然不过的事情。这场革命以改造中国乃至亚洲为目标，但最初完全依赖南洋的思想文化潮流、资金募集、人才准备，几乎就是南洋经济和文化所孕育出来的政治表达，海南的宋氏家族以及黄埔军校里一千多海南子弟，自然成为了革命旗下活跃的身影，其倡导现代化的纷纭万象，非后来的海南人所能想象。南洋人民相互"跨国革命"的现象也屡见不鲜，侨民们穿针引线和里应外合，新派人士天下一家，与法国大革命以后欧洲的各国联动颇为相似，直到反美的"印支战争"期间仍余绪未绝，比如在胡志明的人生故事里，国界就十分模糊。

不过，"民族国家"的强化趋势不可遏止。以蒋介石为代表的江浙资产阶级，以毛泽东为代表的湘川农民大众，成为革命的主力，是中国现代史上后来的情节。这是孙中山革命阵营的进一步扩大，是从南洋开始的革命获得了中原这个更大的舞台，当然也是中国革命者们"民族国家"理念初步成型的表现。有意思的是，作为一个象征性细节：孙中山先生正是在获取内地各种革命资源之后，才放弃了文明棍、拿破仑帽、西装革履等典型的南洋侨服，创造了更接近中国口味的"中山装"。他肯定有一种直觉：穿着那种南洋侨服，走进南京或北京是不方便的。也就是从这时开始，随着民族国家体制的普遍推广，东方巨龙真正醒过来了，只不过这一巨龙逐渐被分解成中国龙、越南龙、泰国龙以及亚洲其他小龙。九龙闹水，有喜有忧。印尼、马来西亚、越南等地后来一再发生恐怖的排华浪潮，而中国岭南地区的很多革命者，也曾在"里通外国""地方主义""南洋宗派主义"一类罪名下，多次受到错误政治运动的整肃。作为一个民间性的共同体，"南洋"已不复存在。"南洋"不再是一个温暖的概念，而是一段越来越遥远并且被人们怯于回忆的过去。

南洋历史，南洋与中原的互动历史，还有南洋与中原互动历史对现代中国的影响，其实都是了解中国与世界的重要课题——其研究需要更多人力投入。眼下，随着欧洲殖民主义从香港和澳门最终撤走，随着"10+1"（东南亚十国加中国）互助蓝图的展现，随着经济跨国化与文化全球化的大浪汹涌，重提"南洋"恐怕并非多余。

这并不是要缅怀往日中央帝国的朝贡体系，而是在民族主义与国家主义之外，获得一种人类共同体多重化与多样化的知识视野——还有善待邻人与远人的胸怀。

代序　找回南洋

韩少功

在海南岛生活多年以后，我一直希望有条件的朋友写一本有关南洋的书，填补我的知识空白。

所谓"南洋"，是一个跨国性的人文地理概念，旧指东南亚广阔的环海地域。广义的南洋文化圈，似乎也包括中国岭南的一脉近海城乡，如香港、澳门、广州、海南等等。在中国人以前的俗称里，"南洋"既区别于欧洲"西洋"，也区别于日本"东洋"，但同著一个"洋"，显示出它也是一片现代化风生水起之地，曾先于沉闷和迟重的中国内陆，上演过轰轰烈烈的文明革新运动。陈序经在中国最先提出"全盘西化"论，不失为这种南洋文化的学术领唱。孙中山领导的民主革命，早期主要依托着南洋的思潮、风气、人力以及物质资源，从某种意义上来说正是南洋文化所孕育的政治狂飙。

陈序经与孙中山的时代已经远去，在诸多历史叙事的编织和覆盖之下，南洋的面目已模糊不清。除了《星星索》一类遥远的歌谣，当下的中国人还能记得什么"南洋"？还知道多少"南洋"？走在今天海南的城乡，斑驳的骑楼，低矮的茶吧，冷落的旧渔港，还有椰林深处荒废的铁桥或球场，构成了仅有的一点历史遗痕，像一场烈火燃烧过以后的零落灰烬，让人难以辨识往日的面目。不仅是渡海南游的很多大陆客，就是很多海南人自己，也难以想象当年海岛上外国领馆林立的奇观，难以想象早期黄埔军校里竟有一千多海南子弟的史实，更难以想象东南亚各国商人、渔民、学者、革命义士等等在此吞吐如潮共图伟业的盛况。直到民国成立，逐渐强化的民族国家边界把南洋大卸八块，于是南洋的历史遂告冷却，海南成了中国版图中一个边缘小岛，只能目送着中国革命与发展的中心舞台逐渐北移。而一段辉煌的历史，从此就渗入沙土和飘入丛林，与人们一次次擦肩而过。

海南作家蔡葩是个有心人，近年来避开某些文化时尚的喧哗，潜心搜寻和辨析历史的残迹，一心把过去的时光唤醒。在她深情灌注的笔下，一个个曾经生活在南国椰岛的学者、军人、医生、渔民、名媛、富商，终于抖落岁月的尘埃，走出遗忘的暗层，与当代读者实现了迟到的相认。细心一些的读者不难看出，这些人的故事发生在陆之南和海之北，既凝结着内陆文化的千年重负，又集聚着南洋文化的八面来风；既连接了文化的世代更迭，又横跨了文化的地域板块——他们与内陆和南洋都有诸多血缘的、经历的、知识的、习俗的联系，使他们在动荡的整个二十世纪见证了特有的交汇和挤压，特有的爆发和沉寂，还有非同寻常的欣悦与悲凉。他们在历史中匆匆掠过的身影，不能不使我们掩卷之时，两目空茫，一声叹息。

这当然还说不上是一本完整而翔实的南洋史，但历史从来就是人的历史，更是普通人的历史。蔡葩的写作，也许就是重新找回南洋的一个开端。这个开端所指向的各种人生远岸，还有众多普通人思想和情感的纵深，有待我们进一步的探寻和想象。

2004 年 12 月 31 日于海口

序言二　生活的过去进行时

海南省作协主席、学者　孔见

一棵树长大了，就有许多可以拣拾的落叶；人在地面上活久了，就有许多可以回味的往事。什么时候，正在经历的总是比经历过的要少，失去了的永远比得到的要多，只有不计量的心，不增也不减。然而，人心通常都是有计量的，那些被时间无情地遗弃和埋没的事物，人们并不那么轻易就撒手，他们总是通过某种方式挖掘出来，重新加以修改装订，像著作家把一本绝版多年的书改头换面加以再版。因为当下进行中的生活，说什么也显得单薄和寻常，而原本看似寻常、单薄的生活，经过若干年风雨浸泡之后再来追忆，就有了股说不出的劲儿，仿佛是腌在老坛子里的白菜，甜酸苦辣什么味道都有。这就应了某个人说过的话，一种东西的价值，只有在你丧失之后才能显示出来。爱情是什么滋味，恐怕要数失恋者最清楚。在回忆的舌尖上，苦涩的果子会变得甜蜜，甜蜜的果子也会变得苦涩。回忆是一种神秘的溶液，总是改变着事物的性质。

和别人一样，我也曾经年轻过，那时候生活对我而言是一种期待。期待中的事情最折磨人的是它的不确定性，以及由此而来的内心的焦灼和躁动。期待中的事物就像著名的戈多，他或者来或者不来，或者明天就到，或者是明天的明天的明天。往事决然不同，它早就抵达，并且永远停靠在那里，等待着有人来访问。就像花荫下的一壶酽酽的酒，等待着一个饮者，等待着千古风流的李白。蕴藏着不可挽回的淡淡的、甚至是浓浓的伤感情调，是这壶酒吸引人的魅力所在，当然，还有揪心撕肺的缅怀，以及回忆本身所携带的梦幻般的静谧与缥缈。实际上，回忆是人类最普遍的心灵活动之一，它是经验的载体，也是想象力的源头。不论是在城市小巷的尽头，还是在乡村破旧的老屋里，都有人翻开尘封的箱子，追忆着、怀想着那些消失了的物事，消失了的时光。回忆使夜晚变得更加深邃，更加繁忙，更加漫长，更加扑朔迷离，像一条暗道，通往从前的日子。不过，很多时候回忆只是一种秘密的行为，一种隐私，一个人是看不见另一个人回忆中的影像的，这就是回忆需要诉说和倾听的原因。当你静静地听完一个人的回忆之后，就会觉得时间并没有消逝，它只是躲藏了起来，折叠在人们幽暗的心里。在那里，时间像一段反复演奏着的小提琴协奏曲，一场永不谢幕的歌剧，催人泪下，使人彻夜不眠。已经丧失的一切，珍贵和不珍贵的东西，都可以在记忆里如数找回，而且找回的比原先更加完好。记忆中的黄叶总是比绿叶还要鲜艳。因为有了记忆，时间成了最大的收藏家，时间不再是一穷二白，不再空空荡荡。

　　我的童年没有多少可以回首的往事，于是就成了祖母倾注的容器。作为一个出生于 1893 年的中国女人，祖母经历了太多的苦难和创伤，拥有太多难以忘怀的事物。她是否也有过欢乐的瞬间？我真的不得而知，因为在老人的回忆中，留下清晰印记的都是些悲凄的事情。这些事情压根就没有结束，它们还在发生着，以祖母的良心为现场。欢乐无影无踪，欢乐就像柳絮，经不起遗忘的西风。这让我想到了一个诗人的篇章：米拉河桥下流水滔滔，欢乐已经过去，痛苦却长留在心头……有时候走在路上，看到街边低垂着头颅的老人，我便寻想他们和祖母一样，有着一道伤心的闸门，而我已经没有足够的勇气来打开它。我曾经质疑回忆的意义。对于这些可怜的老人，回忆除了宣泄心里抑郁的情绪之外，并不能够改变衰老的现状和死亡结局。在头绪纷乱的记忆中，也许有一些闪光的珠子，可越是闪光的东西，就留下越深的落寞。至于那些不幸的事情，留下的也只有莫及的追悔和绵绵的遗恨了。可回忆真的是徒劳的吗？

　　两千多年前，孔子就告诫他的弟子，君子不应该有"二过"。古希腊的贤哲也把在同一个地方摔上两次当做是愚蠢的定义。人类智慧的进化和社会的发展，都有赖于经验的储备。倘若没有经验的积累和校准，人会在同一个地方摔上九千九百九十九次都没个完。这样的人是要让神明绝望的，他们很难获救。鲁迅先生曾经指出，遗忘是要贻害子孙的，因为记性不佳，被虐待的儿媳做了婆婆，仍然虐待儿媳。我有一个朋友，他的父亲在九十岁上患了老年痴呆症。所谓老年痴呆症其实就是失去了记忆而已，但失去了记忆就不仅是失去记忆而已了，他不知道自己在哪里，不知道自己是谁，走出门就不知道回家的路，他压根就没有来过这个世界。这给他自己和整个家庭带来了无穷无尽的麻烦。没有记忆的生活是一种灾难，这不仅是对一个家庭来说，对整个人类文明也是如此。

　　曾经有有识之士对中国人的健忘症感到愤怒，认为一百多年来这个古老的国家经历的挫折和灾难，足以让人对神的全能感到绝望，如今却很少有人去记取并追问其根源，更没有人敢于承担其中的责任，似乎还嫌灾难不够多！张志扬先生写了一部《创伤记忆》，企图清理意识形态领域中的独断所导致的精神摧残乃至肉体消灭。近有激愤者不时发出浩叹，如此深重的罪孽，竟然没有一个人认为自己有罪，没有一个人出来忏悔，祷告上天超度未眠的亡灵。说起来谁都有难处，谁都是受害者，谁都有说不出的苦衷，谁都是无辜的羔羊。也许是因为缺少了忏悔和祷告，也许是因为有了太多的开脱和推卸，饶恕变得十分困难，饶恕被理解为一种姑息和怂恿。亚洲人的责任意识真的是有待于启蒙。

　　真正的历史从来不储藏在浩繁的卷帙中，而是刻录在人们揪心的回忆里。但回忆需要一个耐心而热切的倾听者，蔡葩女士就是这样一个人。对宏大历史叙事遮蔽下的个人命运的关怀，使她走上了与时间相逆的旅程。她以超出常人的热情，带着录音机和笔记本，出入于海口市的老街区和琼海、文昌、三亚、乐东、儋州等地的偏僻乡村，深入深巷老宅，遍访耆老遗民，抢救业已模糊的记忆，与遗忘作斗争，借助活口和泛黄发花的相片，借助自己的悟性和想象力，重现海南岛上旧日的阳光和椰子树下迷离的阴影，让我们看到那些统计数字和全称判断背后的真相，看到一种更具人性的历史，特别是男权社会的变迁中女性家族的命运。在写作中，蔡葩女士投入的巨大的个人热情，几乎让作古的人开口说话，特别是涉及人道主义灾难的时候，她的手和那些受害者紧紧地握在一起，愤慨之情难于掩抑。她爱憎分明、疾恶如仇的性格在书写中得到了充分的舒展。在她的笔下，良知成为审判历史的唯一法官，不论时势多么复杂险恶，人都必须以死来为自己的道德行为负责，逃避责任的人最终都得不到灵魂的安宁。看了她的书，让我想到自己遗忘了多少沉重的记忆，遗忘是一种怎样的罪过啊！

生活是怎么回事，取决于由怎样的心态来接受；往事到底是什么样子，取决于让什么人来回忆。同一往事可以有许多种可能的回忆，蔡葩女士的著作不可能是海南岛诸多往事的唯一版本，但她身上所携带的激扬的道义情怀和对美好事物的眷恋，赋予了这份记录感人肺腑的力量，也加深了我作为一个亚洲男人的罪孽感。但愿，通过反省、忏悔和宽恕，我们能够达到遗忘，进入禅宗开示的境界。为了今天的生活，我们不能轻易遗忘过去。然而，往事是无穷无尽的，回忆也没有止境，生活本真的时态应该是现在进行时，人总不能沉湎于幽思和懊悔的水流中，他应该谅解命运。我希望本书对往事的追怀，和鲁迅先生对刘和珍君的纪念一样，指向忘却和虚无。法国人普鲁斯特将自己的生命完全沉浸于逝水之中，终生都不能自拔。这既成就了他的文学，也淹溺了他生命的气息。生活的创作需要有人来存盘，但是，正如博尔赫斯所说，记忆会把人压垮。

岁月悠悠，生命匆忙。回忆与向往所能寄托的，也只是心中的一念，一旦向往者不再向往，未来就一片空白；一旦回忆者不再回忆，往事就不复存在。

目录
Contents

在邓大姐的客厅里

国医出自海南岛

辛亥革命党人的遗孀

留守新娘

寻找三姑妈宋美龄

北汶浪归来

繁花凋落黎明前

"五层楼"的海上旧梦

1948 年的吴慰君

海口得胜路上的五层楼，外墙看起来还是雪白耀眼，白色的洋派的雕花依然保留昔日光景。徜徉在它有些暗淡的楼道里，你依稀可见她当年的豪华与精致。这被海口人说不尽的海口第一楼，如海上旧梦般，已经成了本埠不可多得的历史记忆。

关于五层楼主人曾经的绝代风华，五层楼里曾经上演的悲喜剧，尤其是 1948 年间在这座海口最豪华的大楼里，曾经生活过一位开明的港商和他可爱的妻小，他与五层楼主吴坤浓合作开办的"胜利大戏院"，也成了怀旧的人们不能淡忘的话题。戏院里放映的《一江春水向东流》《渔光曲》《新女性》等左派文艺家创作的电影作品，不知赚取了海口人多少眼泪；从这栋楼里传出来的《蔷薇蔷薇处处开》《春天里》或痴迷或欢跃的旋律，曾在夜间撩起人多少回忆啊。

这是 1936 年故事的主人公吴慰君在香港和父母弟妹的合影，那一年她大约 8 岁，被母亲打扮成一个小淑女状。父亲的灰色西装和母亲的黑呢子旗袍，都是香港当年殷实的人家所常见的打扮。她的父亲吴坤瑞，文昌铺前林梧墟中台村人。这位 12 岁开始便从边远的小村到香港谋生的穷小伙子，到这时，已经在香港有了积蓄，不久之后在香港开办新华印刷公司和一家饭店，妻子已经为他生下三个小孩了。踌躇满志的吴坤瑞正准备扩展业务，而海口到处都在大兴土木的消息也不时传到香港来。他已经听说他的族兄吴坤浓之父在海口兴建了五层楼。那是海口最高、装修也最豪华的大楼，直到几十年之后，它也依然是海口的最高楼。

吴慰君8岁时与父母和弟妹们在香港的合影。

海口从来就不是一个故步自封的城市，当它和内陆的联系还不是那么紧密的时候，它的胸怀早就向着南洋或者港澳开放。因此，20 世纪 30 年代，几乎在五层楼兴起的前后，海口的四牌楼、永乐街、大街、新街（新华路），尤其是海口最繁华的街道得胜沙路上，商行、商场、教堂、医院、银铺、戏院相继崛起。它们的建筑风格富有浓郁的欧陆情调，还有一些南洋风情。名流书法或者美术字的商号抬头可见；人们或穿着从南洋寄回来的花衣服，或者穿着在海口衣服铺做的衣裳，漫步在还散发着石灰味道的柱廊下，偶尔坐下来，吃着美味的海南小吃，这街上的景致到处流泻出一种热带的悠闲与浪漫。

"那时从文昌到海口的路上还没有什么大的房子，天气好的时候，从我的故乡文昌铺前远远就能看见五层楼。"吴多旺先生回忆说。他是吴慰君的弟弟，是一位港商，常往来于海口和香港。他说，1939 年日本军入侵海口前，人们印象中的海口可是一个风情万种的城市。抗战胜利后，海口似乎重又恢复了昔日的宁静，人们开始重新安排下半生的生活，虽然日本人留下的伤痛还没有褪去，国内局势还没有平静。就在 1948 年，他的父亲在族兄吴坤浓的鼓动下，将香港的产业变卖掉，带着一家人回海口来，与五层楼的长子吴坤浓合作创办胜利大戏院。那时，与胜利大戏院争影业生意的是解放路上的中华大戏院。但是，人们似乎更加喜欢五层楼的味道。且不说在它的四楼还开着一家海口最大的歌舞厅，在那里出入的除了穿着时髦的南洋客，还有身穿空军服装、气度非凡的年轻军官，更重要的是，在那里你还可以找回一些故友和老歌，找回往日的情怀。

这一年，已经是广东省立琼崖师范学校（今琼台师范）学生的吴慰君年方十八，她一米六五的个头，总是温婉的微笑，在这座整天笙歌不断的五层楼里是如此的引人爱慕。这位姑娘喜欢画画，书法更是名满琼台。但父母发现女儿住在这栋人人羡慕的楼里并不开心。在她的床头，母亲总是发现女儿的枕头底下或者秘密的抽屉里一些厚若木枕的书或者是一些薄薄

吴慰君1948年在海口的留影。她温婉的微笑就这样永远留在爱她的人心里。

的小册子，她能粗略地知道一些书名，比如《虹》《三人》《家》《春》《秋》等。有一天，女儿从学校里回来，一个偶然的机会，她十分惊异地看到女儿写的一篇周记，时间是 1948 年 3 月 22 日至 3 月 28 日："天气转瞬之间，忽然变得那么寒冷，我宿舍中有几位同学老早已经将寒衣拿回家去，这几天不得不硬着头皮来抵挡。在一个晚上，同学们已经呼呼地入了甜蜜的梦乡去了，我坐在微小的小火水灯下看一本书《我的诗生活》，那时室中的一切是如死一般的悠沉，黑暗包围着灯光所不及的四周。门前的竹丛，一阵阵的寒风吹过，打得索索作响。这些情景触起我对于两年前乡村生活的回忆。……处在不平坦的环境中，我素来浪漫的性情却被它陶冶而变为严肃起来，我因逃难而将书本弄失。……我不敢想恋着过去在香港的生活，也不诅咒乡村残酷的生活，也不敢做将来美丽的梦，只要把握着现在的学习机会就是了……

入学以来，我只回到海口一次，同学们这样对我说：'你为什么不到海口去看电影？要是我们家是五层楼的，那便巴不得星期日到来了'，她们说完这些话，还拿我开玩笑。我是这样一个人了，由得她们吧，我认为奢华的生活是人类的罪恶，而五层楼大多总是奢华的生活，我非少与之接近，是不可自救的"。

母亲在一种偷窥的状态中惊一阵吓一阵地将这篇周记读完。她虽不能够完全理解女儿的心思，但她总算明白她为什么拒绝那位空军军官的求婚了。她也有些明白女儿为什么不常回来的缘由。外表恬静的女儿竟有着这样难解的心思！但是，这位母亲无论如何都想不到，女儿入学不久，便已成为"琼师读书会"的积极分子，她在琼师竟然还是一名秘密的学生领袖！母亲真的疑惑了。

出走五层楼

半个多世纪后，当母亲潘兰终于从香港回到海口，和我一起翻看旧时照片时，吴慰君的身世和五层楼的故事又有了新的发现。

这是在郊外还是在相馆里？远处的青山和波光粼粼的河流，将时代的背景给诗化了，像瓷美人一样的标致女子终于摆脱了缠足的苦痛，她的一双秀气的小脚穿着软底的皮鞋，清末民初常见的宽袖的高领子唐装，黑色的长裙，那个童花式的发型别上一个银色的簪子，手中拿着一束花，旁边帅气的丈夫用手轻轻地一挽，那

这是吴慰君的父母吴坤瑞和潘兰1927年春天在香港的留影。重新阅读一张老照片，如同经历一次复萌的情爱，已逝的韶华和热情，在这一刻得以复活，记忆战胜了遗忘。

份幸福和满足，随意和闲适，都流露在这张照片上了。故人旧事，本该早已丧失活力，不料在这张老照片中，一切又可以复原。这是1927年春，吴慰君的父亲吴坤瑞和自己的新婚妻子潘兰在香港的合影。如果不看旁注，你很难猜测这对天仙配一般的新人来自何方，人们一般认为唯有大上海这样的城市才会有这样的浪漫，这样的雅致。如果不是有了摄影技术，今天的人们很难想象这位海南女子和她的丈夫77年前昙花一现的微笑，更别说他们身着的早年民国服装了。世事如流水，仿佛恍然间，照片中的女子今年已经百岁，而男主人，已经在爱女吴慰君遇难后的1953年离开了人世。

谁也不知道此刻这位女子已经有了身孕。1927年农历9月，潘兰回到海口生下他们的第一个孩子，那就是吴慰君。潘兰那年才18岁，她16岁嫁给吴坤瑞时，吴已经是一名32岁的香港商人。那是一桩有些传奇的婚姻。在每年二月举行的军坡节上，吴坤瑞和潘兰分别被选为1926年度村中的美男和美女，他们赢得手举锦牌和顶着绣伞领头去送祖师上市"游街"这一殊荣。他们来自文昌不同的村庄，却早已互相知道彼此的美名。当他们举着锦牌和绣伞走在前头时，村人一片欢跃，争相出来看这对如此般配的俊男妙女。没想到这样的"选美"却带来一桩美好的姻缘，后来的潘兰顶住一些流言蜚语，嫁给了这位岁数比自己大一倍的香港客。

1948年当他们回到海口五层楼、创办胜利大戏院时，潘兰已经为吴家生下了7个孩子。爱女吴慰君已经出落得如出水芙蓉般，成为进出五层楼的富豪与军官瞩目的对象。可是，这是一位拼命想背叛自己的"阶级"的时代青年。后来的人猜想，吴慰君同情穷人、厌恶奢靡的生活，其纯净坚韧的品质其实一部分来自父亲潜移默化的影响。

她的父亲吴坤瑞，一位没有受过多少教育却又曾远渡重洋、到过美国旧金山谋生的商人，一生省吃俭用，也不给儿女购房置业，却秉承着文昌人富则兼济天下的传统，在20世纪30年代，在临高和舍地区买下良田115亩，献给中台小学作为学田，让那些贫苦的子弟能上学。当地的老人仍记得当年吴先生捐助五千光洋建校的情景。那时海口还没有银行汇票业务，从香港运送五千光洋回乡（一个光洋约合一两），不知道惊动了多少乡人！五层楼主吴坤浓的好友叶风先生回忆说，这是当年轰动海南的一件盛事，几个壮汉肩挑白花花的银元到达偏远的临高乡下时，人们还不敢相信这是给自己的家乡建校买田来的。吴坤瑞顿成一位卓有名望的"教育先驱"，成为旅港和海口的知名人士，深得乡人敬重。

吴坤瑞从来不跟女儿吴慰君炫耀自己的善举。他跟朋友常说起的一句话是，做了一件善事却到处张扬，那不是君子所为。现在，他回到五层楼来，和吴坤浓一起经营海口最大的戏院，他所要做的就是将业务经营好。他必须得知道一些影业方面的动态。那时海口还是国统区，一些左派作家的进步电影受到某种程度的监控。但是，这位有胆有识的绅士还是可以通过一些渠道，及时从内地进到一些进步的电影拷贝，几乎在内地人为《一江春水向东流》《八千里路云和月》《铁蹄下的歌女》大洒泪水时，海口人也同时能欣赏到这些影片。而胜利大戏院的豪华装饰和良好的音响效果，更是让人流连。一个椭圆形的影院，分上中下三层，二、三层的包厢位制作精良，里面荡漾着一股玫瑰的香味，这让人想起俄罗斯的芭蕾剧院。那些达官贵人穿着时髦，神态优雅地坐在包厢里，欣赏着艺术，品评着人生，消费着激情。如果电影还没有开演，你还可以到隔壁的咖啡厅或者舞厅，喝上一口，跳上一曲，然后才踩着慢步，到电影院里来落座。

可是，读着"五四"新书长大的女儿吴慰君却很不屑这些奢侈的生活。她偶尔也带琼崖师范的同学回来看电影，记得有一次看的影片叫《松花江上》，慰君几乎是含着眼泪看完全片，她甚至抑制不住哭声，引得她的同学忙来安慰她。在她单纯的心灵里，一切都那么容易受感动，影片中浓烈的民族感情让她总是感到自己对社会怀有一份责任，由此对五层楼有一种天然的抵触。而离开了五层楼，来到僻静的琼崖师范校园里，她又是另一副活力四射的样子，读书、参加篮球队、练习书法、画画等，更重要的是，这时的吴慰君已经跟琼崖师范另一名学生领袖林云相遇。喜爱穿白色西服的林云是海口另一富商的儿子，他飘逸的风度，诗人的气质，以及他所从事的秘密的地下工作，都暗合了慰君对理想爱情的向往，她与林云的认识并相爱，是她一生的必然。这个充满着热情和爱心的好女孩，因为受着爱神的牵引，因为怀抱着推翻旧社会、建设新世界的梦想，准备别离五层楼，跟着亲爱的人到她向往的五指山根据地去——没有想到的是，这竟是她与五层楼最后的道别。

跟随勇敢的心

五层楼的故事被封存得太久太久了。

那座在乱世中的五层楼，曾经的灯影绰约、风雷激荡，都已经离人们远去了。谁还记得这座独领风骚几十年的海口最高楼里，曾经生活过的吴氏两家人，谁还记得 1948 年间从这栋大楼里走向革命的吴慰君小姐？2004 年 6 月 28 日，当吴多旺先生领着我们到得胜沙路上依然气派十足的五层楼，试图去寻找当年姐姐吴慰君居住的房间时，五层楼已经包含了太多的意义、太多的沧桑。

解放后，五层楼几易其主，楼主吴坤浓一家也已星云四散，难觅行踪。现在，住在这里的是海口市服务公司的下岗职工，据说共有几十户 100 多人。他们像是被遗忘的一群人，他们的生计看起来似乎难以维系。当我们沿着暗黑的楼道，走上五层楼时，迎面而来的是一双双犹疑的目光。当年在这里生活过的吴多旺先生，像是突然的闯入者，新的主人以生硬的口吻问道："你们到这里来看什么？"原先通透明亮的天井被封住了，过道漆黑，地板肮脏，散发出一种怪异的味道。有人在过道处打床铺，头顶风扇在嘎嘎地吹，床上的人不知白天黑夜似的，只顾躺着。

1935 年建成的五层楼，在海口骑楼群中是特别耀眼的一座，因为它曾是海口第一高楼，在海口人心目中具有独特的地位。

　　真是恍若隔世啊，曾经豪华、宽敞、干净的二楼如今是昏黑一片，吴慰君居住的那间房已经被木板钉住，我们只能从缝隙里窥视它当年的模样。没有了床也没有了梳妆台，依稀可见的是慰君当年的身影，她是否曾倚在这窗台上，看窗外得胜沙路上的车来人往？她是否在黄昏来临的时刻，心绪有些不宁，在等待谁的出现？我们抚摩着慰君当年用手触摸过的窗棂，走在她曾经走过的楼道上，仿佛还能听见她甜美的嗓音。

　　吴多旺先生好像进入梦境，有些失去方向感似的，对着已被改造的格局辨别着当年的样子。他说，这二楼偌大的前厅曾是吴氏两家人共进晚餐的地方。吴坤浓两位妻子和几个孩子加上吴坤瑞一家十一口，每到晚上，就是这一大家子最热闹的时刻。慰君姐姐住校，并不常在家，但她回家的日子必定是大家最快乐的日子。她总是那么温文尔雅，疼爱弟妹，从她那里总是可以听到许多在这栋楼里听不到的新鲜事。只是到了 1948 年年底，世事开始不平静，内地撤往海南的国民党军官多了起来，五层楼里甚至也能发现地下共产党散发的传单。人们发现慰君回家的时间更少了，她是一名品学兼优的好学生，平时在家谁也没有听到她对时局有过激烈的言论，谁也没有想到她已经接受了革命理想，被一名青年演说家深深吸引了。

这位是慰君的心上人，说他英俊、飘逸、才情横溢，想来不会有错。他热诚、机敏，演讲更是富有感染人的魅力，这是他当年留给同学们的强烈印象。1947 年在琼崖师范兴起的读书会，他是发起人之一。地下学联骨干之一的陈忠雄（现为河南大学教授）回忆说，他是一名激情的诗人，他所崇拜的诗人是裴多菲，而他的长相和气质还真有几分像裴多菲。在那个风起云涌的战争年代，他常念裴多菲的诗句"生命诚可贵，爱情价更高。若为自由故，二者皆可抛"来激励青年学生献身革命，而这首诗好像早已为他这一生做好了注解似的，思之让人百感交集。

这就是林云，文昌罗豆人，琼崖地下学联前期领袖人物，1948 年年底，他是最早进入琼崖解放区参军参政的骨干之一。

他的父亲是海口白宫酒店的总经理，他本人的生活可以说衣食无忧。他参加革命，不是为了吃饭，不是为了逃避包办婚姻，他是为了一个他心目中的自由、富强的中国，为了裴多菲的世界中展现出来的诗意景象！

慰君吃惊地发现她的这位学兄竟与她有如此多的相似之处，她凭着直觉就爱上了他，爱上了就永不回头。

慰君爱的男人也许本就该非同寻常，无论在血性还是在灵魂深处。于是，这位高贵文雅的五层楼的女儿，1948 年一个冬天的夜晚，给自己的母亲写下一封短短的告别信，就跟随爱人的足迹，到五指山根据地去了。

慰君的出走就是这栋楼命运变幻的开始吗？

在慰君的房间，母亲发现她留下来的周记，时间是 1948 年 4 月 12 日至18日："现社会的黑暗，现实的残酷，使许多人连眼前的生活都顾不了，人心惶惶的，凡是有所作为的青年都不愿意在黑暗的社会势力面前低头，他们必须建立一种高尚的理想——改造这个不合理的旧社会，使它变成一个有理想的新社会。……青年人的这种理想，应当不是为了自己个人的利益和幸福，而是为了大多数人的利益和幸福……"母亲赶紧合上周记本，藏好，生怕被人发现，并赶紧叫来自己的丈夫，应对这个突然的局面。住在琼师的女儿，已经两个月不归家。那些在五层楼来来往往的国民党军官，似乎也已经察觉到这位漂亮的姑娘许久不见了。母亲也听到些传闻，说慰君跟一位长着"五四"青年模样的男子很要好，这个人是一个活跃的革命者！前些日子，楼主吴坤浓的妹妹——这栋楼里无人不服的吴氏铁腕人物，她的丈夫是春风得意的国民党少将。这姑奶奶就常常问起侄女慰君最近的学习情况。她喜欢慰君的懂事、文雅，是她千方百计想让慰君进入五层楼的社交圈子，希望慰君能嫁给其中一位年轻潇洒的空军军官。那位军官已经等得太久，差不多要失去最后的耐心了。现在，周末到了，又一个盛大舞会要开始，姑奶奶又传话过来：赶紧到学校去接慰君回来，今天晚上无论如何都要让她来跳一曲，和军官见一面。别读书读傻啦！

母亲不知道如何回话。女儿是从学校悄悄走的，现在已经是冬天了，她连起码的行装都没带，在那寒冷的山中茅草屋里，岂不要冻坏了？母亲关心的总是这些，她应付着姑奶奶叫来传话的人，却在一旁筹划着如何将那床绒被子送到解放区去。"革命是要杀头的"，这句常在五层楼听见客人训斥儿女的话，此刻如此清晰地涌上母亲的心头。可母亲是信赖女儿的。女儿在留下的短信里说，自己走的路没有错，只是太挂念母亲，还没有办法报答母亲等等。

母亲在难熬的日子中度过了差不多一年。1949年8月间，从五层楼的来客中听到一个惊心的消息：吴慰君到根据地去的事已经得到证实，可是，听说她，出事了。

自由的召唤

2004 年 7 月 5 日，这位经历了三个不同时代的百岁老人，曾经风姿绰约的潘兰，在事隔半个多世纪后第一次奇迹般地出现在海口得胜沙路上，她的心里萦绕不去的还是女儿吴慰君最后的遭遇和五层楼悲伤的记忆。此刻，她坐在街边的座椅里，仰望不远处的五层楼，对着我们，欲说还休。

"她是谁？"一位过路的中年女人问。"她是五层楼胜利大戏院的老板娘。"一位长者回答。"五层楼里有过胜利大戏院？"疑问，疑惑像涟漪泛开。此时，越来越多的人聚拢过来了，他们已将她围住。人生在世，渺若微尘，昔时之女主人，已然百岁老者，而今人物两非，真如梦境一般啊！

曾经风姿绰约的潘兰现在已经整整百岁了。此刻，她坐在得胜沙街边的座椅里，仰望不远处的五层楼，对着我们，欲说还休。

潘兰老人的出现，多少印证了一直笼罩在五层楼身上的传奇。大约在 1932 年间，从文昌铺前港通往海口的路上，一车车从泰国上岸的钢筋、楠木、水泥等物资，源源不断地运往海口得胜沙路。时任法国银行驻越南防城总代理的吴坤浓之父已经选好地址，要在这里建立一座海口最高的五层楼。

1935 年，当楼房即将盖好，吴父却被法国人告上法庭，称他挪用了法国银行的公款建造私宅。告的结果要么是以楼相抵，要么判终身监禁。想为自己讨回公道却因证据不足而吃了官司的吴父，无论如何都不愿意放弃自己倾注了心血的五层楼，于是，无奈的吴父最后选择了坐监。他最终病死于狱中，于是，大儿子吴坤浓变成了这栋楼的主人。

法国人对吴氏父子的悲壮选择充满着西方式的迷茫。但是，现在，已经稳当地掌握在吴坤浓的手中了。然而，这看似稳当的东西，却在 1952 年土改来临的时候丧失了。现在，五层楼的吴氏两家人，以及那位曾经爱过、痛苦过、快乐过的可爱的吴慰君，似乎也变成了另一个传奇了。

老人身着蓝花花的上衣，裤子也是花的，梳妆整洁，依稀可见当年的俊模样和那一份悠然的自信。她还是步履稳健，拒绝一对儿女的搀扶，倔强地独立行走着。在得胜沙路上，老人步步回首，却又喃喃自语："现在已经不如从前热闹了，已经有些寥落了。"她还习惯用标准的粤语与人交谈。现在，她用的是"寥落"二字，让人心中涌起一丝感伤。她的记忆是时断时续的。是啊，叫一位百岁老人去回忆前尘往事，尤其不能绕过自己的爱女慰君，确实是一件令人不忍之事。

"当初在香港好好的，干吗要回来啊？"不像是抱怨，像是自言自语，但隐藏不住的却是不易察觉的伤悲。人生充满了多少的巧遇啊，往往一闪念间就改变了生命的轨迹，又有多少人能够预知自己的未来，把握自己的命运？她听儿子多旺说，姐姐的房间已经被堵死了。潘兰老人眼里闪着泪光，她想上楼去看看女儿慰君当年居住的房间，因为楼道太黑，儿女们怕

局部的女儿墙与窗的结构，其形制是南洋风格与海南民俗结合的典范。若能慢慢推开这窗，可细品那"万物静观皆自得，四时佳兴与人同"的风雅。

母亲行动不便，她只能在楼下仰视了。现在，对女儿的回忆要借助多少物件呢，五层楼提供了一个伤痛的背景。这么多年她不愿意回来，就因为她总能从这楼道里看到自己永远也不会回来的漂亮女儿。

她永不会忘记1949年8月下旬的那个夜晚，那时，她才刚刚生下最小的女儿。前不久慰君还从根据地悄悄地捎一封短信回家，说庆贺妈妈为她添了一个小妹妹，她在根据地一切都好，这里时刻都在准备迎接海南解放，等解放了，合家就可以在五层楼团聚，我就可以见到小妹妹啦。女儿的语气里还像在家时那么乖巧，她的短信是通过交通员秘密传递的。潘兰怎么也想不到，慰君怎么可能在写下此信不久，就和自己的伴侣林云在五指山根据地，双双冤死于"革命"的枪口之下？

后来，还是慰君的同伴向人们包括这位不幸的母亲，叙述了在根据地发生的一切。

1949年8、9月间在琼崖区党委所在地白沙县毛栈乡发生的"琼崖地下学联冤案"（1953年得到中共中央的平反昭雪），林云与慰君首当其冲。当年只有16岁、刚刚从国外投奔到根据地的朱碧玲女士告诉吴母说，没有想到在根据地会碰上慰君这样文雅端庄的姐姐。我初来乍到，对满是茅草屋而充满着神秘色彩的根据地感到新鲜和兴奋。记得那天见到慰君时，她正坐在小凳子上，把卧床当书桌，用非常漂亮的正楷写墙报。她莞尔一笑，用流利的粤语对新来的我表示欢迎，并说，她叫吴峰，是她一位叫林云的同志为纪念她走向革命而起的名字。她的善解人意和美丽温柔让我一下子感到自己此行的艰辛没有错。慰君当年约莫20岁的年纪，和人们熟悉的富家女走向革命的形象是多么的吻合。正说话间，一位青年男子翩然而至，他手里拿着一篇稿子，眼睛也会说话似的，见到我，先自我介绍说他叫林云。当悲剧发生以后，我才知道这两个为革命罄尽热血的可爱青年是生死相依的情侣！

碧玲说，那是她到达根据地的第二天。一大早，我们十多位男女青年被叫去开会了，我第一次听到"特务"这两个字。突然我们全部被捆绑起来，然后分别被投到一间间草房子里，吴慰君竟然也被抓去审讯了。满以为我们可以从这里冲到海口，解放海南岛，但是，在莫名其妙的一瞬间，我们变成了革命的"敌人"。

"记得那是被施刑以后的第7天，下午4点多的太阳还是火辣辣，有人到刑讯室来点名，点到慰君时，她以为党消除了对自己的儿女的误解了，她温柔地问：要不要带行李走啊？来人说：不必了，你'解放'了。可冷不防，来人却将毛巾从她的脸部到后脑勺把她的嘴给封起来，由两名战士架出去，没有20分钟，便听到一阵阵机关枪声，还听到慰君姐姐喊着'共产党万岁！'附近的老百姓多年来一直以为那天枪杀的14人是国民党啊……"

"若为自由故，二者皆可抛！"吴慰君和林云的声音穿越遥远的时空和生死，像光和电一样穿透我的心灵！他们双双倒在自己为之奋斗的土地上，倒在自己人所布下的罗网中。潘兰的叙述戛然而止了，止之于悲从中来。她靠着思念和爱活到了今天，已经整整百岁，女儿慰君在她心里就一直鲜活着。

追求自由并为之舍弃生命的好女儿，她已经死在她所向往的事业上，好像已经得到她所得的了：她的理想和爱情，她的以死来获得的永恒、解脱和生命的无上的尊严。她的身后，是默默地持守了半个多世纪而依然耸立的五层楼，它的存在，让人无法抹去吴慰君的悲剧命运……

海口名媛吴玉琴

这座位于海口市博爱北路 23 号的百年老宅，住着一位 83 岁的传奇老人，她是现在唯一健在的海口民国八大美女之一。她依然白皙细腻的皮肤，端庄秀美的脸庞，眉眼间透出来的灵秀，一头浓密而卷曲的银发，尤其是她轻盈的脚步，轻柔的话语，仍能让人领略到当年美女的聪敏和风韵。

她就是吴玉琴，新加坡富商吴先生最钟爱的女儿。她的美貌她的不凡的经历，只能留在极少数人的记忆中。连她的 60 多岁的大儿子，也只能依稀记得母亲当年的美名。与她同时的其他七位美女，有一位现在香港，一位在美国，其余的都已作古了。20 世纪三四十年代，海口市区大约五万人，非今日的繁华可比，但那个时候的海口，常有外国商船的往来，尤其与东南亚的通商更为频繁。海口的有胆识的商人也将生意做到东南亚去。她的父亲吴氏，早在 20 世纪 20 年代就到新加坡谋生，当时，他做的是海南的土特产生意。

与梁公子的天作之合

1932 年，吴玉琴已是豆蔻年华，可忙于生意的父亲对女儿的记忆只停留在八岁以前，他已经有六年没有回海口的家了，他在新加坡娶了一名当地女子，也给他生下五个孩子，他是无暇顾及这边的大太太了。但他知道，女儿玉琴现在已出落成一个美丽的大姑娘，从海口来的亲朋好友总爱在他面前夸她。他当然会想念女儿，想念她的懂事，她的可爱的脸蛋。这年的夏天，他将女儿从海口接来，让她到新加坡的南洋女子学校接受正规的教育。

可是，1935年年初，在新加坡只读了三年书的吴玉琴却接受了父母对她婚姻的安排，准备启程回国，嫁给海口梁家梁公子。

16岁，人生的花季年华啊，美丽的玉琴只知道梁家在海口的显赫的名声，"梁安记"和"九八行"都跟这个家族有关，海口的进出口生意几乎被它们垄断，但梁家的小公子到底是何等人物，她怎么也想象不出来。父亲虽然早年在南洋，接受欧风美雨的熏陶，但脑海中的观念还是中国的，女儿的婚姻自然由他做主，一切都还照旧式的办。

此时的海口，比三年前玉琴出国前热闹多了。内地烽火连天，海南相对安静很多。她发现，她走的两年间，海口的四牌楼（博爱路）、永乐街（解放东路）、大街（中山路）、新街（新华路），尤其是得胜沙路，都出现了很多商行、商场、教堂、医院、邮电等建筑，这些建筑都富有浓郁的南洋古典情调，建筑风格流派多样，柔美典雅，具足自由奔放的动感，尤其街道两侧，普遍采用柱廊式骑楼形式。走在这柱廊底下，你不必担心强烈的热带阳光以及突如其来的暴雨，徜徉在这样的充满着异国情调的街头，吴玉琴真的想邂逅那位梦中的梁公子。

那时，得胜沙上著名的五层楼刚刚落成。玉琴的好姐妹、同称当年海南八大美女之一的楼主人吴先生的妹妹玫，是这座楼里最活跃的女子。当时进出这栋楼的人除了回乡的南洋客，还有海口富裕人家的年轻一代。一天夜晚，玉琴到五层楼来找玫玩，玫忽然将她领到二楼，在长长的过道里，有一位身穿西服、浓眉大眼、身材修长的青年从对面走来。玫说："这位是你要嫁的梁公子哦。"玉琴的心咯噔地落下地来。真是谢天谢地，他的风流倜傥，他的新派装扮，都太暗合她这些天来的想象。说起当年的第一次见面，玉琴老人还很满足并幽默地说："我真是太幸运了，命运给我安排了这么一位如意的男子，那可是包办婚姻中少有的天作之合。姐妹们都说我俩很有夫妻相呢。"

1935年年底，虚岁17的玉琴成为梁家的新媳妇。梁家在海口是个大家族，兄弟两人共有6个儿子，住在一所大宅院里。1930年代的海口，土特产远近有名，销往大陆各地及东南亚一带的产品不断增加，商业也更加活跃。梁家经营的铺号叫做"九八行"，与梁氏家族的另一大号"梁安记"一样是当年海口名气很大的商行，它们几乎垄断了海口的进出口生意。赤糖、槟榔、椰子、鱼干、虾米等，销路都很大，渐渐地积攒了一些资金。这一年，梁家娶进了美貌、聪敏伶俐的玉琴姑娘，看起来家事兴旺。让公婆大为欣慰的是，这位姑娘并不像看起来的那么柔弱，一进家门，她便将家里的一切都担当起来，对比她大一岁的丈夫，她甚至生出一种莫名的母爱，连她的公婆都觉得她太宠着自己的儿子了。比如，丈夫喜欢打篮球，无论她多么需要人帮忙，她都让他去打好了。她总是说："他是那帮朋友的领头，没他，就玩不成了。"她将他的那一点爱好看得很神圣，甚至感到很骄傲。因为在当时的海口，打篮球是一种新时尚，算是有闲阶级的象征。看着丈夫穿上白色的球衣，白色的球鞋，修长健美的身躯充满着一种浪漫的气质，玉琴心中的幸福是无人知道的。丈

1948年吴玉琴的丈夫梁公子在海口。

1939年吴玉琴与丈夫和大儿子在海口的合影。

夫的这种爱好一直保持到"文革"开始，玉琴单纯而坚强的爱由此可见。

1938年，他们的第一个孩子已经出世。这一年，她的公公将大部分积蓄建成了一所大房子（也即现在的博爱路海口市人民医院门诊部，一共三进，近两千平方米）后，好像完成了一生的大事，正当50岁的壮年，忽然撒手人寰。没有人能知道梁家当年的伤痛，她一直很平顺的丈夫变得沉郁起来了。他有一种失掉了根的感觉，他还没有跟父亲说上要说的话，父亲却走了，再也不能听到。要不是玉琴给他最细微最温柔的爱，更重要的是，要不是她在即将到来的更为动荡的年代将家里的事业担当起来，一家人的生计将会如何，真是难以设想啊。

一家之主梁公的忽然弃世让这个正在兴旺期的家族陷入困境当中。家里的进出口生意不知如何接上，公公去世的匆忙，没有人能全部知道他的思路，他的重要客户。一座偌大的新房子和一群悲伤的人，此刻才真切地感到家里灵魂人物的死亡的意味。

丽人征战商场

1938 年的夏天，热带海岛的阳光似乎烤得更加炽烈，人们大多面色严峻，不苟言笑，人人都在忙乎自己的活计。不时听说日本人已打到广州的消息，但隔岸的海口暂时还可以偏安一隅。年轻媳妇吴玉琴将公公的一部分生意接过来，她还做了一个重大的决定：在家里办起服装厂，拓展别的经营领域，另求发展。

她将家里的几个媳妇都组织起来，缝纫机、织布机、各种各样的面料等都大量购进。当时，海口的织布业自 1925 年起在全国兴起的振兴土货、使用国货的热潮中已大有发展，不少商人投资建造织布厂、毛巾厂，到 30 年代，纺织之声已遍布全市。一贯注重穿着打扮的玉琴不想用自己的短处与那些老厂比拼，她想起了做成衣：自己设计，自己裁剪，尤其是童装，当时海口的童装市场正好是个空档，没有形成一个叫好的品牌。玉琴决定用自己的双手将儿童服装做起来。

除了做童装，毛巾、鞋帽、毛衣等也从她家的大院里源源而出。而她，除了要管理，更重要的是，要把产品销售出去。于是，在 1938 年间，人们常可见到，海口新埠岛的海岸边，有一位 20 出头的美丽女子，带上自家制作的衣服、毛巾等，装往商船上。吴玉琴选择的路线一般是越南和广州两地。她更多去的是越南海防。去越南要冒更大的风险，也更辛苦。但越南的山货便宜，她可以将山货大批地带回海口来，承继着家里原来的进出口生意。到越南一个来回至少也需要半个月。她的童装在越南大受欢迎，尤其是海防地区，孩子们身上穿的大多是玉琴亲手做出来的衣服。在当时的海口，别说女人，连男人都很少到那样的地方做生意的，所以，玉琴的美丽和能干，在那个时代，真是叫人惊羡。

这样过了半年。玉琴的经商才能和商场中显示出来的智慧让当初为她捏一把汗的丈夫大感欣慰。父亲过世后，丈夫曾一度消沉，但性格温和、朋友众多的他很快就从伤感中走出来，他也跟着堂兄们一起做事，但总觉得还是自己的媳妇厉害，她为家里承当得更多，她不仅成了自家的新的灵魂人物，也是大家族中重要的角色。这一点在即将到来的大灾难中更加显见。

1938年9月24日，海口的上空传来飞机的轰鸣声。没有任何准备的海口人第一次遭遇日机的轰炸。所有的战争传闻已变成现实。海口的很多有钱人都已将资金、财产转移。10月21日广州沦陷，华南抗战形势一下子急转直下。曾经一度孤悬海外、远离抗日烽火的海南岛，此刻危在旦夕。日本人早就将海南岛看做是将来向南方扩展的基地，海口自然首当其冲。

与大多数海口人一样，玉琴的家族也陷入一派前所未有的恐慌之中。商店开始关门闭户，路上行人稀少，空袭警报随时都会响起。听说驻琼部队大部分已撤回大陆，海南的总兵力仅有4000多人，而且布防分散，力量薄弱。所传出来的消息没有一条是叫人心安的，海口上下所谈论的都是如何逃过这一难。农历十月初三，从临高方面传来的消息说，3艘日军舰艇炸毁正在涠洲岛避风的300多艘渔船，死伤3人，看来，日本人入侵海口已为期不远。

此刻，海口所有人的目光都投向一水之隔的湛江。时名"广州湾"的湛江，1898年自清政府与法国签署《广州湾租界条约》后，这里一直是法国租界，所有的战事与它无关，湛江的对外贸易和经济曾一度繁荣。现在，玉琴与她的家族要做出决定了：举家迁移，避难湛江。

1938年年底的海口，面临着历史上从未有过的大劫难。自古至今作为中国内地官宦的流放地，边军、商贾、避贼者落脚的地方，此刻，却成了一个人人都想立刻离开的危险之地。自清末到民国20年（1931年），广州湾一带的居民因海盗或军阀混战，还纷纷逃亡到海口来定居，现在，海口人却要逃到他们出逃的地方去了，只因为那里是法国人的租界。

海口街市灯光暗淡，百业开始凋零，一些有名的商行干脆搬到广州湾来。家眷连同货物，林林总总，从未有过的烦乱。过海，只有渡船，而船只的紧张，简直是叫人心焦。不时有警报传来，老人孩子都吓得哭作一团。做事一贯镇定沉着的吴玉琴此时除了四处找船，还要安顿家里的老老少少，家中男人的生意还不能马上放下。

12 月初，终于可以和别的人同坐一条船过海了。船上的猪啊牛啊也跟人一样逃难，猪叫人哭，那种情景，凄惨凛冽，叫人永生难忘。

海口来避难的人实在太多，租房真成了问题。玉琴家共有十几号人，只能住在西营（今霞山）的一座民房里。不断有海口难民涌过来，物价飞涨，人心惶惶。

租界毕竟是别人的地方。躲过了近两个月，春节将到，很多人家顶不住，又开始张罗着回家。

1939 年 1 月底，玉琴一家在春节前的半个月回到海口满是灰尘的宅院。

很多海口人也陆陆续续地回来了。一切看起来好像还算平静。那些固守城里的人还笑他们怕死鬼，瞧你们白跑一遭，还不是回来了。

没有人能想象日本人正像一群黑压压的蚂蚁，马上就要吞噬这座港口城市。

1939 年 2 月 9 日，农历 12 月 22，距离春节只有 8 天了。海口人还设想着过新年，好好地烧一炷香，将日本人的晦气烧过海去。可是，这竟成了海口人噩梦的开始——

2 月 10 日凌晨 2 点 30 分，黑云压城，北风呼啸，澄迈天尾港（今属海口市）的渔民还在酣睡中，突然枪声划破长空，飞机的轰鸣声将睡梦中的人弄醒了。天刚亮，往海里望去，整个海面密密麻麻布满了日军舰，50余架日机在空中掩护，10000 多名日军向岸边驶来。上午 10 点，日军先头部队进入市区，正午 12 点，海口市区全部沦陷，留在海口的 4 万多人从此在日军的铁蹄下苟活。

沦陷期的人性考验

市区最高的五层楼已高高地插上日本的太阳旗，架起机关枪和装上警报器，海口人的日常活动全在日军的监视之下。每到入夜，"蔷薇蔷薇处处开"的歌儿只能在人的心灵深处低回，五层楼的一切美好此刻已被日本人的刺刀穿碎。玉琴的好姐妹玫也杳无音信，她家的五层楼，海口资本主义最早兴起的重要标志，这一次最先让日本人占领了，它是海口光荣的标志，也是海口耻辱的象征。日本人住在那里狂欢作乐，不时从楼里传来女人凄凉的惨叫声，不知哪家姑娘又被糟蹋，这样的叫声有时竟是通宵达旦。听说，有的姑娘是从临高新盈被汉奸抓来慰劳日军的；不只在夜晚，即使在光天化日之下，日军到处都在追赶、强奸姑娘，有时甚至连老人都不放过。

玉琴老人回忆往事，她差不多说不下去了。国难和家仇交接一块，亡国奴的日子让人体会到诸如国运与民生的血肉联系。聪敏美貌的玉琴此刻最需要做的是将自己的美貌掩盖住。她开始穿上自制的黑色对襟唐装，宽大的肥筒裤，每当有事非出门不可，她还得用黑布缠头，用布条束胸，打着光脚，走路得像一个老妇人模样，颤颤巍巍又急匆匆地，那种日子，非人所过。所有的海口姑娘媳妇，一个个在一夜之间都变成老妇人了，举目所见，海口一片凋零暗淡，了无生气，一座曾经充满温馨浪漫气质的城市此刻成了人间地狱。

玉琴家里的缝纫机声消失了，所有的生意被迫停下。日本人对一切都加以控制，从柴米油盐电到布匹毛巾棉被等，都实行"统制"。尤其是米，不少居民根本就没有隔夜的粮，日本人控制了海口海关，从银行、商店、洗衣店、茶楼、咖啡店、水产、糖业、海运直到妓院等，真是无孔不入。从来没有经历过大规模战乱的淳朴的海口人，此刻面对的是世界上最没人性丧尽天良的日本兵。海口社会角落里那些流氓地痞小人也纷纷涌出水面，充当日本人的汉奸、帮凶，天天有死亡的消息传来，无辜受难者被刺死、施电刑死、药死、用水灌死……桩桩听来令人毛骨悚然。

得胜沙路上大部分的高楼大厦都被日本人所占，原来有名的商户铺面也挂上日本人的旗号。横滨正金银行、神户洋行、台湾银行、大日洋行等等，总计有一百多间，遍布海口的商业街道，到了1940年8月间，在海口定居的日本商人达1500多人，海口的上空弥漫着日本人的血腥气息。

玉琴家的缝纫机声停息了，进出口生意也没法做。日本人为了达到全面控制海口商业及统治国人的目的，1939年3、4月间，在中山路设立"海口治安维持会"，首先强迫那些大户参加。

继"海口治安维持会"之后，1940年年初日本人又在中山路设立贸易协会，海口的商人面临着不寻常的选择。加入贸易协会的，便取得"指定商"的资格，对货物有优先支配权；不加入协会的，只能向"指定商"进货，它要让你受到钳制，待时闭门歇业。玉琴的家族是个有影响的大家族。"协会"会长首先动员的是海口的名家，吴家当然不会被漏过。玉琴考虑都不要考虑，将来人劝说回去。玉琴说，我们宁可破产，也不加入这样的汉奸会。她勇敢的行动和胆魄，激励了许多同行，海口好多这样的大家族都表现出了不屈的民族气节，因而，在几百间的商店中，最后加入的不过20多家。

日本人入侵才几个月间，海口人悠闲满足的日子来了个天翻地覆的变化。从前随处可买到的毛巾、火柴和棉布，现在都统统采取分配制。每月每人只配给两小盒火柴，棉布更是奇缺，每年每十户居民才有一两份布，每份布也就三米多长。玉琴家的缝纫机默默地躺在角落里，当年做童装赶日赶夜的情景早已不在。这些冷冰冰的机器让人看着觉得更加心寒，一家人的生计重又陷入困境当中，与公公去世的那一回不同，这一次玉琴看不出能有多少重振的希望。既然不能依靠日本人的"支持"发家，那么，只好默默地等待来日。海口的许多民族工商业就这样被日本人控制得难以为

1858 年，中英《天津条约》签订，海口被迫开辟为通商口岸，成为中国最早一批开放的港口城市。历经百年沧桑的老海关，在凤凰树、枇杷树和椰子树的绿荫环抱中，依然有昔日的神采。

继，纷纷破产。

　　处于这样的全民族的灾难之中，玉琴作为一个女人，她所要承受的，远比一个男人要沉重得多。1940 年，她的第二个小宝贝出世了。这是一个活泼健康的小男孩，他带给玉琴和她的家族的是一种全新的力量和希望。但玉琴对这个在沦陷期到人世间的孩子有一种别样的感受。在日本人的枪口之下，随时都有人丧失生命，而此时，一个小生命忽然降临，她惊讶自己的生命力如此的坚韧，如此的无所畏惧。在一个早上出去，不知晚上能否回来的非常时期，玉琴觉得她与丈夫、孩子以及家人之间的相互关爱和牵挂太重要了。在人世间,什么才是最重要的呢?玉琴第一次这么认真地思考这个问题。生命,瞬间的幸福感受,与亲人的心心相印,这不是财产金钱所能比拟。在这样的时期,经过几代积累的财产说丧失就丧失了,多少有钱人一夜之间就变成穷光蛋。日本人通过制定专门政策,迫使原来的银行停业或搬出海口市区,钱庄、金铺和侨批局马上宣布倒闭。日本人发行所谓的"军票",强制海口人使用,原来所有的一切都不能算数了。所以,唯有亲人间的情感是永恒的,不可被外物所替代。

对于无事可做苦闷在家的丈夫,玉琴心中总是生起一种母爱的情感。她要宽容丈夫因烦闷而引发的坏脾气,还要鼓励他日子不会永远是这样。国共两党的游击队在岛上开展抗日战争,要不是仗着伪军和汉奸的帮忙,日本人在岛上的兵力在我军的不断打击下,很快就会削弱下去。当时有一个令人震惊的消息:在1940年的临高,汉奸的人数居然比日本兵还要多出五至六倍!玉琴老人说,我们痛恨日本人,更不应该忘记那些可恶的汉奸,汉奸行为是一笔必须清算的良心债,因为汉奸,同胞们陷入更深重的苦难当中。

沦陷期的海口无论经济、

这张1942年在海口拍摄的照片中,一张瓜子脸上是浅浅的微笑,清秀的眉眼,齐肩的黑发,白色碎花的旗袍,白色的皮鞋系上带子,尤其是她怀里依偎着三个小天使一般的儿子,旁边帅气英俊的丈夫,吴玉琴的幸福和典雅尽在其中。

文化还是教育，都沦入日本人的魔掌当中。身为母亲的吴玉琴，不能将自己的孩子交到日本人控制的学校中。她在非常时期亲自担起对孩子的教育，她是一位新派的智慧的母亲。

抗战八年，海口的亲朋老友相聚，都会说起各人从别处听来的或见到的事情和传闻。而母亲们聚在一起，说得更多的是孩子在学校里的种种遭遇。日占期间，海口市区只有三间小学，小学入学人数 1000 人左右，占学龄儿童不到 10%。所设课程以日语为主，国语（语文）退居其次，不设历史课，显然是想让中国学生忘记自己的祖国。学校里到处贴满日本人的口号，什么"中日合作"、"中日同文同种"等，目的在于推行类似对朝鲜、中国台湾的同化奴化政策。为了培养合格的奴隶，日本侵略者对学生无论从精神还是肉体上都进行了非人的摧残。有一种对学生的一种处罚叫"互打法"。曾有一个震惊当年海口上下的一件事，兄弟两人在学校里发生一点口角被日本老师发现了。他俩被叫到日本老师跟前，面对面站着，弟弟被命令对哥哥先出拳，哥哥被命令对弟弟还击，开始两人还能轻轻地对打，可是疼痛和愤怒在一点点地上升，他们越出手越重，彼此都记不住是兄弟了，他们的眼里充满着对兄弟的仇恨，直打到对方鼻青脸肿，血迹斑斑，而那位满脸横肉的日本老师却在一旁放肆地狂笑……

1945 年年初，玉琴的长子到了该上小学的年龄。可无论如何她都不愿意将自己的儿子送到被日军所控制的学校中。从学校里传出来的消息总是让她痛苦难安，她觉得，与其让孩子去受这样的教育，不如让他在家里自由地玩耍。呵护孩子健康的心灵，让他们保持淳朴和天真，感受到真正的人格与尊严，这是一个新派母亲必须意识到的。三年的新加坡西式教育让平等与尊严这样的观念在她的心里生了根。玉琴老人说，对于孩子，健全的心灵比知识的灌输更为重要，爱心的滋养比强硬的说教更能收到良好的效果。她说，她从来不在前来"告状"的人面前打骂自己的孩子，这并不是袒护和溺爱，也不是不讲道理，她要问孩子事情的原委，平白无故的打骂只会让孩子不明事理，只会让他们的心灵变得粗糙。她要让他们知道世界上除了权利还有爱，在保护自己权利的同时，也还要顾及他人的权利。平和聪敏智慧的母亲才能培养出温和友爱的孩子。玉琴的修养与性情对几个孩子一生的影响是明显的。所以，从小生活在一间几兄弟共居的大宅院中，玉琴家的孩子养成了与人友好相处的习惯，他们懂得兄弟之爱，也懂得兼爱他人，在那样的人人自危的艰难时世，相信爱的存在和力量，是需要一种信仰的。

一个好母亲对孩子一生的影响是无法言说的。新中国成立后，由于众所周知的原因，玉琴家经历了许多人生的磨难。1956年，成绩优秀的老大梁人伟面临高考。可是，钟爱他的老师不得不告诉他，由于政审没被通过，他不能升大学了。血气方刚的小伙子看着自己的同学走向考场，继而上了大学，他的痛苦和失落让人难于感同身受。接着，他的两个弟弟和一个妹妹也遭到同样的被拒绝的命运。这时，作为母亲的玉琴除了与孩子一起接受不公，还要鼓励他们无论何时，都不能放弃对文化的学习和人生的追求。母亲作为一个女人，当年还远渡新加坡求学，她在患难中所表现出来的素养，与她的那一段学习经历不无关系。于是，孩子们的心平静下来了。他们并没有像一些世家子弟一样自暴自弃，而是默默地承受着，悄悄地努力着。世界总是在变化。他们的勤勉和努力终获回报。老大在他年富力强的时候就是海南省机械设备公司的总工程师，老二老三也分别是高级技术人员，唯一的女儿也是我海南省一所重点中学的教学骨干。梁家在从旧时代过来的大家族中，它的后代依然保持着一种与生俱来的修养和风度。

蔷薇蔷薇依旧开

岁月流转，时光匆匆，当年海口埠上的一代名媛吴玉琴现在已是一位白发千丝的老人了。然而，她满头的白发却也显现出不一般的品质：清一色的白，富有光泽的亮，自然的卷曲，浓密的发丝，都透着健康和美丽。老人说，她今年（2002年）83岁了，可也没掉过头发。那口气和神情，温柔而自信。爱美，爱生活，是她一生都在做的功课。看她挺直的腰板，轻盈的脚步，爽朗的笑声，脸上没有老者常有的斑痕，你会觉得时间老人对她格外地偏爱。五层楼与梁公子的初次见面，那场景还历历在目。"蔷薇蔷薇处处开"低迷而温柔的歌声仍留在她的记忆深处，她的生命就如盛开的蔷薇。直到今日她也还是一位喜欢哼哼"蔷薇蔷薇处处开"的人，虽然那歌儿唤起的不仅是美好的回味，还有一些悲伤的记忆。

滋润玉琴一生美丽的是她与梁家公子充满传奇色彩的爱情和她对人世间蕴涵的那一份热情。她终生爱着他，从16岁在海口五层楼长长的过道里见到的第一面起。在日军入侵前，他们曾有过一段温馨浪漫琴瑟唱和的日子。玉琴说，一个女子做了母亲后，她的世界才真正发生变化。她不仅是新生婴儿的母亲，奇怪的是，连自己的丈夫也在一夜间变成自己的孩子。直到现在，在她的眼里，阿公，当年让她怀有几份敬畏的梁公子也还是她的老儿子。说起当年"谁主沉浮"，玉琴老人仍笑盈盈，连连摆手说："哦，阿公不理事的，他从来不爱管事的。"阿公的"不管事"从来不招玉琴的埋怨，她已经把他当成自己的另一个孩子了。这，也许道出了他们幸福爱情的秘密，也让人看到海南女子温柔、体贴、坚韧与慈爱的内心。

如今，这座百年老宅里老树爬上了墙，一株绿得有些脆弱的绿萝年年岁岁发着新芽，一切看起来都那么宁静。这正好暗合两位老人此时的心境。大宅院里孩子们曾经的欢笑渐渐地远去了，他们也早已儿孙满堂。只有到了节假日，梁家的祖孙三代20多人才又簇拥在两位老人的跟前，共享天伦。而平时，腿脚仍很灵便的玉琴老人还像半个世纪前一样，早早起来买菜做饭，洗洗刷刷，等候阿公起床的声音。有时，他们干脆什么也不做，洗刷完毕，玉琴老人便领着阿公到他们年轻时候常到的茶楼去，叫上一壶红茶，几块精致的点心，靠着临街的座位一坐就是大半个上午。即使在茶楼里，玉琴老人也将阿公当做小孩，而阿公，也习惯地接受着她对他饮食的安排。玉琴老人总是笑眯眯地对他说话，她说，即使在最为困顿的"日侵"时期，他们都没有伤过对方的心。总觉得人生相逢不易，人应该好好珍惜每一个与他相遇的人，更何况这个人还是自己的妻子或丈夫。玉琴老人关于爱的观念一直支撑着她乐天的人生。所以，她的朋友可谓年龄不限。她有一帮比自己年轻得多的"牌友"。下午时分，如果没有什么事，他们一定到一起，玩上一轮，玉琴老人依然灵巧的十指，优雅的声调说着海口话，不时爆出的朗朗笑声，与她玩牌，可算是一次真正的放松。

玉琴老人直到今日，依然是梁家的灵魂人物。儿女年轻时候婚姻不仅要母亲帮忙做主，即使是今天大家聚会时该吃点什么样的菜也还要先问一问母亲。而母亲对儿女的选择越不加干涉，儿女们心中的母亲越加显得不可缺少。玉琴就是以这样的心情，这样的方式，透出母亲影响力的不可忽略。而阿公之所以如此"放手"，那是因为他太了解她的聪敏、智慧与慈爱。是她，将这个大家族，将这些孩子保护得如此完好，即使他们艰难地经历了半个多世纪的人间沧桑……

这是海口名媛吴玉琴的娘家，海口人称番客村吴家大院。院落四进，外观古朴，庭院深深，吴家人安静地操持生计。

已逝的美丽：裕大商行和大亚旅店

真是天赐良机，一个偶然的机会我认识了著名新加坡爱国华侨王先树在国内的唯一代理人颜振武先生。2002 年 12 月 23 日，得颜先生的热情引领，我来到海口市博爱北路和中山路，寻访王先树和他一门漂亮妻小当年的足迹，无意窥见王家留下的美丽风韵，令人感怀、遐想。

王先树，琼海市石角村人。其父王绍经是琼侨先驱十杰之一。他曾创办新加坡琼州会馆并就任会馆第一任主席，是琼籍人士在南洋的首领。早在 20 世纪初年，南洋华侨中就盛传这样一句话：福建有个陈嘉庚，海南有个王绍经。可见王绍经在华人心目中的地位。他的儿子王先树秉承其父的理想和品性，管理其父绍经公所经营的贸易、地产、橡胶园种植业、金融及保险业等，继而自创恒裕兴汇兑庄，二战后又创办永远芳面粉有限公司，因其经营有方，各机构业务发达，一时声誉鹊起。王先生秉性仁厚，宅心仁慈，对社会公益，家乡福祉，皆不遗余力。除在新加坡捐资办学，支持社会公益事业外，王先树先生在 20 世纪三四十年代就回海口兴办企业。他在海口市博爱北路创办的大亚旅店和"裕大纱布公司"，也就是现称"红霞商场"的棉布公司，曾是 20 世纪 40 年代，海口女人心中梦想的地方。

裕大，昔日海口的时尚窗口

1936 年夏天，一座带着浓郁的南洋建筑风格的三层楼出现在海口人的面前。建筑面积约 900 平方米的"裕大"，砖木瓦面结构，雪白的外墙，楼面的白雕，洋溢着异国情调。但让姑娘少奶奶们欢喜的还不是这些，"裕大"经营的是花色各异的棉布，老板是鼎鼎有名的南洋首领王绍经之子王先树。王先树是一个目光独具的商家，他知道海口的女人们需要什么，他所进的货都是当时最时兴的面料。上海、广州乃至南洋流行什么，在"裕大"一般都能找得到。

颜振武先生面对的裕大商行就是昔日海口的时尚窗口。

1858 年，《天津条约》后，海口被列为对外通商口岸，外国棉纤维、棉纱、棉织品开始涌进海口市场，市场上 20% 的棉布是来自欧美、日本、印度的进口货。20 世纪二三十年代，海口百货已有较大发展，裕大公司、精华公司、远东公司是当时实力强大的龙头公司，至 1936 年前，海口的布匹业已有 30 家。裕大作为最富有特色的一家，它的影响力当然不局限于海口。除零售外，裕大的主要业务是批发。海南各县布商到海口来进货，裕大是他们一定要去的地方。抗日战争开始后，全国上下抵制日货，曾经一度被压制的国产布有所抬头，上海布重新占据它原有的统治地位，裕大与上海的贸易往来增强了。海口、上海来往的商船繁忙起来，上海的布料，上海的时尚，也一并地传到海口来。

20世纪初的海口人，男人多穿粗布对襟唐装，上衣四个口袋，裤子粗而大筒，以灰色蓝色为主。女人穿的大多也是唐装，现在一些海口老妈妈仍然喜欢身着这种唐装，和以前不同的是它除了纯蓝色，还多了碎花。女子唐装的斜襟从脖子一直弯到腰身一侧，密密麻麻的扣子将女人的周身包得像个粽子似的。到了三四十年代，海口的女子们可就不再那么保守了。这时，南洋风漂洋过海，随着回琼的侨眷，来到海南。回乡琼侨被称为"南洋客"，他们衣着色彩鲜艳、带有浓郁的热带情调的衣衫，让海口人眼前一亮：原来我们可以把花草鲜艳地穿在身上！后来，上海、广州、香港的时尚也是她们热衷的话题。市区富有的人家，男子已不只穿着唐装，西装成为他们身份的象征。女子更是着旗袍、彩裙，云鬓金钗，项链手表，一应俱全。

时髦的女子总是穿上她们最新的服饰到裕大来，这里是她们比试时尚，谈论男人和孩子的地方。还没跨进门，便已闻到纱布的味道。在这里，女人们可以看到当时最时髦的棉布，它的花色，它的品种。卖布的小姐一般是本地人，也有一些上了年纪的女子。来这里的一般是城里的熟客，有姐妹结伴而来的，也有孝顺的女儿媳妇陪着母亲或婆婆来的。裕大的对面是精华公司，女人们更喜欢到裕大。因为裕大的名气，更因为"裕大"总是那么细腻地知道海口女人的心。四十年代曾一度流行一种棉布，蓝底小碎花，质地轻盈，很适合女人做夏装。海口的女人走了一圈，发现它就在裕大的柜台上。

女人们喜欢裕大，也许还跟老板王氏家族漂亮的太太和姑娘有关。从王绍经这一辈算起，他共有5个儿子，数十个孙儿和孙女。他的子女都受过当时最好的高等教育，各有专长，真可谓一门俊秀，品学兼优。在穿戴服饰上，他们代表了那个时代经典的或流行的风尚。

这是王先树先生的大儿子王裕芬（右二）一家20世纪40年代在新加坡的留影。

　　这是王先树先生的大儿子王裕芬（右二）一家 20 世纪 40 年代在新加坡的留影。大媳妇（前中）是一位来自广州的名门闺秀：岭南人的小巧与灵秀，高高耸起的云鬟，贴身的旗袍式的长裙，白色的蓝色的碎花点缀其间。她只微微一笑，大家族媳妇的风韵就显露出来了。据说，王家姑娘媳妇很难得一见。只要她们出现，肯定会成为海口街头争睹的目标。女人们各怀心事，但最大的心事无非是想看看王家媳妇穿的是什么衣服，戴的什么头饰。当年的裕大，成了海口女子放不下的心事。

　　这张相片是 1948 年在海口相馆拍下的。是王先树先生的二媳妇（右）和她的表妹。她们出过南洋见过世面，她们的衣着打扮是那个时代海口的上流社会富有人家的典型。

　　左边那位雅静的女子，她的上衣，是传统中式领与富有动感的斜排三只扣的珠联璧合，下配一件 A 字过膝的旗袍式的中裙，两只大的口袋，腰脐间别有两只黑扣子，淑女风范中又透着一股英气。右边的女子一袭长裙流畅地下垂，也是中式的领子，在领口处别上一朵银做的菊花。这是两件套，内紧外松，严谨中不乏随意。黑色的皮鞋，配

这张相片是 1948 年在海口相馆拍下的。这是王先树先生的二媳妇（右）和她的表妹。

上淡黑的丝袜，皮包也是黑色的，保养得很好的白净的脸庞，浅浅的微笑轻轻一荡，海南女子的聪敏与贤惠尽在其中。

值得注意的是她们的发式。这是三四十年代流行的发型。齐肩，烫着大波，蓬松，精致，就着各人的脸型，给你一个典雅、大方的好形象。

1932 年时候的海口，已有摄影店 12 间，大部分在新兴街，也即现在的新华南路，其规模最大的是宝哼号。当时的摄像技术简陋，只有摄影机、放大机、转镜头等。到了 40 年代，摄影技术有了很大的提高，这从所留下来的老照片中可见之一、二。

照片上的美丽女子已经做古，她们曾是海口街头令人惊羡的丽影。她们的身影曾在裕大商行引来海口女子的顾盼，裕大对女人的魅惑大多缘于王家的美女啊。现在，半个多世纪已经过去，但照片的颜色依旧，这让人感到有些意外。黑色的经典总是经得住岁月的磨洗。曾在裕大现身的王家眷属，你给人多少生命与时光的怀想啊。

大亚旅店南洋风

王先树先生在海口的另一大产业就是大亚旅店。它曾是海口最繁华的所在，位于中山路 15 号，面对当年的港口海甸溪。南洋风格骑楼的样式，白色的雕花还未落尽，古榕攀援依附老楼而生，仍能感受到当年的讲究与气派，难怪它曾与得胜沙的五层楼齐名，被称做海口最好的旅店。

如今，这里依然是旅店，沿用的还是大亚的商号。现在的服务员已没有往昔的小妹勤快，穿着也不太考究，她有些懒洋洋地打量靠近她的人，问你是不是需要住房。站在斑驳陆离的总服务台前，她说：现在有客房 50 余间，小间仅 6 平方米，两个铺位，夜租只要 10 元至 15 元。她还添了一句，大亚的常住客有 8 户，现在，已经搬得差不多了。他们都是海口市服务公司的老职工。昔日的豪华酒店如今进出的显然都是些行色匆匆、囊

长堤路上的大亚旅店曾是海南著名侨领王先树先生在海口的一大产业，与得胜沙路的五层楼齐名，曾被称作当年海口最好的旅店之一，民国到新中国成立后很长时间均是海口的一座标志性建筑。

中羞涩的男人和女人。

站在大亚旅店的天井底下，有一阵幽幽的凉风吹动我的衣角，不远处有一口井，井边的青苔表明井还在用着，凉风似乎从井边吹送而来。这是典型南洋建筑中，以玻璃天棚通风采光的特色，也是大亚的点睛之笔。据说，那是当年王先树先生特地从南洋运回海口的采光设备。在没有空调的年代，这个巨大的天棚已然成为大亚的阴凉处所，许多房客想必是冲着这片阴凉而来。那时，房客要是上岸晚一些，就住不到大亚的客房了。

据说，当年到海口来的南洋客，一上岸就马上被"接客"的本地人拉到他们认为你应该到的旅店去。如你操的琼海口音，他们二话不说，就将你连同行李呼哧呼哧地拉到大亚旅店，因为大亚的老板是琼海人；而如果你说的是文昌口音，那么，你必去泰昌隆旅店无疑了，因为泰昌隆的老板是文昌人。而你是否要到五层楼去，就要有所商量了，因为那里几乎是来海口的军政要人惯常出入的地方，那里总是夜夜笙歌，喜欢社交或需要攀附显贵的人经常筹划着如何亲近五层楼。

颜振武先生站在裕大商行楼顶上眺望海口老街景。（摄影　李幸璜）

　　回到大亚旅店，它每进屋院两侧都有细窄的楼梯，梯阶蜿蜒而上，直伸向属于自己的空间，更衬出整个旅店的幽闲静谧和独立意味。那时的设计就包含了房客互不干扰的思想，老屋的体贴，充满着细微关怀让房客住起来舒心。

　　三楼的屋顶是一个很大的平台。想必从前这里是房客相会聚集的地方，王先树漂亮的女儿与媳妇也会从南洋回来拜会故乡，这里也就成了她们闲居的住所。依稀可见当年香鬓云衫，吴侬软语，据说她们喜欢在晚饭后谈论南洋的香茶和咖啡，还有时尚的衣裳，每当这些身影在三楼的阳台出现，总是引来房客惊羡的眼光。因此，到大亚来住的人，最津津乐道的是他们在某日见到了王先树家的美眷。

狭窄却笔直的通道，两边名贵木材建造的客房，幽深而静谧，仿佛把人带进时光隧道，恍然间，七十多年已轻轻掠去。这是大亚旅店的主人王先树先生 209 号房的所在。（摄影　李幸璜）

209 号房位于大亚二楼南侧，是院落的最后一进，它曾是王先树在海口时居住的房间。在南洋有着诸多产业的王家，海口的这一处只不过寄托了一个成功的家族在家乡留下的一些象征物而已，王家更重视的是海外的经营。所以，即使在大亚，人们也难见到老板王先树。由八片花瓣铺就的地板砖上，摆放着一张雕花长椅，它几经漂洋过海而来，如今像古物一般见证着大亚的沧桑。狭窄却笔直的通道，两边名贵木材建造的客房，幽深而静谧，仿佛把人带进时光隧道，恍然间，七十多年已轻轻掠去。而七十多年前，这座旅店的拥有者王先树就住在这里，209号房如今紧锁着，它的主人早已人去楼空。

大亚二楼的廊房前，曾有一处出了名的咖啡馆。当时进出大亚的外国人很多，20世纪30年代，日常居住海口的法国人、英国人、日本人和朝鲜人数已过两千。大亚的洋派，大亚主人的海外背景，大亚从南洋运来的咖啡、可可和香槟，曾让那些远离故国的人们找到一种家乡的味道。大亚尤其喜欢播放的西洋音乐和南洋歌曲，也成为老外们常去大亚的理由。老海口甚至说，大亚会让人想起上海外滩某一家酒店，它更纯净，没有五层楼的歌舞升平，也没有泰昌隆的乡音盈耳，它更具有国际化。在这里你可以听到多种国家的语言，有一点上海酒店的做派与氛围，它其实代表着一种海上文明，一种难以割舍的海岛情结。

南洋华侨的乡梓情怀，给海口带来的异国风情，就是这样不同于别处的风骨和浪漫。王先树在海口留下两处产业，让人窥见昔日海口曾有过的风光、风情和艳情。如今，我们可以随时到大亚，在西海岸的星光下，什么都不要做，任由习习海风迎面吹来，陶醉于每一个幻想。

格格遗事

1923 年 4 月，孙中山先生在广州帅府，再次向琼崖人士恳切地说："诸位是琼崖人，要图救琼崖，须先将琼崖改省，直隶于革命政府。"在孙中山所说的琼崖人士中，除了琼籍革命先驱徐成章外，还有本文将要叙述的海南文昌人林树椿。

由于历史的变迁，林树椿有意隐去自己与一代伟人孙中山非同一般的交谊，而由宋庆龄直接促成的林树椿与末代格格恒容的传奇婚事也尘封了半个多世纪。让我们透过一幅幅闪着历史光泽的老照片，一段段充满历史感怀的文字，进入到时间的深处，感受那令人唏嘘不已的往事。

2003 年 1 月 26 日，一代格格终于熬不过这个有些寒冷的冬天，在海口建山里 35 号，她居住了大半辈子的平房里安详过世。这是一间大约 30 平方米的低矮的民房，被隔成两间。格格和小儿子林鸿贵一家三口住在一起。临走前，没有人知道她心中装的是什么样的一个世界，那样的平静，没有一点声息。

还有一周就是大年初一，邻居们都忙着办年货，打扫卫生，没有人注意到格格家里的响动。直到 1 月 28 日报纸上刊登了格格去世的消息，人们才回想起那天早晨天还没亮，格格的 5 个儿子从各处聚集到母亲的身边，神情悲恸，见人也不打招呼，他们在忙着将母亲入殓，悄悄地要运她回丈夫的老家文昌。至此，前清格格爱新觉罗·恒容在海南度过了她最后的岁月，以 98 岁的高龄告别了人世。

关于格格的身世，格格与海南人林树椿的婚事，格格见证过的一代伟人孙中山、宋庆龄的往事，以及那个年代里的沧桑变化，都足以让人感慨万端。由于特殊的因缘，爱新觉罗家族一员的血脉滴落在了海南，一个前清格格带着往日的气息，向我们叙说着前尘往事。

这桩经过伟人促成的婚姻必须从 1924 年讲起。

在孙中山身边的日子

1924 年，是我们故事的主人公命运交关的一年，更是中国现代史上最为关键的一年。从某种意义上来说，孙中山和他的追随者以往所做的一切都是为了这一年的发展做准备。元旦，孙中山在广州主持群众大会，庆祝新命名的"国民政府"成立。会上，典雅、沉静、大方的宋庆龄出现了。这时，国民党保守派中曾经反对她和孙中山结婚的人也不得不承认，是这位容貌端庄的女子在一年半前的陈炯明叛变中救了孙中山一命，从而挽救了革命。就从这一天起，从前故意叫她宋小姐的人也纷纷改口叫她孙夫人了。宋庆龄作为一位影响中国历史的杰出女性的地位在那个时刻确立。就在这一次大会上，有一位身穿白色服装、鼻梁有点高挑、眼窝有些深陷的青年就站

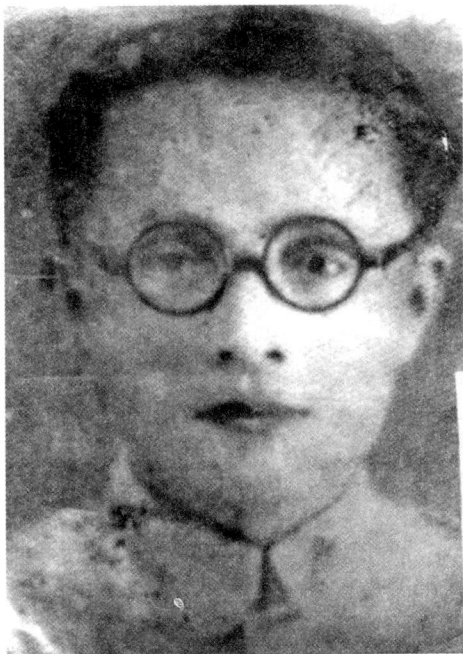

这是林树椿早年在广州的留影。

在离宋庆龄不远的地方。他就是老同盟会会员、时任孙中山总统府秘书的海南文昌人林树椿（字轩甫）。1919年，28岁的他已经是一名众议院议员，是全国议员中较年轻的一位。这位一生深受海南前辈同乡、有明一代伟大学者丘浚、清官海瑞的影响，又极力追求西方民主与法制的海南人，在那个风起云涌的革命年代，并没有像当时的很多潮流青年一样选择了上军校，成为一名职业军人，而是怀着建设一个法制新民国的理想，1915年考上了湖北武昌中华大学法律科，成为从这个海岛走出去的为数极少的海南学子，从此开始了他追求法制救国、实践法律精神的一生。

孙中山对这位来自海南岛的青年颇为器重。四年法律专业的训练，让这位本来就严谨内向、心思缜密的年轻人变得更加聪敏而利落。也由于宋氏家族的血脉来自这个小岛，使得无论是宋庆龄还是孙中山，对这位说话带有海南口音的文昌人自然有一种先天的亲近感。这是人之难以避免的常情。所以，当胸怀救国大志的年轻法律专业毕业生林树椿来到广州，几乎没有经过多少考虑，在1921年，他便成为孙中山总统府的中文秘书。

与孙中山相随的这些日子，决定了林树椿后来的人生走向。

1923年春天，极少给人留下墨宝的孙中山，一天夜晚与林树椿深谈之后，忽然叫人拿来宣纸和砚台，神情非常的专注，胸中似乎蕴藏许久，一挥而就，写下了一副对联："道因时以立，事惟公乃成"。这是首次公之于世的伟人遗墨。这既是孙中山对林树椿的勉励，也是先生一生追求的理想境界，与他著名的"天下为公"如出一辙。而这副不同

这是孙中山先生1923年赠予海南人林树椿的对联。这与著名的"天下为公"如出一辙的对联，从此伴随着林树椿，成了他一生依赖的精神支柱。

寻常的对联，成了日后林树椿一生追随孙中山理想的精神支柱，也是最能见证这段不为外界所知的特殊交往的重要物证。这是后话。

在这里，很有必要纠正一个曾经一度风行的说法，由于种种原因，宋庆龄从来没有到过海南岛，有人便据此推测她对祖籍海南并无兴趣，还有些人甚至对其父宋耀如的出生地在海南提出质疑。然而，在经过半个多世纪之后，笔者从宋庆龄有关的传记中，从恒容格格留给儿孙们的口述中，了解到的情况恰恰相反。1939 年，宋庆龄在香港工作期间，听说海南农民击退一队凶顽的日军时，她写信给一位友人说："海南岛（我的故乡）的农妇们……从地头奔回家里，丢下工具，同男人们一起用老式来复枪将入侵者赶走"。她接着写道："我多么为我家乡的姊妹们感到骄傲！希望一旦情势许可我就回去看看"。——"我的故乡！"宋庆龄对海南充满着神往！虽然，直到她去世也没有回过故乡海南，但在她的情感深处，她对这片土地怀有多么深沉的挚爱！ 1924 年由她直接促成的这桩婚事，就是她对故乡感情的自然流露。

伟人促成的婚姻

1924 年的北京，有几桩不同寻常的事震惊朝野。这一年，由冯玉祥将军发起北京政变，囚禁贿选总统曹锟并迫其退位，驱逐废帝溥仪出宫，从此结束封建王朝的残余统治。所有的皇室成员从此离开紫禁城，由皇族而变成平民，星散于京城，流布海内外。恒容格格也随着曾在宗人府任要职的父亲和家人，搬迁到北京东城区一个叫擀面胡同的四合院，这一年，格格满 16 岁。关于格格的身世，根据格格家里珍藏多年的家谱记录，以及查考有关爱新觉罗家族全书，她的曾祖父是咸丰皇帝的弟弟，父亲毓崟曾在光绪、宣统年间任宗人府的要职，曾经权倾一时。恒容的少女时代就在宫中度过。

这时已是年底，林树椿跟随孙中山到了北京。此行是受冯玉祥之邀，到北京共商和平统一大计的。根据林树椿后来的回忆，他们一行人住进了北京的临时行辕——位于狮子胡同的顾维钧私宅。顾维钧是中国外交家、前外总长，在冯玉祥带兵进京时出逃，留下了这座房屋宽敞、庭院开阔的大宅院。中国的前途眼下还在风雨飘摇之中。军阀的混战此起彼伏。孙中山和宋庆龄忙着出席一些重要会议，并发表演讲。但是，由于多年劳顿，孙中山此时已是重病在身，宋庆龄秀丽端庄的脸上常常出现忧郁之色。然而，这位以关心他人为重的伟大女性并没有忘记身旁这位沉默少语的老乡林树椿。他从毕业至追随先生的这些

这张明显经过裁剪的照片是林树椿1924年在广州期间的留影。这正是他在总统府任职的时期，但是他的旁边曾经站着什么样的人，也成了一个难以揭开的谜。

年头，有七、八年了，可还没有回过一趟老家文昌，今年他也该34岁了。她知道他有一桩由父母包办的婚姻，并已有一个孩子，但由于感情不洽，他与她长期分居，那桩令人难堪的婚姻已是名存实亡。眼下的他需要有一个新的家庭，于是，在她的热心关照下，周围的友人忙着给林树椿物色起对象来。

1924年，这个冬天特别寒冷。可是，有一桩喜事还是让那座行辕充溢着一股暖流——林树椿找到了一位意中人。她就是眼前这位微笑着的沉静大方的前清格格恒容。从相识到结婚，中间不到两个月。

2002年的秋天，格格还在院子里晒太阳的时候，笔者与她有一段耐人寻味的对话：

"结婚之前知道有个海南岛吗？"

"不知道。没有听说过。"格格的北京口音依然浓重，语气中有一种不容置疑的淡定。

"你当新娘子的那一天高兴吗？"

"那时候我才16岁，是被八抬轿子抬过去的。知道从此要离开父母了，我是一路哭过来的。不过一见面他看起来却像一位大哥哥，我的娇小让他看我的时候更多的是一种怜爱，他的眼神让我一下子止住不哭了。"格格笑了起来，脸上忽然涌现一种女孩儿才会有的羞涩。宫中复杂的人事，清王朝的沧桑变化，让这个曾经的格格显得比她实际的年龄要成熟和稳重。

刚刚从清宫出来的格格当然不知道眼前这位优雅文静的女子就是宋庆龄。她从心里透出来的那种人们熟悉的微笑，那种天生的亲和力，让那个还有些局促的新娘子显露出少女的天真。笔者曾问过格格："跟宋庆龄说过话吗？你对她的印象怎样？"格格陷入一种怀想："刚结婚的那一阵，我们在餐桌上一起吃过饭。有一次她拉着我的手，仔细端详着我，问我是否习惯现在的生活。她那个温暖的眼神，我到死也忘不了啊。"格格真诚的话语，让人不能怀疑那曾经上演的一切。

其实，由于众所周知的原因，格格一家在新中国成立后遭遇了常人难以想象的磨难。她一直叫做赵秀英，即使是她自己的亲生儿子，也不知道她的格格身份。直到1986年，格格得了一场大病，她以为自己不久于人世，才从一个封存多年的木盒子里掏出封了一层又一层的家谱来，告诉儿子们她的身世。尤其叮嘱他们一定要保存好孙中山先生赠予的那副对联，它不仅是国宝，也还记录着他们的父亲与先生不同寻常的交谊。

1925年3月，就在格格与林树椿完婚不久，孙中山先生的病情转入恶化。格格清楚地记得这个日子，因为他新婚的丈夫显得从未有过的焦虑和痛苦，孙夫人无助与悲伤的脸庞让人看了心情沉重，没有人能唤回先生即将远去的魂灵。12日上午9点30分，伟大的革命家孙中山走完了他的一生。格格和丈夫伤心欲绝地见证了伟人逝世的整个过程。年轻的格格并不知道，先生这一走，对整个国家，对自己的丈夫将意味着什么。林树椿怀揣着先生珍贵的遗墨，苍白的脸多了一层灰色。通往北京碧云寺的路不知有多漫长，先生的灵柩将安放在那里。这个多难的国家将陷入一种怎样的混乱，真是让人感到一片迷茫。林树椿只知道，他此生决不能辜负先生的厚望。他们常常在一起谈到的救国治国方略，其中很重要的一条是如何将这个刚建立起来的中华民国引向宪政之路。林树椿当年选择读法律，刚好和先生所提倡的依法立国和治国的精神吻合，这就是他们心心相通的原因。

身世飘零到天涯

先生去世后，北京已成了林树椿的悲痛之地。过了一年，也即1926年，林树椿孤身回到阔别多年的故乡海南，充任琼山县审判厅长（当时的海口归琼山管辖）。才过5个月，他又再度离乡，北上与妻子会面，1927年到了天津，从此开始了颠沛流离、充满忧患的一生。

一桩年龄悬殊的婚姻，一个有些叛逆的前清格格和一个海南人的爱情，中间浸透着一代伟人的关心，这本身已经具足了一切传奇故事的要素。所以1926年4月，当林树椿将自己的妻子恒容格格带回文昌老家时，面对自己望眼欲穿的父母亲，面对前来看新娘子的乡亲，为了避免更

这是林树椿的妻子、前清格格爱新觉罗·恒容的青春靓影。黑底碎花的旗袍，精心设计的发型，温顺的眼神，永恒的微笑，那时的她怎能料想自己日后坎坷的命运？

多猎奇的目光，林树椿只是轻描淡写地介绍说："这位是新媳妇，北京人。"从此，外界就只知道曾经是孙中山总统府秘书的林树椿，娶了一个北京女孩当老婆。

经历中国历史上最后一个王朝灭亡，而它的灭亡又跟自己的命运密切相关的恒容格格，对这些前来探望的好奇的人们，总是报以莞尔的一笑。那一年她才18岁。在文昌龙楼这个叫做五湖村的地方，椰树婆娑，草木葱茏，可因村子小，人口稀少，她还是感觉到了一种落寞的荒凉。这也是当时的海南岛给她留下的遥远而苍凉的印象。她在窄小的厅堂里拜见了公婆——在她的眼中，这儿被称做厅堂的地方竟如此的小。很快到了清明节，格格随家人到家族坟地祭拜了长眠于地下的林氏祖宗。当婆婆祭拜完毕，对着地下的祖宗说要好好保佑这位高贵的新媳妇时，格格才真切地感觉到自己和这片陌生的土地有了某种联系：她，明明白白是海南人的媳妇了。恒容格格后来说，那一刻，忽然有一个念头袭来：难道自己将来也要埋葬在这个杂草丛生的陌生之地？她心中不禁一惊，第一次感觉到命运的荒诞，身世的漂泊无常。

她想起她在北京的家，她度过少女时代的那座赫赫有名的有着八大殿堂的惇亲王府。可是，从内心感受上来说，王府中的生活，没有一处逃脱得了极端专制的藩篱，空气中总是有一种冷冰冰的味道。从父母到亲兄妹，人人都藏在假面具下过着表里不一、内心分裂的生活。更由于有"嫡"、"庶"之别，各自有自己的派系，无形中形成的沟墙将表面上客客气气的一家人分成几个小派别，这是生性单纯的格格恒容难以忍受的。不太情愿多提往日王府中生活的格格，近些年跟儿孙偶尔提起，最让她难忘的人是她的爷爷，也即道光皇帝的皇五子、咸丰皇帝的五弟惇亲王奕誴。据格格的回忆和有关皇族的追忆文章，她的这位生性耿直的爷爷奕誴，因为反对慈禧的"垂帘听政"，很不得慈禧的欢心，所以，慈禧始终不让他参与国家大事，但碍于他是咸丰的皇弟，慈禧也不敢奈何他，只好让他的晚年在宗人府宗令、玉牒馆总裁的任上度过，很有些郁郁寡欢。可这位清宫中少有的富有血性的人物却有一套有别于其他皇族的人生态度。他的淡泊勤勉，他厌烦奢靡的宫中生活，他对中国文化的热爱，在格格幼小的心中，显得很与众不同，也给她的一生深刻的影响。关于他的传闻很多，而由于他的不得志和清王朝日后的崩溃，留给格格的记忆是这位王爷郁郁寡欢的面孔。而父亲载瀛，有家谱记载的有 8 个儿子，而格格们到底有多少个，连恒容本人也不清楚。

父亲和爷爷不同，他是 5 个兄弟中一个占有欲较强又很懂得讨慈禧欢心的人。他的青云得志（被慈禧命其为惇亲王府继承人，独占王府的祖产）和后来的历史变迁，是无暇顾及这位有些内向的格格了。兄弟姐妹云散，从此也音信杳无。1924 年，当格格一家由皇族变为贫民，又与海南人林树椿完婚后，她便跟当时一般的中国女人一样，嫁鸡随鸡，从此远离那座王府所有的纷争，大家族离析之前所有的伤心事就永远地锁在这位末代格格的心里。她轻易不去碰触这些陈年往事，也不愿意与人多谈宫廷中的生活。前些年京剧《霸王别姬》又重新在电视上演火的时候，她看了，淡淡地评说几句，那语气里，有一种深深的怀想。她说："这个戏，比我那会儿看的时候服装要好看。不过，唱的就不如梅兰芳了。"格格说的"那会儿"，指的是 1922 年 12 月，末代皇帝溥仪和皇后婉容举行大婚典礼时，连续演了三天的戏，一时间，紫禁城里聚集了京、沪所有著名的演员，其中就有京剧大师梅兰芳。他和杨小楼演的《霸王别姬》缠绵悱恻，真切感人，当演到虞姬自刎时，太妃和王公的女眷们还掉下泪来。格格年龄和末代皇帝相当，她也在那天看戏的人群中。格格说，记得散戏后，王公旧臣都怀着悲戚的心情离去。到了 1924 年溥仪被迫出宫时，还有人愤愤地说："大婚的日子演什么《霸王别姬》，都应验了！"

现在，一切都是如烟往事。格格带着疑惑和期待，跟着丈夫林树椿到海南来了。见到家里大小时，她的感觉却豁然开朗：他们虽然言语不多，也没有什么客套，但从文昌话昵昵哝哝的口音里，她听出了他们对她的友好和亲切。尤其看到林树椿和自己的父亲交谈时那种和谐与默契，那种一个眼神就能沟通彼此的东西，更是让敏感的格格感觉到那种侯门未曾看见的亲密景象。文昌人的尚学之风自古有之。就是这位老实巴交的海南农民，立志要将儿子送出岛去，好好读书，巴望着他成为国家的栋梁之才，现在，他过早衰老的古铜色的脸庞总是荡着笑意。总之，海南让格格感到遥远和陌生，文昌却让她感到开阔和亲切，她是否注定着跟这片土地有着生死之缘分？

此番丈夫回乡，还有一桩公务在等着他，他将就任琼山县审判厅长职务。直到后来，格格才明白，原来丈夫的老家海南在明朝的时候，就已经出现过两位对中国的思想界和司法界影响重大的人物——同是海南琼山人的伟大政治家、思想家丘浚和名垂青史的清官海瑞。林树椿 1915 年报考湖北中华大学法科专业时，无疑是受到这两位先贤的影响。在林树椿的藏书中，有一套线装的、已经有些发了黄的丘浚撰写的《大学衍义补》。现在，这套书到底身在何处，已经是无从寻找了。

1926 年的海南乡间，来了格格这样一个说着一口标准北京话的新媳妇，她的穿着打扮，她的言谈举止，让这个长年有些沉寂的小村子多了一些茶余饭后的谈资。文昌是有名的侨乡，在 20 世纪 20 年代初年的时候，几乎村村户户都有出洋的人，且都是青壮年的男子，有的村子甚至难以见到男人的身影，而能相随相送的年轻夫妻更是少见。所以，当格格刚刚回到文昌龙楼这个小村庄，常常跟着丈夫林树椿走在乡间小路的时候，总是引来那么多既是妒忌又是惊羡的目光。谁也不知道她的来历，由于语言的隔阂，更少有人与她交谈。可是，格格渴望与人交流的愿望让她放下所有的顾虑，她从家族成员开始，主动地与他们攀谈，林树椿当然成了她和家人之间的翻译。

在家里待了一个多月，林树椿该走马上任了，但他不能将妻子带去。

好在这个时候格格已经学会了一些能够交流的文昌话，家里人也从心底里接受了这位年轻的北京媳妇。在格格后来的人生经历里，这一段初到海南的生活对她非常重要。当她有一天终于也变成一个海南老阿婆，遇到紧急事时，按理说脱口而出的应该是她的母语北京话，但叫人吃惊的是，她总是操着一口再纯正不过的文昌话。这真是文化融合最为明显的例子。

格格后来说，基于对一个人的爱，对一个地方的认同，你才会去适应认为本不可能适应的一切。

艰难时世的精神守望

转眼间，林树椿在琼山地方法院任审判厅长已经半年。离开孙中山总统府秘书职务后，他是第一次到地方上谋求司法职务，他首次有了实践法律精神的机会。1926年的海南，民生凋零，商业、贸易只在海口这样的口岸城市里始见活跃。因此，法院的案子与商业基本无关，却具有中国封建社会里的民事纠纷色彩。虽已建立民国，但清朝的法律制度在边远的海南还留有浓重的痕迹。长期以来，皇权不仅凌驾于法律之上，自上而下的各级官员也普遍任意枉法，加上讼师胥吏助纣为虐，枉法徇私，百姓将打官司视为畏途，因此，半年多来，法院受理的案子寥寥。抱着为民执法、寻求一种公正无私的法律精神的林树椿，一时陷入一种无所作为的落寞中。为了他心中神圣的法律，他还不惜将年轻的妻子安放在文昌老家，也不知道她有没有对此怨恨？眼下，故乡海南的法律基础真是太单薄了，民间有了纠纷，还不习惯去找法院，而是找那些有威信的"父兄"或"族长"，社会的统治基础还是"人治"。处于这样社会环境中，任凭他一个人的功夫，到底能改变多少呢？

每当这样失落无为的时刻，林树椿总喜欢将目光投向那个相隔有些遥远的时代，那个有些孤独而倔强的背影，就是在他的心中占据永不可超越地位的明代中叶中国伟大的思想家、政治家丘浚。在后人的某些述评里，对这位有着多种建树的天才人物的法律思想似乎研究得很不够。丘浚，这位来自海南岛的布衣卿相，少怀"以文字治天下"的抱负，历经明永乐到弘治等七世，在京任职40余年，以政治家的敏锐洞察明王朝的腐败与倾轧，同时，又以惊人的毅力和勇气，在任上博览群书，"平生精力尽在此书（《大学衍义补》），苟有所见，皆不外此"（丘浚语），由此获得了自汉以来封建正统法律思想的一次全面、系统总结和阐发的机会，提出了许多具有鲜明时代特征的法律观点和带有启蒙因素的法律主张，要研究中国法律思想史和制度史，他的《大学衍义补》是一部经典之作，绝不可以绕过。作为一位早期的向西方看的知识者林树椿，尤其对他主张的开明专制而不是君主集权私心里赞同。丘公的成就举世公认，最让他心灵激荡的是，丘公和自己来自同一片旷古孤寂、被人称为文化荒漠的海南岛！在对美好未来的追求上，他觉得他是不会孤单的，前已有古人，后将有来者。此刻，面对有些空空荡荡的法院大厅，他的脸上露出一丝浅浅的微笑。

1927年的元旦来临了。这一天，国民党政府正式宣布迁都武汉，宋庆龄作为政府的灵魂人物之一，也正在武汉继续着孙中山未竟的事业。然而，很快，中国现代史上黑暗的一天不可避免地降临了。4月12日，蒋介石发动震惊中外的四一二反革命政变，大批共产党人和工人、学生被杀。接着，蒋介石在南京建立了自己的"国民政府"，与国民党武汉政府相对抗。消息传到海南岛，林树椿决定偕妻再度离乡北上。他要去见孙夫人，即使只能表达一下他的支持，也是对已故的先生的最好的缅怀和一贯的忠诚。

离家的那个晚上，格格将孙中山先生赠予的那副对联，用宣纸层层包住，放在自己随身携带的皮箱里。可以想象，在这样的危急关头，孙夫人见到先生的遗墨该是怎样一种追念的神情。她30多岁的年华，楚楚动人的雍容华贵的神态，使她作为孙中山夫人的责任感，更加具有罕见的精神力量。格格后来追忆在武汉与孙夫人的匆匆一面，仍旧唏嘘不已。孙夫人留给格格和林树椿最后的微笑，成了他们一生中最美好的回忆。此后，格格跟随丈夫任职的不同而辗转于天津、长春、甘肃、厦门、广东，最后，在 1941 年年底再次回到海南，林树椿和格格的传奇的人生再一次在海南岛上拉开了独特的一幕。

抗日烽火中的爱情

格格以一位末代皇族的身份，嫁给了这样一位矢志不移追随一种社会理想的海南人林树椿，注定了他们的一生比常人还更多一些见证了这个多难的国家近百年来的内乱与外患。1927 年林树椿再度离开海南，在武汉和宋庆龄作别后，他和格格来到了天津，在这里，他们生下第一个女儿林爱娟（现居马来西亚）。两年后，林树椿出任天津《民生日报》总编辑职务。他以一位众议院议员法典委员会委员、原孙中山总统府秘书的身份，与中国早期的资产阶级民主革命家的主张一样，认为按西方资产阶级的司法原则改革中国的司法制度，是当时的中国政府诸项事务中之首要。而司法必须独立于立法、行政机关之外，却是所有问题的关键。那一时期，人们常常从这张带有浓厚民生色彩的报纸上听到司法改革的声音。然而，那是军阀混战、山头林立的时代，林树椿和他的同人常常自感这声音的微弱。不到一年，他却莫名其妙地被迫离职了，他成了一名"失业中年"。他的惆怅，他忽然中断的理想事业，他难以和妻儿交代的失落了的尊严感，让他不想碰到任何人。然在他从事司法服务的一生中，这次办报得来的体会，更坚定了他一生坚持司法独立的追求。

1939 年 8 月，厦门沦陷。林树椿在厦门地方法院首席检察官的任上回到阔别 12 年的故乡，然而等待他们一家的是更加艰难的日占时期的生活——这时的海南也已在日本人的铁蹄下。偌大的一个中国，到处都逃不掉被日本鬼子宰割的命运。而此时他已经是几个孩子的父亲。一方面，他必须负起养家的责任，另一方面，他还不能放下自己心中的追求。一想起格格和孩子们这些年跟着他东奔西走，却没有过上一天安稳富足的日子，他的心就不禁有些发酸。他是一个不善于表达自己内心情感的人。每当格格在深夜里忙碌着给孩子掖被子的时候，会有一双手默默地伸过来，紧紧地摁住她的手，格格会感动得回报他一个看不见的微笑。其实，他

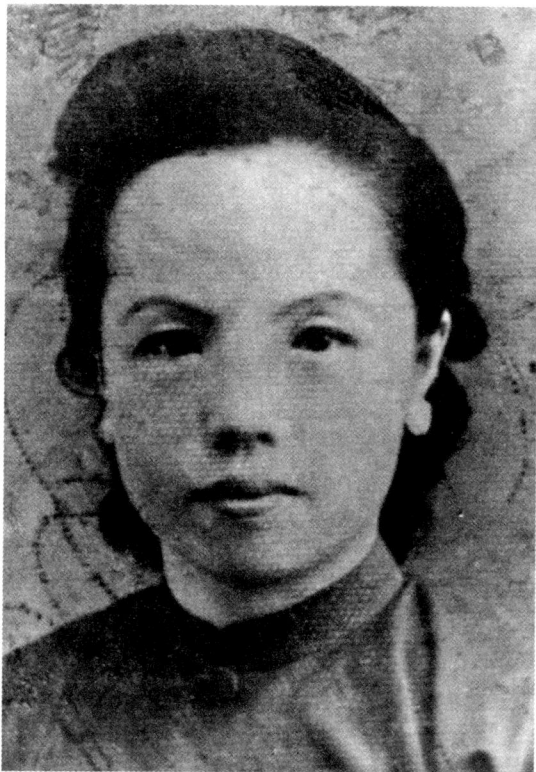

这是格格1939年第二次回到海南岛时的留影。这时的她30多岁，已经是几个孩子的母亲。她沉静大方的微笑总也掩藏不住曾经是大家闺秀的风范。

心里最清楚，自己的妻子是一位最能体谅他内心感觉的人。

　　前面说过，格格是深受爷爷、道光皇帝的第五子奕誴生活态度影响的人。小时候在府中，她的爷爷就常念念有词地背诵这样一条治家的格言，这格言就悬挂在醇亲王奕譞的府中，格言云："财也大，产也大，后来儿孙祸也大。借问此理是若何？子孙钱多胆也大，天样大事都不怕，不丧身家不肯罢。财也少，产也少，后来子孙祸也少。若问此理是若何？子孙钱少胆也小，些微产业知自保，俭使俭用也过了。"格格说，小时候只看到爷爷摇头晃脑地说唱着，并不理解它浅白中包含的深刻含义，等到后来看到皇室成员的衰落，她才感觉那真是至理名言啊。所以，当林树椿在司法

界做事多年，原先他的同事甚至部下都早已飞黄腾达，而自己的家依然靠他一人微薄的薪水过活时，她的心里总是很安宁的样子。在后来近乎一贫如洗的日子中，格格骨子里的这种观念更是让知情者感动。

林树椿一生坚持司法独立，他顶住种种升官发财的诱惑，至死也不加入执政的国民党。新中国成立在他留下来的口述材料里，他用清秀整洁的楷体写道："吾虽在国民党做事多年，但视国民党的组织如一盘散沙。作为司法人员更不应该入党，这会违反司法独立与公正的精神。吾当牢记中山先生之教诲：'道因时以立，事惟公乃成'……"他还表示来自解放区的歌对他有着强烈的吸引力，像当时一切进步人士一样，他对新生的共产党抱有好感和向往。所以，当他在厦门任首席检察官时，曾以证据不足为由，冒着被革职的危险，解救了60余名已经被国民党司法机关判了刑的共产党员和进步人士（这些人有的还活着。单凭这个功劳，解放初林树椿曾得到政府的宽待。笔者注）。

日占时期的海南，是林树椿和格格一生中最为悲痛又无可奈何的时期。当时有人劝他们移居东北，末代皇帝溥仪在日本人的扶持下当起了满洲国的傀儡皇帝，格格的家人有一部分也在东北投靠溥仪。但格格与林树椿对来劝说的人递与鄙夷的目光。1941年，林树椿憎恨日本人的种种恶行，拒绝了一切任职的邀请，从海口来到定安乡下与友人一起种起地来。"臣本布衣"，不知为什么，诸葛孔明的这句话此刻常常在林树椿的耳畔响起。那从远古隐约传来的浑厚的嗓音，在他举锄挥汗的时候，更是强烈地震撼着他，也鼓舞着他。

然而，林树椿还是常常心中黯然：当一个国家被外族践踏的时候，还谈什么司法改革和独立？他的绝望真是到了极点。而身边的格格，自己最为春风得意时结交的连理，却用她默默的操劳，沉静而坚定的眼神，支撑着她有些衰弱的灵魂和病体。现在，她和他在一起的时候，改用文昌话交谈了。那柔和而纯正的乡音，竟是从这位格格的口里盈盈而出，真的是让近乡情更怯的游子心存感激。他有时候独自纳闷，为什么她要花那么多功夫去学他的方言，去讨他欢心？女人的爱真是抵挡不住啊。

所有的中国人都在暗夜中苦楚地等待着。转眼间林树椿和格格在乡下的耕耘已经四载，孩子又添了两个，这时他们已经生养了五个孩子。1945年夏，抗日战争还要持续多少时间依然是令国人焦心如焚的事情。从国民党陪都重庆传来的消息说，抗战至少还要打两年，听到这样的消息，总是让人感到沮丧和绝望。正在大家无望之际，又忽然传来日本人将要撤离海南的消息。8月15日，从无线电波中终于传来了日本投降的历史性的声音，抗战终于胜利了！

胜利来得那么突然，林树椿和格格还在定安乡下。那时，海南上下一片狂欢，好日子好像在对人们招手。11月，林树椿被国民党政府任命为海南琼山地方法院院长，他不知道等待他的将是一个怎么样的局面。在海南，抗战打了六年多，被杀害和战死的人数高达54万人，几占当时海南总人口的五分之一，其他的物资损失，难以估量（据苏云峰《抗战胜利后的海南政经社会》）。然而，狂欢过后，便是海南新的一轮不幸的开始。格格说，那真是海南遭受抢劫的最难忘的日子。国民党中央面对突然降临的胜利，面对日本人留下来的巨大物资，在全国范围内纷派接收要员，抢夺物资；而海南最大的不幸，是来了好几批接收的，每来一批，物资便被运过海一大批。当时，日本在海南投资多亿，在农业、工业、交通与电力等方面均有投入，在战后的海南留下相当可观的物资、财产与工农交通设备。这些财产本应由广东省政府和海南地方政府共同接收，并尽快恢复生产。但是，国民党政府一方面要抢先在共产党的前面接收，另一方面又没有做好接收的计划，在短短的半年中，竟来过四个接收单位，瓜分日本人留下来的这块肥肉。

那时，琼山地方法院院址就设在得胜沙路上的高州会馆里，距离海口海关不远。那来往的船只、运出港的物资，日夜川流不息；汽车、轮船、机器、设备等，被拆散了运出岛外，看着看着，真叫人心痛！作为一个地方法院的院长，林树椿除了不断地上书呼吁、举报，表达他的愤懑、焦虑而外，似乎没有别的办法。本想等到抗战胜利的这一天，海南可以恢复往日的宁静，他便可以在家乡的土地上重整法律精神，将他的所学所思，付诸行动，也不枉跟随孙中山先生的那些时日。这时的海南司法界，刚刚在复苏中。堆积如山的案件，官商之间、官民之间的讼情四起，然而，最大的事情也莫过于官场的腐败。管仲说的"民盗不如官盗"此刻在林树椿的心海中忽然冒了出来，而他时常追怀的丘公（丘浚），他所说的那句叫人警醒的话"民之所以盗，不在朝廷则在官吏"，现在看来更加应验！这几近抢劫的接收闹剧，让战后海南的经济发展大伤元气。

这些日子他常常独自发愣。看来，这个胸怀大志的人碰到了人生的大困惑。他一直觉得一个读书人的天然使命是承担天下，"先天下之忧而忧"应该是一个知识者入世的情怀。而这些日子他的所忧似乎都白忧了，半年多过去了，时局依然动荡，对海南的物资抢劫并没有因为他的大声疾呼而停止，即使在自己的权力范围内他也不能尽到自己的责任。认识到这一点让他感到很痛苦：在动乱的政局下，法律充其量只不过是政府的一顶遮羞帽！

格格至今记得，在她家的客厅里，挂着一块四方的双面玻璃镜，里面是她丈夫书写的楷书："勿谈案情"。那字体遒劲有力，每一笔每一画都力透纸背，像是他在办案庭里，为正义而慷慨激昂时伸出来的那双手。格格说，这是丈夫用以提醒来办案子的人，在他这里，求情是没有用的。

1947年秋，有一位南洋回来的富商和本地的一位盐商为一笔巨大的财产打官司，双方都找到熟人，上门求情。南洋商人的允诺是只要林树椿向他这边倾斜，打赢这场官司，他将把海口新华南路的一栋两层楼房送给他。在这动乱的年月，这样的交易早已成了公开的秘密。富商知道，林树椿奔波一生，至今都没有自己的一个安家之所，他的妻儿一直跟他住在法院一间狭小的房间里，而这时，他的两个女儿已经长成大姑娘，四个儿子活蹦乱跳的，空间忽然就见小了。

可是，林树椿并没有给熟人说话的机会，他让他看一看自己挂在客厅墙上的四个大字，不容置辩地将来客送走。林树椿这种执拗的个性，让他失去了许多升官发财的机会，他恪守原则让他付出的代价是一辈子的清贫：上无片瓦，下无寸地，一生两袖清风。然而，他常常与妻子说起，殷纣以酒为池悬肉为林，他也只有一个普通的胃；秦始皇筑阿房宫为室，他也只有五尺之躯；理想的人生，应该是一个有所建树的人生，是献身于社会的人生。这是林树椿的信念，也是他的情感选择。他的选择背后是一个抱有同样情感选择的她。这是林树椿之所以能够义无反顾之处，也是他这一生虽处不幸却还能继续前行的重要原因。

这大约是 1949 年初在海口的留影，格格被两个女儿和四个儿子簇拥着。这时，最小的儿子还没有出生。

这个格格，看起来一个平常的妇道人家，却能够从精神上与他息息相通，这不能不让他暗叹当年宋庆龄的眼光了。现在，林树椿办案的原则和效率，让他在民间声望大增，他固守清贫，要的就是这个效果。如果不是后来时局的变化，中断了他的仕途，林树椿不知道还会留下怎样的声名？

1949 年 7 月，林树椿辞去琼山地方法院院长职务。这时，国民党在大陆战败已成定局，1950 年 5 月海南全岛解放。之前，林树椿带领妻小回到故乡文昌，准备在家终老此生。一生辛劳、指望儿子出人头地的老父亲看到儿子解甲归田，一大群孙子尾随其后，北京媳妇也默默相随，他忽然间老泪纵横。在家中安顿了两个月，一天，林树椿还在地里干活，便被家人急叫回家。此时，几位荷枪实弹的青年正在家中庭院，严阵以待的样子。家中大小已哭作一团，唯有自己的妻子格格，神情十分镇定，她似乎料到总会有这么一天。丈夫被人上告为特务，将被送往海南军事管制委员会。格格已经做好共赴患难的准备。她将丈夫喜欢的那套白色服装包好，又将他要看的书和眼镜放在背包里，眼睁睁看着他被人带走。

林树椿被抓成了村中的大事。一向受乡里尊重的老父亲觉得是天大的耻辱。然而，一个多月后，林树椿忽然回来了，原来他系同名同姓被误捕了，是替另一个林树椿接受审判。生活的戏剧性现在才刚刚开始。格格不动声色地将丈夫手中的行李接过来。已经身为农民，还能怎样？他们只求一家人团圆、平安地过着老百姓的日子。格格早已忘记了自己的身份，她一直叫做赵秀英，现在，她更是文昌媳妇赵秀英了。

何处是故乡

作为一个女人，格格似乎总是处在怀孕、分娩、抚育孩子的循环当中，她的辛劳可想而知。1950 年秋天，当林树椿被误捕后又释放回家时，他们第六个孩子林鸿贵才刚刚两岁。在文昌龙楼这样的小村庄，民风淳朴，乡人敦厚，看到林树椿回来了，都到家中来寒暄，以示同情。这多少减轻林树椿心中对父亲的愧疚之情。此时的林树椿，已经是花甲之年了，格格也该 42 岁了。可是，因为怀中总有小儿蹦跳，他们的心总能保持一种新生命带来的激动。格格的生命力如此旺盛，她对育儿的细致和耐心，都成了村中年轻媳妇效仿的对象。可是，由于林树椿为官清廉，他们回到乡下后，几乎无所依靠，只能向地里讨生活。看来，林树椿的时代已经过去了，而格格，作为一个两岁孩子的母亲，她对新生命的期盼才刚刚开始。这个孩子后来给她的生活带来的慰藉，一直陪伴到她老去，对母爱总算是一种回报。

在格格的生命历程中，经历了三个不同的时代。1924 年她随末代皇帝被赶出宫时，她还是一个十多岁的少女，可人世的沧桑，长年来与丈夫的流离之苦，早已转化为兴亡之叹，国破山河碎，他乡是故乡，这里面包含了多少无奈与苍凉！而她的爷爷奕谅的家国观念和文化观念也给了她终身的影响。这位咸丰皇帝的亲弟弟，是宫中绝无仅有的激烈反对慈禧专权的至亲皇族，他付出的代价是一辈子的受冷落。他转而对中国文化的热爱也深深地影响着他这一系的后辈子孙，所以，他的后人中成为作家、艺术家的人居多。当 1949 年

这是格格 1948 年在海口的留影。那时她是海口一名夜校的普通话教员。

这个风雨飘摇、去向难定的年头悄然来临时,格格能够和林树椿一起做出了留守海南的选择,这多少跟这位热爱故土的爷爷有关。格格常常会回忆起这一段岁月,因为那是此生的一次非同寻常的选择。1949年,对在国民党政府中做事的人来说,是一个面临重大人生选择的时刻。有多少人想离开大陆,远走他乡,到台湾寻找新的生存空间。这一年的8月,林树椿的文昌老乡、国民党第六届中央执委、中央保密局局长郑介民给林树椿捎来一封密电,劝说他到台湾去,机票由他负责,到台后还有很好的优待。

那时,到台湾去的机票比什么都来得金贵。军统头子郑介民是知道林树椿的价值的。他的官位虽不如自己,也不是一名国民党员,但林树椿早年和孙中山的密切关系,是标榜着按孙中山遗志进行国民革命的蒋介石政府所需要的。林树椿不喜张扬的秉性,他30多年在国民党司法界获得的好声名,都在这位军统要人的视线中。然而,当机票送到林树椿和格格的手中时,令郑介民大感不惑的是,他们竟然断然拒绝了。也许郑介民(1949年随军到台湾,1959年病逝)到死也不明白,对于他们来说,选择去台湾,不仅意味着生活环境的改变,也意味着政治环境的改变,而这,正是格格和林树椿都不能接受的。他们二人的人生价值取向,远非常人所看中的优厚生活待遇所能打动,尽管他们一直生活在清贫之中。

1950年秋到1951年的夏天,是林树椿和格格这半生在故乡度过的最多的日子,也是最为宁静安详的日子。夜晚的村庄,有煤油灯从每一间房子里透出橘红的光来,椰风吹送,有狗在远处狂吠。比起他们所住过的城市,这村庄有着远古的况味,然而又多么暗合他们此刻的心境!

1927年出生的大女儿早在两年前远嫁南洋,她的夫家在海口中山横路留下一栋三层楼,正好无人看管,格格一家便决定搬到海口去。1951年6月,他们一家终于到了海口,现在,从广播里传出来的歌都是雄赳赳、气昂昂的,《没有共产党就没有新中国》简直人人能唱,年轻人爱唱的苏联歌曲更是充满着对新生活的热望,对美好爱情的向往。没有人会怀疑这个刚刚取得政权的国家，它具备的建设新生活的力量和信心。

1952年年初，已经61岁的林树椿，也雄心勃勃地筹划着利用现在的空间，开一间酱油厂。这做酱油的手艺还是他在天津《民生日报》当总编辑时，利用一次偶然的采风机会，从当时天津的一家著名酱油厂学到的配方。他买来上好的黑豆与黄豆，按照一定的比例配水、盐和其他化学成分，经过工艺处理，生产出一种名叫"海珍"牌的酱油。没想到这酱油一上市，竟让海口人啧啧称赞，它和另一个牌子的酱油成为海口的名牌货。8月，"海珍"牌酱油便得到海口市工会的表扬，而吃着"海珍"的海口人，哪里会料想到它的制作者竟曾是一位风云人物！格格说，这可能是林树椿一生中最快慰的日子。他在这个新领域的成功让他对自己的生命价值、对新社会的光明前景寄寓很多美好遐想。他还想将酱油厂扩大，多招几个工人，他要让"海珍"香飘海南，甚至跨越海峡，让更多的人尝到他亲手调配的酱油。正在林树椿想大展身手的时候，已经44岁的格格又给他添了一个儿子。一切迹象表明，林家将是人兴财旺。他感谢格格当年的眼光，没有答应到台湾去。那些日子，林树椿真是老夫聊发少年狂，年老而得子，他的世界里只要有格格和一大群孩子，就已足矣。在没有公众事业也没有忧天下的今日，他们要创造的是属于一家人的幸福生活，一个普通百姓的滋润的日子。

1952年的秋天看起来和往常似乎没有什么两样。这年的10月6日早晨，林树椿和格格抱着最小的儿子在海口钟楼附近散步，缕缕阳光穿过椰树，真是个凉爽的好日子！钟楼几经战火而依然风姿依旧，真是物是人非啊，格格当年见到这座钟楼的时候，只有18岁。她遥望北方的天空，对丈夫说了声："不知北京怎样？"林树椿知道妻子的心中想必涌起了乡愁，他说："快了，等老七大一点，我们就回北京看看。"话音刚落，身后忽听有人在叫"林树椿"，那声音之生硬和带有的敌意，让他俩同时感到一丝不祥：1952年开始的土改运动，林树椿的父亲在文昌被定为地主，而还在做着各种梦想的林树椿却在一个祥和的早晨再次被带走了，生活再一次与他的理想开玩笑！他心思繁复地望一眼刚刚还憧憬着美好明天的妻子，真是欲哭无泪啊。就在这一天，林树椿和前妻所生的大儿子被送往劳改农场接受劳动改造。

然而，1953 年 5 月 4 日，林树椿忽然被提前释放回家，他的家一切都变了。

北方饭馆的琴声

2003 年 5 月中旬，当这个有些曲折漫长的故事将要收尾的时候，格格的儿子们和我在海口一家茶馆见面。他们向我提供了一盘录音带，那是格格 1986 年留下来的声音。现在，格格已经到了另一个世界，但录音机里传出来纯正的文昌话，她所叙述的一些往事，又让这故事难以停顿。让我们跟着格格的路径，回过头去看一看那段岁月吧。

1952 年的秋天，当林树椿再次怀着悲戚的心离开妻儿去劳动改造的时候，他心里最担心的是格格如何去承受这刚刚现出欢乐生活景象后接踵而来的变故。这一次与上次不同的是，格格是在海口，举目无亲，能帮忙的两个大女儿已经出嫁，剩下来的 5 个儿子，还有一个在吃奶。这位 16 岁以前在王府中长大的格格，从小有人伺候着，加上各个王府盛传的传统教育"君子远庖厨"观念的影响，直到嫁给林树椿以前，连厨房是什么样子，都一概不知。她肯定想也没有想过后来的生活要靠开饭店。可是，当 1953 年 5 月 4 日，林树椿一路风尘从文昌劳改场赶回来的时候，他发现他那曾经红火的"海珍酱油厂"现在已经改变门庭，变成一家北方饭馆了。

这家北方饭馆曾经是多少人午夜梦回故乡的所在啊。那时节，渡海作战、解放海南岛的官兵、眷属云集海口，吃惯了北方面食的北方人，跑遍海口，都是传统的海南菜。格格是和一个当兵的闲聊中知道这个信息的。

丈夫留下来的"海珍"酱油没有人能操持得了，那她为什么不开家北方饭馆呢？那是一座三层楼，下面两层可以营业，上面那一层，仅有18平方米，5个都是男孩，总是可以挤一挤的。这个念头一起，格格马上行动。而且为了省一点，她还不敢请工人，一切都是自己来。经过一个月的筹备，格格的北方饭馆终于开业了。

现在，有些七、八十岁的老海口和老军人，对位于中山横路上那家北方饭馆依然记忆犹新。在这家热气腾腾的饭馆里，不仅有做工地道的北方点心、饺子、馄饨、炸饼、葱油饼、油条，还有海南人爱吃的薏粿，还有一种现在已经难以见到的一种小吃，里面是糯米，外包着一层青嫩嫩的包菜。到夏天，除了惯常的面条，还有冰凉的凉粉。这在解放初期的海口，真是品味独具的。也不知道格格是什么时候学会这些手艺的。反正是这家热情的北方饭馆培养了那些离乡的游子最初的悠闲生活的情调，更重要的是，这家饭馆给那些从北方来的军人和眷属们提供了一个相聚的场所。

在这里，他们可以听到盈耳的乡音，唱一唱家乡传唱了多年的调子。有时候，他们喝酒划拳的声音也夹杂其中，喝着唱着，他们有时会淌下泪水。饭馆的女主人常常是边微笑着边给他们添茶水，有时候她也会悄悄地拭泪。是乡愁吗？还是对自己眼下境况一种不可预知的未来的黯然神伤？然而格格是不能让别人看出她心中的苦楚和悲凉的。客人隐隐知道她的一些遭遇，但没有人去碰触她内心的苦痛，这样，大家就都客客气气的，保持了一定的距离，这反而让格格更加从容和宽慰。

现在，已经62岁的丈夫忽然提前回来了，一切都已尘埃落定。他的旧友、时任最高人民法院院长的沈钧儒先生在得知林树椿到劳改场的消息后（林树椿曾在狱中给他写过一封信，由格格邮寄），不出一年，林树椿被释放。他救过60名共产党人的功绩没有被忘记，对此，林树椿还在坦白书里说政府对他已经够宽大了。此刻，忙碌而愁苦的格格看到日思夜想的丈夫忽然归家，却感到有些局促，看着他一句话也说不出，默默地对视了好一阵子。孩子们已将父亲围住，却不知道如何说出第一句话。极度思念后的团圆竟来得如此平静，其内里涌动着怎样的心潮啊。

丈夫回来了，格格的家中常常传来小提琴声。有时候它如泣如诉，有时候又如马鸣啾啾，有时候它就这么的忧伤而绵长地拉下去，让过路的人也忍不住驻足，侧耳倾听。曲子有《蓝色多瑙河》《夜半歌声》、舒伯特的《小夜曲》，还有一些当年热唱的苏联歌曲《小路》《莫斯科郊外的晚上》等。拉琴的是照片中这位英俊少年，像鸽子一样纯净而机敏的眼睛，微微闭上的嘴唇透出一种自信，这一年的他刚好 20 岁。他是格格所钟爱的长子，林树椿寄予希望最多的林鸿顺。他善良、敏感，对大自然的声响极度的迷醉，所以，他喜欢音乐，尤其痴迷小提琴的弦线拉出来的声音。他幻想着当一名小提琴手，只有小提琴最能抚慰他曾经受伤的心灵。还有父亲，他最喜欢听他的琴声了。母亲爱唱京剧，他曾给她的《霸王别姬》选段配乐。这是格格一家在那段日子里最温馨快活、带有一点浪漫情调的美好时光。他们在海口一隅，共同创造着一种属于他们一家人的精神生活。

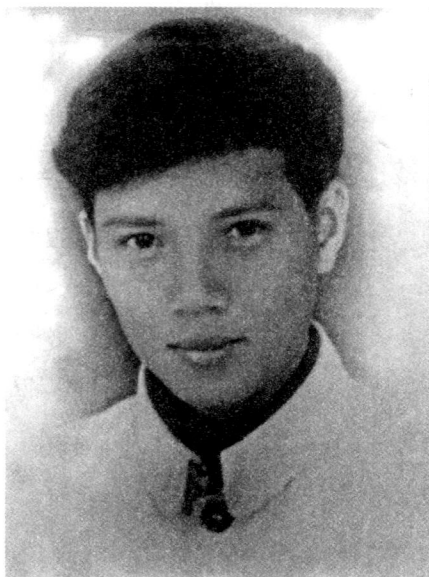

格格的大儿子林鸿顺学生时代的留影。

母亲的处变不惊给孩子们留下了永生难忘的印象，她的内敛、忍耐不公、善良，给了他们面对苦难生活的勇气。

可是，平静幸福的日子总是那么短暂。1956 年，林树椿的生命走到了尽头，这一年他 65 岁，而他最小的儿子才 4 岁。临走前，他将孩子们的头都抚摩一遍，然后，让格格拿来孙中山先生赠予的那副对联，相对无语。没有人知道他带着怎样的遗憾离开这个世界。一个人不能选择他所生活的时代，但他能选择他所生活的理想。可一生追随孙中山"事惟公乃成"的林树椿，在多少程度上实现了他的理想呢？

1958年的格格与五个儿子在海口的合影。那时，林树椿已经去世两年了。时光流逝，格格从发式到穿着已和一般的海南女人没有什么两样。

格格的北方饭馆在接着来的社会主义改造运动中闭馆了。香味没有了，琴声消失了，它成了人们心头永远梦回的浪漫之乡。1966年，楼房的继承人回来了，格格一家从此租住到建山里35号一座低矮的民房里。自丈夫去世后，家中主要的经济来源靠着那位想当小提琴手的大儿子林鸿顺。此时，"文革"爆发。成分不好的林鸿顺和四弟在动乱中，先后因莫须有的罪名被抓进监狱，一关就是12年。这期间格格奔走在琼山和屯昌两座劳改农场之间，命运再一次考验着这位饱受太多痛苦的人。那长着一双鸽子一般的眼睛的林鸿顺，入狱时才30出头，他想自杀，差一点挨了母亲一个耳光。她相信儿子无罪。她血管里流淌着的血是不屈的，带着马背上民族的倔强。

回望紫禁城

1986 年，格格得了一场大病，她以为自己将不久于人世。她将儿子们找来，将自己埋藏了一生的身世告诉他们，即使是最得母亲钟爱的大儿子林鸿顺，到现在也才知道她的皇族身份。可格格挺过去了。大病初愈，她和儿子们要求要回北京看一趟。于是，四儿子带着母亲上路了。

1986 年时候的北京站还没有那么多的人流与车流。格格坐在椅子上，她的端庄大气，闲雅的气质，显然不是一般进京的乡下老太太。

1986 年 9 月，格格和她的四儿子林鸿贵终于踏上北京的土地，拜会她离别了半个多世纪的家。1928 年，她最后一次离开北京时，国民党已经迁都南京，北京也已经"降格"，沦为"北平特别市"。五百年的帝都忽然变成一座文化古城，北京从此叫做北平。1949 年后，她又恢复叫做北京了，这皇气逼人的梦里城池，如今已是换了人间。北京的秋天已经寒意初袭，健壮的儿子只着一件黑色汗衫，而格格还是记得秋天的北京该穿什么衣服。她一身藏青色的长袖打扮，黑色的皮鞋白色的袜子，神情十分的安然和淡定：此刻，她已经神情安然地站在天安门广场，自己曾经的家门口了。

在格格的眼中，北京变得开阔而显得有些空荡荡起来。老城墙都拆除了，护城河也不见了，只剩下几座孤零零的城门牌楼，在大片钢筋水泥的现代建筑中守望遥远的风景。好在故宫——她梦里萦回不知多少次的紫禁城受到严格的保护，"雕栏玉砌应犹在，只是朱颜改"。格格神情黯然，领着儿子在故宫的红墙绿瓦间行走，多么希望看到一个她熟悉的面孔，或者听到一声梦里的声音！说是到故乡，本来还有省亲一项，可爱新觉罗家族自从 1945 年日本人投降，已经星云四散，失去日本人支持的溥仪和溥杰以及几个妹夫曾一度去向不明，更不要说格格的亲人了。国民党从政治上打击，从经济上削弱的对满族人尤其是对皇室的歧视政策，更是让皇族成员甘愿隐姓埋名，过起平民生活，彼此之间也失去了多年联系。这样，格格这次到北京来，只可能是寻梦而已：偌大的一个北京城，上哪儿去找亲人啊？

在故宫里徘徊复徘徊，儿子发现母亲有些泪眼模糊，他却不知如何去与母亲交谈。走着走着，他们跟着一群人来到御花园珍妃井旁。井早已经枯了。一个导游模样的姑娘向游客说起广为流传的珍妃被慈禧投井的悲惨故事。格格也静静地听着，忽然转过身去，用文昌话跟儿子说："她讲个啥？怎么跟书报上讲的一样与实情不同？"没有人知道眼前这位不知嘀咕什么方言的老太太，竟然是爱新觉罗家族的格格。瞧她温和地审视别人说紫禁城曾经如何如何的眼神，看不出是"刘姥姥进大观园"的样子。对爱新觉罗家族的种种传说，她似乎已没有兴趣。只是后来清宫戏越演越火的时候，格格还是重复当年的说法，对珍妃曾长跪求免和崔太监毡裹投井的说法做了澄清。她说，1900 年，八国联军入侵紫禁城前夕，慈禧欲领光绪逃往西安。慈禧叫来珍妃，说："现在外国人的军队就要进京，帝后西幸，不能带你去。你年轻貌美，留在北京遭洋人污辱，愧对列祖列宗，为保全名节，可在皇帝面前一死，好让皇帝放心。"慈禧说毕，用手指着井口。珍妃本是名刚烈的女子，转身傲岸地向井口走去，忽而停步，回转身向光绪忍泪长跪，决绝地说："奴才辞别皇上，请皇上保重！"说罢就立奔井口，一头扎到井下去。对于这一过程，摄政王载沣在场，他也常常叙起，暗中叹服珍妃的义勇。这在格格年幼的心灵中栽下了"宁向直中取，不向曲中求"的观念。回想到这，格格长叹一声："到底是我们的声音弱小啊。"

格格和儿子在北京一共待了十多天。这一年，她快 80 岁了，腿脚依然灵便，与北京人问路时还是一口圆润的京腔京调。她要找她出嫁时的那个擀面胡同，找她从小生活的惇亲王府。可几十年的旧城改造，北京城早已面目全非，王府早就改换门牌，她连方向都找不到了。倒是有很多规模宏大的四合院，门牌上钉上"国家重点文物保护单位"字样，想来又是哪一座王府或名人故居了。然而，这一趟北京之行最后并没有让格格失望，她总是寻找与海南有关的一切人与事。她在故宫里几经辨别，终于找到了丈夫林树椿所尊崇的丘浚在文渊阁办公的处所。来自海南琼山的丘浚，凭借自己的雄才大略，在人才济济的大明王朝位至文渊阁大学士，相当于宰相的位置。当年怀抱救国理想的丈夫曾在丘浚留下气息的地方久久徘徊，想着他在权利中心曾经声名显赫，曾经为乡愁、为年老体衰而难以施展年轻时的理想而抱恨京都。75 岁上，他就病死在紫禁城里。想至此，格格为之喟叹不已。

格格替丈夫给丘浚行注目礼后，和儿子一一见过故宫里每一处花园和宫殿。故宫早就不是爱新觉罗的天下，她已经变成全民族的珍宝，也是世界文明的无价之宝。格格想寻找的，只是旧时她进宫时玩耍的梦影。然而，一切都是瞬间，一切都是匆匆过客啊。

这一次，格格以一个海南人的身份去寻找另一个海南人——位于后海北沿的宋庆龄故居竟然就是当年的醇亲王府！1963 年，宋庆龄迁居至此，直到 1981 年 5 月 29 日逝世，第二年，这里对外开放。格格记忆中的那棵古槐，如今仍身姿飘逸，长枝曳地。她犹如飞凤回首的姿容，微风吹过，似欲乘风归去，直上云天。格格站在树阴下，仿佛听到宋庆龄招呼的声音。当年嫁予海南人林树椿时，她还没听说过有个海南岛。但知道宋庆龄祖籍也是海南，而且还是丈夫的文昌老乡时，她对海南岛美好的想象开始了。1924 年她初嫁，时称孙夫人的她曾给她深情的祝福。现在，一切已然苍老，唯有声音依旧，记忆犹新。

儿子们回忆说，母亲从北京回来后，仿佛遂了终生大愿，整天乐呵呵的，跟儿孙、邻居总有说不完的北京话题。这一次北京之行，虽然一个亲人的影子也看不到，但故园的气息是闻到了。而且重要的是，她完成了丈夫的嘱托，拜望了他所敬重的人的故地。

最后的尊严

2002 年 11 月最后一个星期天，格格和他的几个儿子在院子中等着我。孙女为她梳齐整的头发，雪白发亮的银发在秋阳中别有一番感人的亮光。她坐在小推车中，穿得很新鲜，质地很好的黑底暗花的上衣，一条同样颜色的长裤，脚上的新鞋子还散发着香气，嘴唇淡淡的红，好似轻轻描过一点口红。儿子们说，这是母亲一直保持的对客人的礼貌。她虽然已经是病弱之躯，但自立而尊严感很强的她不愿意人们把她当病人看待，她要坐在院子中见客人。孩子们说，这是母亲一辈子也改变不了的东西。即使到了生命的最后一刻，她也要保持着一种与生俱来的优雅和自尊。

2002 年的时候，格格已经 98 岁了。离她 1986 年和四儿子回北京探家的那一趟，已经过去了 16 年。北京的梦影星辰依然留在她心底，她也不想对人说起，她就是一个有什么心事都喜欢一个人扛着的人。1993 年夏天，一位来海南投资的港商在别人的引领下，忽然来到格格的家中。来人自称姓金，是爱新觉罗家族的人。国民党的歧视政策全面推行后，很多爱新觉罗家族的人都改姓金或赵，所以，恒容格格也就叫做赵秀英。格格和家人不知道怎样验明金先生的真实身份时，金先生满眼纵横的泪，从怀中掏出末代皇帝溥仪的亲弟弟溥杰的亲笔字迹，递到格格的眼前，这回，轮到格格声音哽咽了。这是一副对联，格格看着眼熟的字在隔了半个多世纪之后终于见到！这溥仪兄弟和格格是同龄人，他们曾经一同经历了那个朝代更迭、被逐出宫的历史时刻。而后，几十年风云变幻，他们却失去了骨肉联系。兴许是格格那一次去北京时，在宋庆龄故居，也即原来的醇亲王府（此王府曾是溥杰小时候居住的地方）留下的感怀身世的字句和地址引起了溥杰的注意。他一路查来，发现在海南有过一个人称"北京婆"的人，想来那个时候嫁到海南来的北京姑娘屈指可数，便锁定了住在海口的赵秀英也许就是失散多年的亲人恒容格格。

溥杰是末代皇帝溥仪 1967 年弃世后，爱新觉罗家族和满族人士在新中国的政治生活中最有权威的人物。"文革"结束后，他继承了溥仪原有的地位，担任了全国人大常委会委员、人大民族委员会副主任的职务。

溥杰托人送给格格的对联

1993 年，当他知道格格落籍海南，自己也已是疾病缠身。他不可能亲到海南看望家族中存活不多的亲人了。这位爱新觉罗氏中最有学问的长者，擅长诗词和书法，他能给予恒容格格的，就只能是他亲笔写的对联了（如图）。1994 年 2 月，溥杰抱病在北京离去。这副对联也就成了格格几十年后与自己家族最终联系上的珍贵物件。这和孙中山赠予的对联一起，成了格格一家的历史凭据。

那时，她以为溥杰还会一直地活下去，她总是想着还能上北京去，可是，生命如风中之烛，说灭就灭了，格格将梦带到另一个世界里去了。

直到去世，格格还一直住在建山里 35 号那间低矮的房子里，和四儿子一家四口一起，已经住了将近 40 年。这间房子还是租的，不到 30 平方米的平房，分为两间。冬天还好，夏天简直酷热难熬。如果没有人的指引，你很难在这么曲曲弯弯的小巷

只是巷道，也能定下家来，不为外人所知的难处，不影响她将日子过得有滋有味。

里找到她。她已经不能跟我说很多的话。一次能回忆起一件小事，那一天就不算白过。我一直想知道她这一生是否有过什么怨恨，为什么直到最后她还能活得那么舒坦，是什么东西在支撑着她整个精神世界？身为末代格格，在 16 岁的花季嫁给了海南人林树椿，一位深得孙中山信任的总统府秘书，他们一起经历了现代中国所有震惊中外的大大小小的事件。林树椿后来的国民党司法界的知名人物的身份，除了给她和孩子们带来日后的政治上的灾难，还给她作为百姓生活的日子带来了贫穷和伤悲。可是，格格却不愿意诉说苦难。她总是淡然一笑："那个时代过来的许多人都很苦的，不说它吧。"然后，她给我拿来一张照片。就是这一张蓝天白云、碧草如

茵的相片，一种很典型的海南风光，格格斜坐在草地上，神情悠然望着云卷云舒，就像看着那些已经过往的日子。真是世事如浮云，人生转眼便是白了少年头。这一个云淡风轻的日子，喜欢摄影、十分崇拜母亲的四儿子林鸿贵和母亲来到海口公园，给她拍下这张满怀憧憬的照片。在格格孙女林菁的眼中，她的这位奶奶与别的海南阿婆很不一样，她知道时光的留不住，所以，她对摄影情有独钟。五个儿子中就有两个可以靠摄影来谋生的，他们大多是为了讨母亲的欢心。他们爱她，就爱她的所爱吧。格格说，她一生最大的幸福是，孩子们懂得她，孙辈们也是，很孝顺。现在，她在海内外的子孙就有 40 多人，虽然她不常见到他们。

世事如浮云，人生转眼便是白了少年头。这一个云淡风轻的日子，喜欢摄影、十分崇拜母亲的四儿子和母亲格格来到海口公园，给她拍下这张满怀憧憬的照片。

2003 年的春节还有一个星期就到了。喜欢鲜花和京剧的格格应该收到我的康乃馨和京剧磁带。当我准备着这一切的时候，格格的儿子们却在 1 月 26 日晚上 10 时给我来了电话：母亲等不到你的鲜花，她已经在去往天国的路上了。她的儿子们在电话那头说："母亲选择这个日子离去，真是应了她一生不愿意麻烦别人的心愿。还有 7 天就是春节，她让我们不要在哭声中过年，因为她毕生最不喜欢哭。"

这是七十年代格格与小儿子一家的合影。

现在，格格已经长眠在文昌一个叫做龙楼的小村庄一处芳草萋萋、有流水飞溅的山坡旁。她差不多是爱新觉罗家族活得最长的人。她没有跟自己的丈夫合葬。她曾说，不要惊动他吧，几十年了，她已习惯一个人的守望。她将在山的这一边永远地望着他，看他一步一步向自己走来……

有多少优雅可以重现

在那遥远地方

林影胸前的热带花草，具有海南意味的大斗笠，典型的南国女子的笑容，曾让那位来自北方的小伙子李朝心醉神迷。她总是那么淡然的一笑，无论是面对镜头还是满怀爱情的李朝。

"在那遥远地方，云雾迷漫地飘荡，微风轻轻吹来，飘起一片麦浪。在亲爱的故乡，在那草原的小丘旁，你像从前一样，时刻怀念着我……"——这是一首著名的苏联歌曲《在遥远的地方》，至今仍在他心头回荡。

1956年春那个云雾缭绕的早晨，他第一次见到她，是在琼山三江镇的一辆客车上。那一刻，她欠起身子，身边还拉着一位几岁的小女孩，微笑着，想给这位刚上车的解放军让座。他感激地瞅她一眼，笑着，示意让她坐好，可他心中忽然涌起的正是这首抒情的、有几分淡淡伤感的歌。
瞧她的那顶流溢着热带风情的斗笠，
她沉静中透着聪颖、温情的眼神，她
一身的黑色裙装衬出她越加白净的脸
庞，尤其是，她悄声的笑和轻盈的身
影，一下子吸引了这位北方青年的心。

这样的一张灵秀的脸，就因为那
一瞥，那一个浅笑而改变了她一生的
命运。

这位帅气的青年叫李朝，是当
时 43 军南下工作团的语文教学助理
员，河北乐亭人，原辅仁大学的学生。
1950 年解放海南岛时随"四野"作战
部队过海而来。

身材高大、气质儒雅的李朝是到海南的 43
军南下工作团唯一的辅仁大学学生。他以
夜莺迷恋玫瑰的炽热情感，追求着他心中
的喀秋莎。

2003 年 3 月，当我在海南师院他的住所见到他时，他依然声音朗健，
对那一段初见的日子充满怀想。

她叫林影，一个富有诗意的名字，当时就在海口妇幼保健院当助产士。
她的老家就在琼山三江镇上，离李朝所在的解放军驻地云龙岭脚下不远的
地方。那一次车中邂逅之后，她未曾想起还要和这位善解人意的军人见面。
而血气方刚的李朝，却永远也忘不了那张带笑的脸。相遇匆匆，他们之间
没有留下任何联系的方式，李朝在心里喟叹：此生可能很难再碰上这位
温婉的海南女子了。

冥冥之中有一种相思在慢慢荡开，于是，就有了一个靠近的机会——
两个月之后，他从琼山岭脚到海口来，没想在周末的一次舞会上，他诧异
地看到她翩翩起舞的身影。

20 世纪 50 年代，海南岛上浪漫的气息都跟解放军有关。那时，抗美

援朝取得胜利，中国经济开始复苏，刚刚解放的人们看起来情绪轻松，军民关系极其融洽。解放海南岛的第 43 军、第 40 军以及 127 师的军人云集海口，军队里有一个军乐队，每到周三、周六、周日，都在海南区政府第三招待所（现在泰龙商城所在地），也就是接待苏联专家的外事处招待所的大礼堂里，军乐队乐声都会响起。于是，黄昏的舞步开始挪动，盛大的舞会开始了。军区首长、干部与战士，地方上被邀的男女青年，每到这个时刻，都穿上自己最得体的衣裳，梳个时兴的发型，纷纷向这个方向走来。李朝先生说，那时，才入黄昏，街面上就到处弥漫着一股浪漫、温暖的气息。和着这热带海岛独有的风情，西洋音乐、苏联管弦乐、中国古典的、现代的音乐轮番响起，《蓝色多瑙河》《重归苏莲托》《夏日里最后的玫瑰》《喀秋莎》《莫斯科郊外的夜晚》《南泥湾》《长城谣》等，它们或抒情或忧伤，或节奏明快或热烈短促，总之，那些乐曲总是能撩起人们心中的激情，周末的音乐和舞会，让人感到建国初期生活的朝气蓬勃和美妙。

她是作为一名特邀伴舞前来参加舞会的。她姣好的身材和娴熟的舞步，在这些军人每周必到的舞会上，她成了他们惯常邀舞的目标。像一切浪漫故事的开头一样，李朝突出音乐和人群的重围，胸中澎湃但又步履优雅地走到她面前。她立定身子，有些怯怯地望着他。他就像苏联电影中从舞会的某个角落里走出来的军官。他知识分子的优雅和军人的英武气质结合在一起的风度，让他在那一群朴素的军人中显得有些布尔乔亚。在她看来，他的长相甚至有一点像当时人们崇拜的苏联军官。

是的，她的感觉没错。

20 世纪 40 年代，李朝就是在那所天主教会主办的辅仁大学（该校在 1952 年并入北京师大）读书的。那是当时的一所名校，辅仁的大名在学子的心目中，是和西方的文明，东方的富裕以及苏联的文学联系在一起的。欧风美雨，西装革履，咖啡浓香都是李朝浸染其中的环境。李朝是得到做大宗进出口生意的哥哥的帮助进的这所学校。1944 年，他在辅仁大学上三年级的时候，抑制不住爱国的冲动，积极参加学生运动。还没等到拿毕业文凭，他就投奔革命根据地，直到 1949 年 8 月，他在北京考上华北革命大学，到 1950 年的时候，他作为部队中的知识分子，到海南岛来了。

他来到海南，好像是为了寻找一桩惊世骇俗的爱情。

他和她翩翩起舞。《喀秋莎》的乐曲响起。他觉得她就是他的喀秋莎。《小路》的乐音传来了，他又觉得她就是那位愿意跟着他上战场的勇敢的姑娘。这姑娘却是在海南，一个他未曾梦想过的地方。舞会结束了，他大胆地向姑娘表达了爱意。可她哭了，长久的抽泣与无言。他不知道她有什么隐痛，不知道她为什么拒绝他。他说，他等着，等待她云开雾散的时刻。

这是李朝在那一次舞会上见到的林影。20 世纪 50 年代初，她和妹妹在海口一个名叫大光摄影的相馆里的留影。黑色皮鞋，配上雪白的短袜，质地很好、七分庄重三分飘逸的黑色长裙，上面是一件雪白的短袖衣，50 年代初最时兴的大波烫过耳短发，那个时代特有的优雅和微笑，都让人感叹青春的最可怀恋，时光的流转无情啊。

李朝说，那就是他想象中的"喀秋莎"的样子。没有想到，在不经意中，被他撞上，不是在辅仁大学充满洋歌洋文的校园里，而是在很遥远的海南岛上。"俄罗斯"、"喀秋莎"，苏联电影、歌曲、文学以及与苏联有关的一切，

20 世纪 50 年代初，是一个黑白分明的年代，一个东风压倒西风的年代。林影（左一）和她的妹妹林曼身着白衣黑裙，白色的洁净和黑色的典雅，体现着一个时代曾经有过的时尚与浪漫。

对从 20 世纪初走过来的人而言，是一个永恒的话题。那片土地上上演的一切欢乐和悲伤，光荣与梦想，那一方人民的苦难历程和幸福生活，都成了中国人时刻关注的目标。苏联所发生的一切，在几十年的苍茫岁月中曾深刻地影响了我们国家的历史进程和几代人的生活，对不少理想主义者来说，甚至是他们的青春、爱情和生命，都和这个被称为"苏联老大哥"的国度密切关联，到了 50 年代初，更是被升华为一种中国人的生活理想和目标。

2003 年 7 月，当我和李朝先生再次面对那个时代时，他的感慨就太有意味了。他说："那个时候，我们的军装也是仿苏联的，我们所授予的军衔也是依据苏联的。我们有帮助国家建设的苏联专家，我们有看起来不可攻破的中苏友谊。即使是属于很私人化的爱情，我们也深受苏联的影响：我们需要优雅的美好的爱情对象，我们需要一种不顾一切的、看准了就豁出去的追求勇气，总之，对青年人而言，我们有的是对爱情美好的憧憬和想望……"李朝说着，不时想起某一首歌，他会轻轻地唱着，他的声音还是那么亮堂，那么深情，你怎么也无法将八旬老翁跟这样充满朝气的军人联系在一起。他所唱的每一首歌总是和一个故事或一段经历有关，而那一首刻骨铭心的苏联歌曲《喀秋莎》，就是他甜蜜和痛苦相伴的爱情交响曲。

有谁知道眼前这个总是微笑的女子心中埋藏的痛楚？又有谁知道她在遇见李朝之前就已饱经患难与伤悲？从她拒绝李朝的那一刻起，她就打算将自己的身世藏好，她想留给自己心爱的男子的是永远的微笑和优雅的舞姿。所以，她会出现在周末的军人舞会上，与军人们闻歌起舞，却不愿意与热情如火的军人谈婚论嫁。她也喜欢到当时最时髦最令人心仪的大光影楼去，影楼两兄弟的摄影在海口人心目中是很有口碑的。她将照相当作是自己挽留青春、纪念已逝时光的最好方式，也是她打发悠闲日子的一种方式。那一天，当我和已经成为八旬老人的林影翻看她的旧相册时，她的各种姿态、各种服饰和笑容的老照片还是让我倾慕不已。从她的相册中，你大概可以看出几十年来海南女子服饰的变迁，也能看到那已逝的生活曾经有过的光影。有一种雅致、从容在我面前如花朵般铺展开来。她呈现给人的是温婉的纯净的笑容，而在当年的"大光摄影"的当街橱窗里，常常展示的也是林影的多姿多彩的青春靓照。人们包括李朝，从橱窗里总能看到这么一位优雅、沉静的女子，却不知道她微笑的背后还有什么辛酸事。

现在，这个秘密将由踌躇满志的李朝去揭开了。

李朝当时已经是一位连级干部，部队里很有前途的文官。他仪表堂堂，

遇见李朝那一年林影在海口的留影。那身黑色的护士服，别上一个十字徽章，林影的职业自豪感尽在她时时绽开的笑容里。

风度翩翩，前来介绍对象的人一直不断，奇怪的是，他竟然没有动过心。可是，那个含着淡淡微笑的林影，那个舞姿飘逸的林影，却让他夜不能寐了。可她拒绝他了。他觉得没有理由。他要探求她拒绝的原因。于是，在相思苦恋一年之后，当周末舞会《喀秋莎》的乐曲还没有散尽时，他约她来到树影婆娑的海口人民公园。此刻，林影知道她不能再躲藏他炽烈的目光了。可是，她还是一个劲儿地哭泣。

林影先问："你还记得初次在车上见面的情景吗？那个小女孩……"

李朝说："那个女孩很可爱啊。她怎么啦？"

林影说："她是我的小女儿。"

之后，又是长久的饮泣和无语。

多年以后，当李朝和妻子林影跟我叙述这段往事时，情况大大超出了我的想象。那只是一个小女儿嘛，我说。李朝看我疑惑的样子，忽然问我：

"你看过电影《早春二月》吗？"

"看过啊。"我还是疑惑。

林影接着回答："他是男主角肖涧秋，而我却不是文嫂。"

一段浪漫而苦楚的爱情终于进入正剧了。

梦中喀秋莎

那天晚上，李朝终于弄明白了眼前这位气质优雅的海南女子可叹的身世。他的父亲林绍芳，琼山三江镇后坎村人，广州黄埔陆军学校毕业生。1931 年，他在上海参加了蔡廷锴将军领导的著名的"八一三"淞沪之战，抗击日本侵略军。年少温柔的林影还曾跟随父母住在上海。她以一位少女的单纯，在那十里洋场见过冲天的血光，同时也见识了大上海洋溢着西洋味的生活景致。这座中国最早的浪漫与苦难交织的大都市，有着太多令人怀旧的东西。而作为客居上海的海南少女，最让她怀恋的是，父亲常带着她和弟弟到外滩去看来来往往的船只，行色匆匆的人群。而上海的相馆，是有闲阶级制造出来的浪漫与温馨，在那里，林影痴情地看着那些穿着各色新潮服装、各种漂亮发式的美女照。她后来的喜欢照相一定跟这段生活有关。父亲让他们在那里照了相，给海南的阿婆寄回去，这当中寄托着父亲多少的思乡之情啊。当 1945 年 8 月抗战终于胜利的时候，本可留在上海的父亲却选择了回乡，利用自己在军队中掌握的医术，成为三江镇上一名颇有口碑的医生。那时，人们认为不会再有战乱了，靠着自己的本事总该会让家里的生计维持下去。于是，故乡的一切都变得十分可爱起来了。

那个时候，他最心爱的长女林影已经在他离开上海之前先行回去，跟邻村的一位青年结婚。2003 年 7 月，当林影老人回忆起这位早亡的前夫时，她用了一个词，说："那是我的盲婚。"意思是由父母做主的婚姻。她说，那时候，村里的有志青年都喜欢到广州读书，他也在这个行列中。他是一位性情温和的人，20 世纪 40 年代初，他们结婚时，林影才 18 岁。他和她一起经历了抗战胜利后的狂喜，接着是国内战争的爆发。为了躲避战乱，他们曾带着年幼的孩子到五指山区去过了极其不堪忍受的两年。1947年，在五指山腹地感到无望的丈夫要到广州去找工作，以供养嗷嗷待哺的孩子。岂料，他却因病而殒命他乡，给自己年轻的妻子留下三个女孩……

一个开头很浪漫的故事饱含着悲怆意味的一面。是啊，那就是悲剧，它将最美好的一面撕开，让你心颤颤地看吧。林影打算讲完了抽身就走，她不能再见到这个将她看得近乎完美的北方男子。可李朝胸中已经是豪情万丈，大丈夫敢于担当的气概已经在林影的哭泣声中坚定下来了。多年后，李朝说："她的经历和我母亲是何其相似，我父亲走后，也是留下三兄弟。我太知道其中的甘苦了。她是一位如此能隐忍的坚强的女子，在人格上，她是值得钦佩的。"他决心要给这位善良的海南女子一生的幸福，一辈子的呵护。于是，他说出让她永生难忘的一句话："请你别再拒绝我。就做我的新嫁娘吧。"

已经抱定终身不再嫁的林影此刻却没有李朝的激动。她认为那是不可能的。那只不过是年轻人一时的冲动。他是部队里引人注目的文官，一个风流倜傥的大学生，一个能歌善舞的单身汉，怎么可以想象让他背负这样的生活重担和道德承担？林影还是摇头。李朝想，该让部队首长出面了。

在那个一切都属于组织的时代，军人的婚姻也是部队中的大事。部队开始对林影的情况进行了详细的调查，而林影所在的海南罐头厂（她那时刚好从海南妇幼保健院调到该厂当厂医）也到部队了解李朝的状况。可以说，双方的组织是带有怀疑的态度介入恋爱双方的调查的。这一桩即将成为现实的婚姻已经不再是恋爱中人的事情，而已是部队和地方关系的大问题了。没有人能真正理解李朝内心的情感。人们认为他不过是同情，就好像后来风靡中国的电影《早春二月》中肖涧秋对文嫂的同情一样。可李朝说，她就是他要找的那个女子，一个优雅、沉静，有时却未免有些任性的海南女子。李朝坚定的态度让调查者毫不怀疑他对这桩婚事的郑重，于是，在组织部门的严格"把关"下，这婚事终于得到组织的认定，李朝和林影的名字终于可以连在一起了。

1957年春节，李朝和妻子林影在海口的新婚留影。男主人公一如既往的微笑，给林影一种永恒的依恋。

1957年的春节来临了，部队要为这对相爱不易的恋人和另外两对新人举行集体婚礼。这是这支转战南北的英雄部队第一次为军人举行的集体婚礼。那是一个美丽的瞬间。它受关注、被议论的程度大过它场面的隆重程度。刚过30岁的林影再次披上洁白的嫁衣，成为李朝的新娘。集体婚礼的祝福声还留在耳畔，他们已经回到罐头厂的那一间亲爱的小屋，好像是前世约定，远处忽然飘来悠扬动听的苏联歌曲《在遥远的地方》《喀秋莎》，梦中的喀秋莎此刻就站在自己眼前了，被爱激动着的李朝抬笔给河北的家人写信："我娶了一位海南女子做新娘……"

大光影楼的美丽女子

李朝和林影浪漫的爱情终于有了美好的结局。31 岁的她和 30 岁的他开始了一种完全不同的生活，像舞台上充满了对比和反差。多年以后，林影坐在自家客厅里，一页页翻过自己一本又一本的相册，画面上尽是自己的和李朝的各个年代各种服饰的老照片。她温文尔雅地笑着，即使她被划为"右派"的那个年头，她也不忘了到大光摄影去留个影。她说，要不是李朝，谁能理解一个女人在那样的时刻还想着照相？一个长得美、懂得美又十分爱美的女人，要是碰上一个粗糙的不知珍惜生活的丈夫，她将如何去展示她的美、收藏她的好心情呢？李朝和林影，不管后来碰到了多少的不公，可他们还真庆幸自己曾经历过那个建国初期的火热时代，他们对那年代的朝气、团结、欢腾一片的景象怀抱真切的好感和激动。

1957 年春节，李朝和林影结婚后，他离别新婚的妻子，依然回到琼山路岭，在部队里过起"单身"的生活。那个时候，李朝还是中国人民解放军第 40 文化速成学校的语文学科助理员，负责指导下面连队的语文教学。从 1952 年开始在全军掀起的"向文化进军"的总动员，让文化课的学习摆在了第一位，全军出现了前所未有的学习文化的热潮。那时，全国共有 80

海口一家曾经名声远扬的"大光摄影"橱窗里曾经展示的林影小照。黑底暗花的中式服装，一条黑丝带轻轻往后一挽的长发，林影显得典雅的装扮一度成为摄影师们追逐的目标，也曾是她的姐妹们效仿的榜样。

所文化速成学校，部队中的知识分子受到了相当的重视。李朝感慨自己生当其时。辅仁大学毕业的他，满脑子屠格涅夫、托尔斯泰、高尔基，当然，他的心里还有巴金的《家》《春》《秋》，鲁迅的《伤逝》与《彷徨》，还有普希金的诗和军人们爱听的苏联歌曲。李朝在那个听起来很遥远的"路岭"，开始了他的部队教学生涯。在他的课堂上，依稀可见辅仁大学传承多年的学风，那就是在教新课之前，老师先做三次的示范朗诵。朗诵之时老师要十分的感情投入，让自己的声调、体态、情感表达去感染学生，让他们如亲临其境，这样，教学效果往往事半功倍。李朝因为富有魅力的教学而在和平时期立了一个三等功。

那是一个多么单纯、激昂的时代啊。林影是新中国海南岛的第一批助产士，人们对刚刚取得胜利的第一个五年计划充满着从未有过的憧憬和热情，人人都想献上自己的一份力量。当李朝在部队里立功的时候，林影是有着3000多人的海南罐头厂医疗室的医生兼护士。她利索的动作，细致耐心的态度，过硬的打针技术，让她在这个大厂获得了很好的人缘。很少有人知道她的身世。要不是那必然要来的"反右"运动，恐怕大多数人都不会知道她有着一个黄埔军校毕业的父亲林绍芳。林影说，就是这位见识过生活的父亲，在心爱的女儿青年丧夫后，1948年将她送到海南护士学校读书，这才有了她后来独立的工作和生活的

林影1951年参加海南妇幼保健工作时留影。那双排扣的列宁装，是解放初期中国求进步的女子最时髦的打扮，它记录了中国与苏联曾经有过的兄弟般的情谊。

来源。在唱着和平歌儿的新时代，林影感到了新生活的前途光明。特别是1957年春节与李朝的喜结连理，更是给自己的父亲带来了从未有过的欣慰。可以想象这位曾经英姿勃发的黄埔学子在见到同样是声名赫赫的辅仁大学的毕业生时，那种惺惺相惜的情感，在海南这样一个远离文化中心的地方。那时，林影的大女儿（如图）已在海南中学读书。老父亲为了这对新人的美满生活，将林影的其他两个孩子接到自己身边，悉心地照料着。这样开心的充满美好憧憬的日子，却在1957年年底被政治的风暴吹打了，破碎了。

这是文中常提到的林影和她的大女儿。第一次和李朝见面时，林影就是这样一副清纯模样。

还来不及弄懂"右派"是怎么回事的林影，因为单位里正好缺少一个"右派"指标，她因父亲的身份和三个叔叔仍在泰国侨居的关系而被定为"右派"，她莫名地成了"反右运动"的对象。这离她的新婚还不到一年。生活刚刚对她露出的笑脸却变成了这副冰冷的模样。她想到不能连累李朝。可此时的她已怀上了他的孩子。1958年当他们唯一的孩子出世时，林影已被调开海南罐头厂，不久，就被遣送到乡下去了，过着孤苦无望的生活。她的背影从那个需要她的位置消失了。

可李朝的爱一如既往。他不能没有这个女子的陪伴。李朝知识分子的脾气和他不好的家庭出身，也让他的入党时间推迟了27年，他曾被人尊敬的教员身份在那个颠倒的时代却差点成了发配新疆的理由，幸好有林影的爱情牵引，部队最后将他留在海南岛。李朝感慨地说，他是因为她而拒绝回河北老家娶亲的，现在为了她，怎么样都要留在海南岛啊。

晚年的李朝夫妇与家人在海口的合影。

此刻，当两位老人重提往事时，他们更多流露的是对那个单纯的年代带给他们的美好回忆，虽然当中免不了辛酸。

李朝先生是在海南师专中文系副主任的位置上离休的。现在他最为津津乐道的是自己晚年依然还能发挥余热。前些年，他曾获得全国关心下一代先进工作者的称号，在海南关心下一代工作委员会，时常活跃着他的身影。他和老伴林影更是浪漫终生的伴侣。在海南老干部活动中心，还能常常见到这对老舞伴随着音乐翩翩起舞。他们依然喜欢听那些苏联老歌，在他们的房间，还时常弥漫着《在遥远的地方》《喀秋莎》的乐声。他们已经80多岁，却常常活在自己的梦想中，他们所有的故事就像我面前铺展的老照片一样，一页页地被翻过，而留在他们心里的，是经过岁月磨洗的清雅和幽兰一样的芳香……

老了也可以是天使

她已经老了，没有多少人见过她年轻时的身影，听过她年轻时的声音。然而，她依然是一名对世间事物敏感的诗人，依然是习惯于以诗赠友、以书法博得人们尊重的书法家。

2004年7月7日，当我在儋州那大镇见到这位传说已久的诗人时，我想，她正是这个样子。长年的独身生活让她比一般的女子更容易保留那份纯真、天真和认真。"真是一见如故啊。"她轻声地说，那如兔子般的眼神，那如风过耳般的温柔话语，让人觉得恍然遇见了少时的好友，怦然心动，温暖如春。"老了也可以是一个天使啊。"忽然想起这句话。这曾是一个好女人跟我说起的她一生的理想。现在，这句话正好可以送给儋州诗人谢景巽了。

来自海南的少女

今年已经84岁的谢景巽，在有着"诗乡歌海"之美誉的海南儋州，算是一位传奇诗人了。她一生都像个大孩子，直到现在她也是一个"老孩子"，她在过去的岁月里那些特殊的经历和她嗜诗如命的禀性，成全了她今日的生活方式和人生态度。

那大镇文化路教师村二街有一栋两层的民居里，二层向街的那一面是谢老的小屋，兼做书房和卧房。房间简洁、干净，书架上不少的大部头收录有她的书法作品和诗作，供她挥毫泼墨的小桌子铺着淡黄的宣纸，里头飘溢出淡淡的墨香。她的小屋是温馨的，也是温暖的。诗歌、楹联、书法、素描，来往的诗友，让这个小房间充溢着一种隔世的光彩，窗外的喧嚣更显得小屋的宁静。此刻，她坐在那张已经磨得发亮的藤椅里，目光温和，语调平静，用灵巧的手和我一起翻看旧日老照片，叙说着那不能淡去的前尘往事。

祖籍为中和镇的谢景巽，1921 年出生于祖父的任职地琼山府城。此时，她的父亲谢家林还是琼崖师范的学生。祖父略通文墨，由他来教导少时的长孙女认字写字，而他常常与孙女提起的是，他的父亲也就是孙女的曾祖父是当地一位知名的书法家。中和人对文人墨客的尊重让少女谢景巽心中充满着一种向往。也许从那个时候起，这个喜欢墨香的幼女心中已经升腾起一种与生俱来的荣誉感：要做一个不愧是从中和镇走出去的诗人，配得上谢家传统的书香之家的美名。

"我很幸运，在乡村读完小学，父母便把我送往省城广州读书，成了个读书人。但正因为这样，却让我在后来的几十年中，见识了不一般的人生，也遭遇了一些超乎想象的人生坎坷。"谢老有些感慨万端，却没有抱怨的意思。1934 年夏天，从广东国民军校燕塘分校毕业后分派到黄埔海军学校任陆战战术教官的父亲谢家林，想念着在故土的女儿，他希望她能到广州来接受更好的教育。他知道女儿心志很高，天赋也好，他只求得女儿能在广州读书，可没料到的是，女儿刚从海南的乡村小学来，却能在入学考试中很给他争回了面子——女儿以高分的成绩考上了当时广州最好的中学之一广州女中！在这所女子学校，大多教师为女性，校长邓不奴也是广东当时有影响的女教育家。她的严谨办学，注重体育和美育，鼓励学生多参加校外活动，这在当时也算开风气之先。

谁也没有注意这位从海南岛来的小姑娘会在诗词写作、书法艺术，甚至是手工裁剪等方面胜人一筹，看起来比自己的同学还要矮半个头的谢景巽竟能在年级的语文、美术、书法等科目中常常名列前茅。她沉静的表情透出一种自信。那是以她的聪敏和出色做垫底的。她的一口流畅、地道的广州话就是那时学会的。

年少的谢景巽以为日子会这样在美丽的校园中走过春夏又秋冬，她会在这里积累着学养，成就着名声，好告慰爱着自己的父母亲。无奈，1938年来到了。已考上高中的谢景巽必须放弃学业：日寇的铁蹄已经踏上了广州。为逃避战乱，父亲不得不让她和母亲、弟弟回到故乡中和，却不料家乡也已是物是而人非，她的祖居因为多年的缺少人气而显得有些寥落和荒芜。

女界有奇才

失学的谢景巽不久也到已经从府城搬到那大镇的匹瑾中学读书。这是一所教会学校。能在战时的教会学校读书，而且是女生，这已是很令人倾慕的事情。所以，心高志大的谢景巽也自感满足。况且，让她备感幸运的是，她在这所学校里遇见了对她的一生影响深远的人物——后来成为抗日爱国志士的赵雪芳。日后她为雪芳所写的悼文中，让人得以窥见这位历经磨难的老诗人的如杜鹃泣血的文字，从中也可以看出她心中深藏的慷慨大义和巾帼襟怀。

赵雪芳，广东番禺人。其时随调任广东邮政总局儋县邮政局长的父亲来到那大，入读匹瑾中学，和谢景巽同学。这一对心中怀有梦想的少女，因性情相投，喜做诗词，自然结为好友。时代的教导还是让她们心中充满着这样的信念：诗歌虽然穿不过敌人的胸膛，但它能激起民众的力量。她们为自己能够写诗，而且能传到人群中而激动着。可是很不幸，一场生命的变故几乎改变了这壮美的一切。

这是谢景巽 1952 年与两位弟弟和友人的合影。

暴雨狂风遍敌区，匹夫振臂与驰驱。

拯民救国无歧路，抗战安家只一途。

我自激昂离母弟，人多慷慨别妻孥。

情怀澹荡知何似，明月秋江映玉壶。

这是谢景巽平生的第一首诗，读来慷慨大气，掷地有声，丝毫不让须眉。那一年她年方 21 岁，正是她在儋州那大遇见另一位奇女子赵雪芳的时期。1943 年间，日军入侵海南 4 年之后，作为西部重镇的那大早在日军的控制之下。不屈的那大很快进入焦土抗战。此时，雪芳之父已经奉调广州，雪芳独留海南，这就有了这对以诗应和的姐妹在那个特殊的年代生死相交的情谊。雪芳是在他乡遇知己，不愿意回广州当顺民，而她骨子里的抗日救国热情，注定了她在那样的时代不会是个旁观者。"那一年我和雪芳相偕走上抗日之路。记得当年由我的一位堂叔把我们带领到王焕的部下，我们被安顿在他代县长的儋县府后方办事处，从事公文录写。我俩既到抗日之所，虽没有上前线杀鬼子，但一笔杆在握，亦一如持戈对敌，自若抗日战士。故能居深山野岭不以为苦，风餐露宿不觉其辛。一个背囊既是衣包又是文具箱，随身背着，随时准备迁移。我细小瘦弱，雪芳则身体健壮，面有轩昂之气，每在夜间摸索山路行走，多得雪芳尽心扶助。"

半个多世纪后，当谢老在自己的小屋回忆起当年一幕时，她对当年情景记忆之真切，对故友雪芳痛彻肺腑的怀念之情，还是打动了在场的人。和这两位年轻的女诗人一起行军抗日的还有当时名震岭南、诗传全国的儋州名诗人卓浩然先生，他曾任儋县中学首任校长。说起浩然先生，谢老的双眸深邃而明亮。她说，那艰难的岁月中却有诗人与诗歌相伴，真的是此生不可多得之际遇。1944 年，我们的流动稍稳，曾住在一个叫做"潘打"的黎村。一清早，从先生的屋中必传来抑扬顿挫的诗声，先生的一句"家中儿女客中牵"至今仍在耳边萦绕不去。真是诗中不知身是客，我们在诗歌的韵律中总是能看到明天的希望，三人的世界在那一刻已超然于战火的纷扰与残酷，这也是我第一次感受到诗歌的力量。于是，我和雪芳一起拜他为师，雪芳天分高，悟性好，一点即通，速达高境，他在词中说：谢景巽，雪芳奇。愧我成称一字师。在苦难中，生活因着我们的年轻和心中跳跃的诗行而变得如此的可爱可惜，我们的青春岁月因为有了诗才将苦难变成了欢乐。

但是，美好的事物总是像昙花，像流星闪电，雪芳如花的生命却在这一年的夏天走到了尽头。想不久前，雪芳写下的一首名为《投身抗日》的诗："抗日驱蛮众匹夫，女身不让竞驰驱。不惊险恶天涛浪，何惧崎岖世道途。唯羡英豪行国爱，笑他宵小恋妻孥。黄龙痛饮期将到，先且临风醉一壶！"何等豪迈的气概，颇具金石之声。可是，谢老说，正因为她有如此诗才，又充满着爱国情怀，她的早逝才这么长久地让人伤痛和心酸。我还记得那是一个有月亮的夜晚，我和雪芳在南瓜棚里，欣赏着碧绿将黄的南瓜，欢庆着田野的丰收在望。原先诗兴大作的雪芳不知为何气色黯淡下来，她望着我说："这么好的收成，这么惹人的景致，只恐我无缘享受了！"当时我以为不过是她诗意的过分赞美之词，不多在意，谁知，她的话，竟成了死亡戏语！就在我们收成之际，雪芳病了，得的是致命的恶性疟疾。待到医生来时，她已是奄奄一息，仅仅一个对时，一个活泼泼的生命就已经撒手西归！此时，她年方22岁，如春之年，如虹之志，却像高空流云般，风吹云散了。

雪芳在景巽的心目中就永远是22岁的样子。第二年，景巽在悲伤中迎来了抗战的胜利。1948年父亲从重庆调回海口，一直看重女儿的天分的父亲，鼓励女儿报考刚成立不久的私立海南艺术学校高级艺术师资大专班，专攻美术专业，两年后毕业。这时，正好赶上海南解放，景巽又参加海南行署暑期政治学习团。结业后，被海南妇联选中，并委任为宣传干部，她以较为深厚的文化根底，漂亮潇洒的书法，担任着起草文书、刻钢板和油印的工作。天真热情的诗人没有任何预感地陷入往后的政治旋涡，她因为家庭成分和社会关系复杂等问题，在接踵而来的政治运动中被清除出队，下放农村，干着最为艰苦的体力劳动。从20世纪60年代到80年代，谢景巽以一个瘦弱之躯，承受着那个荒唐的年代强加给知识分子的屈辱和创伤！

"那时，每怅望云山，总觉历史长河人文滚滚，所遇之逆境不过人造之沧桑。自顾一颗赤心，情同白雪，虽属沧海一粟也不应自视为蜉蝣，自以轻薄空虚，反应自强自勉，尽天赋之能，不负人生。"在叙说了人生的种种遭逢际遇之后，谢老达观的生活态度让人窥见她依然诗意浓郁、

1952年，已经在海南妇联工作的谢景巽在海口的留影。

生命力如此旺盛的缘由。人的生命应该不仅是天赐的自然生命一条，只满足于自然的存在，她还应该有追求，有向往，这样的人生是<u>超越性</u>的。人的自然生命有时不能战胜疾病和战乱带来的死亡威胁，如年轻似花的赵雪芳，但雪芳的文化人生却因为她曾留下美好的诗行而得到另一种形式的永生了，这是诗人谢景巽在苦难的日子里体悟到的一个道理。

这是谢景巽（后排右一）与母亲、弟弟、弟媳和侄女的合影。

于是有人发现，在谢景巽被迫牧牛的日子里，她常常在牧地找沙滩，拨平沙面，以大地为纸，以牛鞭当笔，群牲在旁，她却别无拘束地任情挥写，她与她向往的诗歌、她痴迷的书法同在。所以，当她从牧场回到诗人的行列中时，人们发现这位传奇女子并没有荒废自己的学业，浪费自己的年华。但是，她却错过了自己的终身大事。当她应该恋爱时，正当战火年代，要遇见一个如意的男子于她而言几乎不可能；当她应该成家时，却已经是一个被清除出队的"五类分子"了。孤苦无助中，只有诗歌和书法给予她心灵的慰藉继续生活下去的理由，用她的话说就是，她已经"嫁"

给她的诗歌了。现在，谢景巽以 80 多岁的高龄依然诗潮如涌，豪气如虹，她挥毫写字时更是让人感受到她笔底中蕴涵的力量。2001 年，她作为儋州的诗人代表参加了"全国第 15 届中华诗词研讨会"，她的出现，让与会诗友叹为一个生命的奇观，一个海南的人文奇景。于是诗人谢景巽赋诗一首：

八十春秋竟已过，满头霜雪证蹉跎。

龙门晚眺思鱼跃，笔架朝迎见墨波。

几度征程逢暴雨，一番潮度历冰河。

人生苦后方知乐，爱赏峥嵘护玉何。

呵，是谁将她的光阴偷走，一觉醒来已是 80 老者？好在她的诗心不老，老了也依然是个天使。

马六甲海峡的风

　　1948 年的夏日，马六甲海峡的风还在劲吹。在新加坡热心于戏剧和救亡的青年周虹别离了亲爱的家，和一帮同样向往着理想家园的同学踏上前往广州的油轮，后辗转深圳，才到达当时还处于国民党把持下的海口，开始了他们的光荣与梦想、苦难和希望相随的人生。

1948 年的夏日，马六甲海峡的风还在劲吹。在新加坡热心于戏剧和救亡的青年周虹（前排右二）别离了亲爱的家，和一帮同样向往着理想乐园的同学登上前往广州的油轮踏上归国的路。

往来于新加坡

那一年周虹正好 18 岁。在他收藏的老照片中，有一张让我过目难忘。这是 1949 年秋天，11 位好友在海口的合照。他们大多是归侨子弟，当时是私立海南大学附中初中部的学生。后排左二为周虹先生。瞧这些男生的笑容，就像海南岛灿烂的阳光。他们纯净的眸子，整洁的衣饰，一丝不乱的黑发，那种积极向上的、好像要赴会一种美好生活的神情，真让人心向往之。而那三位女生，或灵秀或端庄，也是一样的神情，她们是那时代令人心动的海南女子。要是没有她们的陪伴，那一段青春岁月岂不失色，而这张照片也不会让人如此地唏嘘不已。左一的那位叫可寄。那名字暗含的诗意，让人觉出她来历的不一般。她是海口人，父亲是美国壳牌石油有限公司海口总代理，见过大世面的他对女儿的要求很严格。虽有钱却不让女儿奢侈，她的衣着便显得很平民。1949 年她离开海口到广州，当一名医护人员，此后再也没有踏上海南的土地。中间那一位叫梁月美，现住在海

这是 1949 年夏天，周虹（后排左二）和他的好友于海口的合影。他们都是私立海南大学附中初中部二年级的学生。然而，在以后的动乱局势中，男生中大部分返回泰国或新加坡，女生中有两位 1949 年离开海南后再也没有回来过。

口市龙岐自己盖的一座大房子里，她是作为海口市的商业干部退休的。第三位女子何子兰，像兰草一样淑雅文静。她性格温顺，很在意自己的穿着品味。瞧相片上她头上的花饰，打着蝴蝶结的背带连衣裙，就是今天也毫不过时。没人能想象她后来到青岛去当了一名海军，从此也是一去不复返。也不知道她是否还珍藏着这张老照片？

指着照片叙说老同学的时候，周老的脸上时常显得有些迷蒙，眼神有些旷远。他说，不知道今天还有多少人记得海口曾经有过一所荟萃了许多学者名流的私立海南大学，那里曾活跃着1000多名大、中学生。那还是1947年11月间，时任广州市市长的海南文昌人陈策深感海南人才匮乏，便决定在广州市政府迎宾馆再次召集海南同乡及热心家乡教育的学者名流，商量创办海南大学的大计。自古以来，海南还没有一所大学，青年学子进高等学府，不是远赴北京、上海、广州，就是远渡重洋，到海外留学。现在，海南再不能没有自己的高等学府了。于是，他立即组织海南大学筹委会和校董会，推选宋子文任董事长，筹委陈策、黄珍吾、曾三省、林廷华、张光琼等，著名学人陈序经、颜任光、范会国等人也积极参与，海南大学建设的蓝图很快确定。1947年11月17日，在各方的努力和海内外同胞的援助下，私立海南大学终于开课了。它设有农学、医学、文理三个学院，还有自己的附中。第一任校长为著名物理学家、留美博士颜任光先生。在今天的海军滨海医院一带，就是昔日私立海南大学的原校址，当时叫做海口椰子园。周虹先生说，那真是一个办学的好地方。它面临市区、背靠大海，校园里椰树成林，树影婆娑，还有十多株挺拔的木棉树。每到二、三月间，那满树的花儿开得人心花怒放，那清一色的红，尽情袒露着诚挚、灼人的光芒。

那时节，国内局势还在风雨飘摇中。一门心思想让他读书不让他继续在新加坡革命的父亲，通过时任海南大学副校长的梁大鹏，将儿子插入海南大学附中初中二年级读书。怀抱革命理想的周虹觉得，在国家处于危难的时候躲进校园里读书，简直是一种奢侈。他当然喜欢这样的校园，对知识的渴望也是他一贯的追求，但时间已经推移到 1948 年年底，国共两党的交锋正处在最后的时刻，正是需要他这一代青年为国家出力的时候。他回国的时候，是唱着《没有共产党就没有新中国》的歌儿回来的。迫于现实的压力，周虹不能拿枪，也不能到他向往的热带丛林中去，他只能在校园里演进步戏剧。周虹在新加坡就是戏剧和救亡运动的组织者。在当时的进步思潮中，要一名正直的热血青年抑制住参加社会革命的情感，要他漠视祖国的前途，几乎没有可能。所以，周虹和他那一帮理想青年，即使回到国内，还是避免不了革命的行动。而他们所能做的革命活动，就是在国民党的统治中，写热情洋溢的诗歌，演进步的戏剧。他感受到艺术人生和革命人生的结合给他带来的兴奋，他虽然不能全身心地投入到读书中，但他感到从未有过的充实。

1949 年春，驻守海口的国民党为壮大力量，到处抓壮丁，枪杀可疑的"共产分子"。在得胜沙五层楼，一个醉生梦死的地方，还经常看到国民党兵为抢舞女而爆发的枪战，海口市又处于一个非常时期。

周虹血气方刚的面孔很容易让人看出他的进步倾向，他随时都有可能被抓。返回新加坡成了那一刻的最好选择。那时，国民党的失败已成定局，周虹和伙伴们相约：后会有期。

1949 年年底，周虹不得不离开祖国的土地。他没有想到，在大陆已经欢庆胜利的时候，他还要作为一个流亡者，再度回到新加坡。那已经是冬天，通往新加坡的海路巨浪滔天，马六甲海峡的风浪更是汹涌。如果不是万不得已，没有人会选择这样的季节漂洋过海，而且坐的是帆船，因为那样随时都有可能被海浪吞没。茫无边际的海面，一种孤独感让年轻的周虹出现了短暂的无望。十多天过去了，船已经行走在马六甲海峡郑和当年的航路上，越靠近新加坡，他的心越是往下沉落。本来希望他好好读书的父亲，看到自己的儿子忽然回来，他会如何地失望啊。也许父亲此刻正在航船上。他是一名海员，叫周朝元，在美国人的船上当一名厨师。他不希望儿子像他一样，由于大字不识一个，只好给美国人当厨子。他的勇敢，好学，不畏艰难，给周虹留下永生的影响。

周虹先生说，1927年，已经38岁的父亲跟随老乡，从琼海中原老家出发，到新加坡谋生，从此开始了周家的出洋史。那时，他已经是两个孩子的父亲。骨子里的不安分，想讨一份好生活的梦想，让他抛妻弃子，来到南洋。他目不识丁，却又想找一份工资较高的活儿，那只有到外轮上去。那时，新加坡已经是世界繁荣的海港，外国商船经常往来于此。船上谋生艰辛，且会有生命危险，但收入比在新加坡本土要高出好几倍，所以，要到船上去工作的华侨还是很多，尤其是美国人的船上，最后能到船上的人几乎都是百里挑一。他们一般做的都是洗碗工或其他的体力活，能干得上技术活的中国人还是很少。仪表堂堂的周朝元在家里厨艺就很好，到了船上，他悄悄地学起了做西点，调配咖啡，做色拉，他很快便被命名为厨师。为了便于和美国人交流，这位言语不多的海南汉子像看天书一般开始学起了英文。偏偏英文的菜名是较难记的，而连中国字都不识几个的他居然就磕磕碰碰地开始学起来，就是在炒菜的时候，他也还在念念有词。这样，他居然将菜谱上的单词记住了，也能应付一些简单的对话。由于这一点他将厨师的饭碗保住了，这就保住了全家人的希望。正是这个经历让他后来对读书充满了神圣般的情感。他三番五次为周虹操心，都是因为读书的问题。现在，由于局势的变化，他又再次放下学业，回到新加坡来了，周虹如何面对父亲那期待的目光？

周虹面临着失学，也意味着失业，他的心情从来没有这么落寞过。新加坡虽有人身安全，但新加坡让他失去了诗意和激情。一种对家乡椰子园的想望让他无所适从。这里不是他的肚脐落地的地方，他对它没有血肉相连的感觉。1929年，当他将要呱呱落地的时候，也是隆冬季节，他的父亲无论如何都要母亲远渡重洋，回到琼海老家那间周家小屋，将自己的骨肉生下。幸好赶得及时，这位周家二儿子才不至于在海上降生。父亲有一种根深蒂固的想法，认为他的孩子来到人间的第一滴血，决不能落在异国他乡，那是祖宗代代相传的血脉。5年之后，当周虹的妹妹快要出生时，他的父亲不顾母亲的要求，同样将她送回琼海老家，他并不领会母亲在船上的挣扎和呕吐。对孩子的出生地毫不含糊的选择，是父亲对土地对祖宗的一种说不出来的深情。也许是在娘肚子里就经历了生命诞生前的惊涛与骇浪，周虹往后的日子也像那神秘莫测的大海一样，浪漫中蕴涵着命运的多灾。

无望的3个月过去了，父亲跟随商船终于从美国回到了新加坡的家。他的第一个要求就是让周虹继续读书，只要读好书，将学位拿到，就是到美国去留学，也不是难事。他不希望儿子再去搞一些自己能力之外的革命活动。然而，经过革命洗礼的周虹，表面上虽然领受了父亲的好意，但他在内心里还是时刻注意着来自海南的消息。

转眼已经是1950年4月17日，他徘徊在街头，忽然发现华侨中在竞相传阅着由胡愈之主编的《南侨日报》，在头版头条的位置上，赫然写着几个粗黑的大字："海口解放！"紧接下来两天，又是头版头条的位置，写着"榆林解放！"周虹的心再也无法平静。新加坡的华侨同学也在奔走相告，他们在悄悄地做着回海南的准备。

1950年5月，海南终于解放了。7月，周虹背着行装，他的哥哥将他送到新加坡红灯码

他有一副南国青年的面孔，脸上写着淡淡的忧思，周虹回国前夕在新加坡所摄。

头，临别，他拍拍弟弟的肩膀，说的最后一句话还是："回去好好念书，莫辜负父亲的期望。"周虹的心有些发酸，因为他不是要回来实现父兄的希望的，他还是想从军。

文艺轻骑兵

这就是周虹穿上军装的照片。

要不是这张照片，无论周虹先生的语言描述多么生动和细致，都无法让我们看到他当年穿上戎装时的勃勃英姿。比起青春发育初期，他的脸上已没有了显得营养充足的饱满，他紧抿的嘴唇，透着内心的一股坚毅，目光已经没有了昔日的迷茫，而是多了一份清澈和自信。剑眉之下一双明亮的眸子，有几分的桀骜不驯，让人感慨青春多么的美妙，

这张照片摄于1955年的海南屯昌，周虹已被授予少尉军衔。

生命曾经如此灿烂如花。岁月的流逝，将我们的记忆模糊，幸好还有图片，让我们能更好地怀旧。

——我们，我们！我们！

抛弃了舒适的生活，

从马来西亚，从新加坡，泰国，越南，

回来了，回来了，回来了！

冲破刀枪剑戟的重重封锁，

来到五指山麓聚合！

……

接过前人唱过的《五指山歌》，

我们把战斗的文艺火种撒播。

《延安颂》从延水汇入万泉河，

《青春舞曲》点燃了战士的青春之火，

《马车夫恋》《兄妹开荒》

还有那激昂的《共青团员之歌》

扬起了理想的风帆，

驱走了军旅的寂寞，

啊，世界是多么广阔！

……

——摘自周虹长诗《昨天，今天，明天》

正如诗中激情所喷射的，青年周虹告别亲爱的父兄，历尽重洋，几经风波，终于在 1950 年 9 月抵达海口，穿上了日思夜想的绿色军装，成为海南军区政治部文工团的一名新成员。他的那种欣喜，那种局促不安，还有一种激情澎湃于胸的感觉，让日后的周虹每每忆起，都惆怅不已。

1955 年，周虹已被授予少尉军衔，这时他穿上军装已经第 4 个年头了。他当的是文艺兵，这正合他喜欢文艺的天性。这是一个充满着青春活力、洋溢着歌声和激情的集体，当时的团员一共有 100 多名，其中最小的一名才十岁。文工团在战争年代担负着特殊而重要的使命，只要战争形势需要，就下连队、到机关开展文艺宣传活动。革命歌曲、戏剧、美术、舞蹈给军人和群众都留下了积极的影响，在人的心中留下永久的余波。而对刚刚解放的海南，文艺的作用依然不可忽视。为配合抗美援朝和土地改革而创作的大型话剧《糖衣炮弹》《劈金匾》《归队》等都曾轰动一时。周虹和战友们一起沉浸在用文艺作为武器的喜悦当中。1951 年 3 月，海南军区政治部文工团拉出自己的队伍，第一次到广州中山纪念堂参加中南军区文艺汇演。他们带去了富有海南特色的歌舞，用海南话演唱的歌伴舞《歌唱胜利年》（黄伯英曲，王昆词，云平、周醒编舞），以海南民歌、乐曲、舞蹈为基调，将鲜为人知的海南歌舞第一次展现在人们面前，博得了满堂的喝彩。这张照片就是演员们演出结束后在广州黄花岗 72 烈士墓前的合

演员们演出后在广州合影。

影。一样的目光，一样的神情，几乎朝着同一个方向看，那个时代特有的热诚和单纯，在照片上一一显露无遗。

然而，在他们青春澎湃的心里，除了配合形势创作和演出的节目外，最让他们心灵激荡的事情是演唱苏联的著名歌曲，如《小路》《三套车》《红莓花儿开》《莫斯科郊外的夜晚》，尤其是那首充满着俄罗斯民歌的激昂、悲怆，给人前进和力量的《共青团员之歌》，更是让这些理想青年热泪盈眶，心情久久难于平静。周虹先生感慨地说，这些歌曲几乎成了从解放初期走过来的人共同的记忆。只要这熟悉的旋律响起，中亚细亚草原的广阔，雪域高原的浪漫，田野小河边的俄罗斯姑娘，还有送别儿子的妈妈……他们会莫名其妙地涌起一种思念，一种想望，心里常常有一种要流泪的感觉，那是一种幸福的感觉。文工团里有三分之一的团员是归国青年，此刻他们离开父母，或许还有心爱的人。黎明或黄昏的时候，有歌声不知从哪个角落轻轻荡出，年轻的心就会跟着吟唱，不一会儿，军营里

年轻的歌声，便汇成一条大河，到处荡漾着一种轻松和谐的气息。这真是一个令人深深怀恋的年代。单纯，快乐，热情，有一种献身的精神，有一种淡淡的思念，大集体的温暖送给每一个人。等到"文革"爆发，这些歌曲都被禁唱，周虹们对那个时代的怀想，也只能深埋心底。

热情、豪爽，有几份耿直的周虹置身于这样的大熔炉中，尽情地挥洒着自己的个性与才情。他在这个集体里，既当演员，又可以当编剧，还写诗，在战友的眼中，他是一个早熟而多思的青年，由于他的酷爱读书和思考，也由于他在新加坡便已参加的戏剧救亡活动。周虹的真挚与豪气让他赢得了战友们的友好和尊敬，但在随之而来的历次运动中，周虹的海外关系和个人秉性却给他带来了日后的坎坷。这也许是周虹难逃的命运。

戏剧的人生

当周虹的故事叙述到这里的时候，细心的读者会发现我们似乎绕开了一个问题，那就是周虹的内心情感。周虹是写戏剧的，同时也是一位诗人。而他的现实情境比起他的戏剧来说，更要曲折和丰富得多。就如小说的世界永远赶不上生活的多姿多彩一样，文字显现的世界总免不了失真和片面。作为一位有着诗人气质的青年，周虹和他那个时代出生的人对浪漫主义文学渲染出来的爱情充满了神往，苏俄文学的影响更是浸入骨髓。1942年内地大批文人聚集新加坡，这些名字在中国的文化史上都留有很深的印迹，如张大千、徐悲鸿、胡愈之、郁达夫等，而郁达夫的文学与爱情恐怕是那个小岛上的文学青年最倾心和向往的。

这是1948年时的周虹，此时正好18岁，他第一次离开母亲前在新加坡所摄。他总是喜欢站在母亲的身旁，脸上似乎有一种惶惑，一股离愁别绪萦绕心头的样子。他是母亲最钟爱的儿子，也是她最牵挂的儿子，因为他的不安分，因为他骨子里的那种漂泊感。年过40岁的母亲看起来还

1948年周虹第一次离开新加坡时留下的表情。周家的人总是难得相聚，一张离别前的照片上，还是少了自己的父亲和哥哥。母亲、姐姐、妹妹，还有一位堂姐前来给他送别，他的脸上有一丝依依惜别的离愁。

有几分端庄，据说她曾是乐会（今琼海）县城有名的美女。左边的那位淑雅的女子是周虹的姐姐周月彩。前排坐着的是一位堂姐。紧靠周虹的那个文静的小姑娘是他的小妹周月云。周虹是她一生追随的好哥哥。哥哥回海南之后，她是周家第二位归国的孩子。周虹对这个妹妹怀有一种别样的情感。她和他一样，是顽强的母亲怀着他们远涉重洋，回到家乡的土地上才落地的孩子。1937年春，妹妹出生时，周虹已经懂事。他亲眼目睹母亲在周家小屋里与命运抗争的全过程。母亲撕心裂肺的喊叫，忙碌在一旁的只是村里的一位年迈的接生婆。妹妹从黑洞洞的无明中挣脱母亲的脐带来到人世时的第一声啼哭，尤其是母亲流下的那一摊命运交关的鲜血，给年幼的周虹强烈的视觉冲击：生命的诞生实在是太惨烈了。日后的周虹对母亲和小妹的爱不同于一般，他甚至是为了母亲而接受了那桩婚姻，这不能说不跟这件他亲见的生命的诞生有关。

其实，那桩婚姻缘起于他的爷爷和她的爷爷两位好友一次聚餐后的一句玩笑话：如果对方生的是同性的孙，那就做兄弟或姐妹，如是异性，则做夫妻，真是典型的指腹为婚。这真是充满戏剧化的一幕。对郁达夫在新加坡的行止熟稔于心的青年周虹，一定早就听说郁达夫和王映霞浪漫的爱情故事，他一定曾经寻找过郁达夫在新加坡的足迹。然而，两年之后，崇尚自由与浪漫的周虹却回乡与那位从未谋面的姑娘结婚。那时，他的母亲已经回到琼海乡下，父亲依然在太平洋的海域漂泊。一个更现实的原因是，他的母亲需要有人照顾，因为他也是注定要漂泊的。一桩从来没有进入过他心灵的婚姻就这样成了定局。这桩传统的婚姻给他带来三个聪明可爱的男孩，骨肉情深，他也非常爱他们。周虹被爷爷许配的妻子大字不识，勤俭持家，她是个典型的农村妇女形象，很难看得出来她和戴着眼镜、书生气十足的周虹是夫妻。

海外的牵连

周虹一家在新加坡。

这是一张典型的华侨之家。周虹的父母和兄弟姐妹以及第三代人在新加坡的留影。和周虹的小家庭不同的是，这张照片充满着一种南洋气息，

人生的变化是如此的难以预料，一个对生活对爱情充满着浪漫理想主义的男子，最终却被捆绑在一桩包办婚姻上，这似乎是一个时代的无奈，但它落在周虹的身上，更加重了周虹生命的悲剧性色彩。

有着"复杂"的海外关系的周虹，1950年后的遭遇我们可想而知。他命运多舛的人生也曾经出现过平稳的发展期。1958年，周虹脱下他为之狂想的军装，转业到海南国营红华农场，当起了一名农工。1959年他忽然被调入《海南日报》任文艺副刊的编辑，这对一个已经不被看重的归侨来讲，真是一次难以想象的人生际遇。在文艺十分神圣的年代，副刊编辑这个位置可谓非同寻常。人们开始见到"周虹"这个名字在报纸的副刊出现，诗歌、散文、杂文、评论、剧评等，他所涉及的题材较为广泛。许多青年作者也曾得到他的真诚襄助。在今天五、六十岁年纪的文学爱好者的记忆中，周虹曾经是那个年代十分活跃的诗人和编辑。尽管他的文章里免不了带上那个时代的烙印，但他文中所表现出来的肝胆相照、热情洋溢，真是著者本人性格的写照。1959年至1964年，可以说是周虹一生创作的高峰期。他先后创作、改编、整理了琼剧《金菊花》(和钟少彪合作)、《夺印》，以及得到著名戏剧家田汉充分肯定的《三定亲》等，其中《金菊花》在当时发行量达到25000册，成为海南剧场深受好评的优秀剧目。

在那个粗糙的年代，周虹依然保持着一种南洋生活的做派。在新华南《海南日报》的院子里，周虹家的窗户里常常飘溢出咖啡的香味。人们还常常看到，周虹骑着一辆很气派的自行车，那是英国进口的名牌"拉力"单车。这是他父亲从南洋带回给儿子的礼物。父亲还送给儿子一部当时最好的相机，这些都是那个物质匮乏时代的奢侈品。周虹由于有了这些特殊的物件背后的海外关系，加上他不知驯良的个性，他又经受了不少磨难。

1966年，还在积极争取入党的周虹在"清理阶级队伍"的运动中被扣上了"反革命坏头头"的帽子，关在海南电影公司的仓库里。这如同将一只老虎关在了铁笼子里，生性耿直的周虹感到尊严感的丧失，他心肌梗

这是周虹的"海外关系"。他的哥哥和姐姐两家解放初期在新加坡的合影。这张照片上的人物关系曾给特殊年代的周虹带来一些啼笑皆非的结局。

塞的病就此落下。由于众所周知的"反右"扩大化的原因，他的海外关系也是一条非常重要的罪状。在那个时代，有着海外关系的人都有着非常相似的经历。一夜之间，你忽然什么都不是了，你只是一堆历史的狗屎堆。照片中 12 个大大小小的人物是周虹海外关系的一部分，他们是周虹的哥哥和姐姐两家人 20 世纪 50 年代末在新加坡的合影。至今他们都还在新加坡、美国、香港等地发展。右一立者为周虹的哥哥。值得一提的是前排左边怀抱幼女的大姐周月彩。1944 年，她 20 岁。这一年，她成为乐会（今琼海）县一名共产党员的妻子。她的温柔与美丽甚至传到了海外琼侨青年中，有好多人家都来说媒，但她就爱上了同村的他，一位有时拿着枪让她悄悄藏起来的年轻共产党员。很少人去关注战争中的普通女人的真实处境，她们默默地支持他们的行动，伴随着担惊受怕，她们一旦接到丈夫的死讯，该如何承受一个生猛的生命忽然离开自己的现实——就在这对新婚夫妇准备着要一个自己的孩子的时候，年方22岁的他，被国民党枪杀了，而尸体丢在何处，至今仍下落不明。她的伤痛没有人能够安慰。她发疯似的找遍群山，一连几年，也没能觅到他的一根头发……

1945年抗战胜利了。周虹的父亲从美国远航回来。他知道了大女儿处在悲痛中难以自拔，无论如何都要将她接到新加坡来。4年后，当她24岁时，便成为一位琼侨青年的妻子，这就有了照片上的4个孩子（后来又生育了三个）和相伴一生的丈夫（后排左一）。从此，她便开始了操持一家人生计的辛劳的一生。丈夫是船上的一名普通工人，要养活7个孩子，她得不停地干零工，即使是要临盆了，她还得到学校附近做早点，供应咖啡……一点点熬过来了，一个女人坚韧的生命力能够成就难于想象的事。现在，她的7个孩子有一个成为博士，在新加坡大学任副教授，还有一个女儿成了新加坡的一名作家，其余的都在新加坡有了自己不错的事业。

2002年，他的75岁高龄的姐姐，带着相片上的几个孩子回来了，当然还有几个孙子，周虹说，那是隔了将近半个世纪的相见。任何言语都难以表达劫后余生的莫大慰藉。他们构成了周虹的海外关系，他曾因为他们而被戴上莫须有的帽子，但是，他们都已渡过生命的难关，他们又可以继续向前，又可以欢乐前行了。周虹说，他有太多的事情要做，他未曾出版的诗集，他所写的戏剧评论，他要整理的一大堆富有史料价值的书信……"我已别无选择。我只可以向前，不可以往后退。我就是要死在自己追求的事业上，虽死而无憾。"周虹先生已经看淡了许多人生事，唯有他热爱的诗歌和戏剧不能放下。他也常常怀念在患难中亲人和朋友给予的最无私和诚挚的爱。现在，他可以笑看人生事，他可以轻松上路了。

在邓大姐的客厅里

他是一代归国侨生的风云人物，一位从死亡黑洞里重获生命的琼崖地下学联主席。1983年，具有历史性意义的"中国公民出港出国游"主要由他发起和创办，他再一次成为时代的红人，他因此曾两次受到时任全国政协主席邓颖超的接见。邓颖超说："办'香港游'是件了不起的事"。这个人就是至今仍奔走在理想之路上的冯万本先生。本文将从他进入中南海周总理和邓颖超的家开始，叙述这位海南人的传奇经历——

香港游的主要创办者

这是一张首次公之于世的照片。邓颖超大姐正在中南海自家的客厅里，会见一位当时名噪国内外的"中国公民出港出国游"的主要创办人冯万本先生。时值1987年的中秋节。冯万本出差到北京，住在建国饭店。当他拨通邓大姐家的电话，只希望表示一下问候时，让他感动的是，邓大姐竟然叫来跟随总理多年的秘书高振普少将，开着中南海已经许久未启动的周总理生前的专车，前来建国饭店接他。熟悉这部车在邓大姐心目中不寻常地位的人们在猜度着：今天邓大姐到底要迎接什么样的客人，动用这部带有周总理气息的轿车？当年过半百的冯万本只穿着一件白色短袖衫，脸上呼着热气走进中南海的邓大姐家时，大姐已坐在干净明亮的客厅里，简洁干净的茶几上已经摆上了一盒包装简单的月饼，只等着冯万本一起来过一个简单的中秋节。

1987 年的中秋节，冯万本先生到中南海周总理和邓大姐的家中与老人共度中秋。简洁干净的会客厅里，透过一丝暖和的秋阳，茶几上是一盒包装简单的中秋月饼，俭朴而温暖。

此时的大姐，已经是 83 岁的高龄。她几乎谢绝了所有外事活动，没有特别的缘由，也不在家里逗留客人。可这次，连在身边多年的高秘书都深感意外：这位广东来的海南人有着怎样的传奇，让邓大姐如此破例？而看他们交谈欢畅的样子，显然已不是第一次见面。

原来，早在 1985 年，邓大姐已经在广州接见过冯万本先生，盛赞他发起、创办的"香港游"。那时候，"香港游"已开办了两年多，冯万本正是声名鹊起的时候。现在的人难以想象，当年的这一举措曾引起海内外的极大震动，各大报刊纷纷发表评论中国这一重大举措，说"证明中国当局对人民生活的重视及政治局面的信心"，"中国的国门进一步开放是指日可待之事"。要知道，从 1951 年始，我国的边防政策一直处于封锁状态，即使港澳近在咫尺，亲人血肉相连，但没有经过严格繁琐的审批手续，没有经历长久的等待，有的人甚至等到成了一堆白骨，都不能成行啊。尤其经过了"文革"，中国几乎断绝了和外界的交往。

这是后来成为对外友协名誉会长的邓大姐心中挂牵的一件事。她和冯万本谈起，周总理和她1960年代去泰国、缅甸访问的时候，还曾接受了泰国政府的一件特殊的礼物，那就是泰国人视为金银树的"柚木"，她和总理将这柚木赠送给与东南亚气候相似的海南岛，大姐问，不知道现在那柚木长得怎么样？冯万本后来说，她老人家牵挂的何止是一棵树，她牵挂的是已去的周总理，是中国的对外关系的前景啊！她念念不忘的柚木现在海南岛西部的霸王岭生长着，很多人并不知道它的来历，这也是后来的冯万本对柚木不能忘怀的重要原因。当他坐在大姐家客厅的时候，他又有一件外交上的大事告诉大姐：泰国游也开办成功了！出访泰国是大姐为数不多的与总理在一起的外事活动，所以，她曾透露：她对泰国有着不一般的感情。现在，大姐亲耳从它的创办人口里听到泰国游的开通，目睹着冯万本充满神采的脸上流溢出来的那份自豪，她老人家显得非常的快慰和开怀。

2003年8月，冯万本先生再叙往事时，他的眼睛里还有一种闪亮的热情，语气里还有一种超越岁月的纯真。在他充满着传奇的一生中，他深感安慰的一件事就是，在他年富力强的50多岁上，他能够力排众议，争取支持，将人们认为不可能办到的事情办到了，而且是一件事关外界对中国整个开放政策、对中国的信心的大局的事。冯万本说，个体生命是渺小的，但当它与整个民族事业联系起来的时候，它就会变得强大，变得有意义。1983年的"香港游"是冯老天命之年的大手笔。叙述起那纷繁复杂的历史背景、相互关联的人与事，以及"香港游"的第一次成功场景，冯老显得有些千头万绪，有一种回望的激情在燃烧着。这位早年到泰国逃避战乱、后秘密奉命回国参加解放战争的琼崖地下学联主席，在地下学联的冤案中幸免于难的人生遭遇，加之新中国成立后当公安局长的经历，让他深深体味到亲情的不可错失，生命价值的不可忽视。公安局掌管着国家的安全大门，同时也把持着国人对外的安全交往，部分地包括普通百姓的亲情传递，相互往来。在这些年的工作体悟，他深感禁锢多年的人的情感，已经到了不能再禁锢的地步了。

1983 年 11 月 15 日，是新中国的"出港出国"史不会忽略的日子：第一批中国公民共 25 人终于从广州出发前往香港，首先在香港的罗湖口岸掀起了一股轩然大波。比游客还多几倍的香港 100 多名记者已等候多时，他们的闪光灯让心绪难平的游客徒增惊奇、感动的泪花。此后他们在香港的 8 日游，与亲友共叙几十年的离别之苦，他们也第一次成为媒体追踪采访的目标。那 8 天，在香港民众心中播下的"祖国、亲人"的种子对日后香港的回归，对中国对外交往的形象有着什么样的意义，今天的人们已经不难理解了。

1983 年首开的"香港游"，罗湖桥边留下多少感动的泪花，多少亲人度过了此生永不能忘怀的香港之夜。香港所有的媒体纷纷在重要的位置报道了本港几十年来关于大陆的最大新闻，争先聚焦这一具有历史性意义的大事。然而以当时中国思想界的混乱，对这一重大举措所持之意见的相左，要突破这一"禁区"，没有创办者的笃定和多方的支持与合力，要办成"香港游"，简直是不可想象的事。

回望 1983 年，有一场反精神污染的运动正在中国大陆轰轰烈烈地展开，资本主义的"堕落、腐朽"的生活方式首当其冲，而离我们最近的香港，是当时最敏感、遭抨击最严厉的资本主义世界："靡靡之音"从香港传入，在"腐蚀"着我们的青少年；每日约百余人偷渡香港的严峻事实，不仅让中国政府头疼，成为"精神污染"的潜在隐忧，同时，港英当局也正为此与中国政府多有外交照会，偷渡者一经发现，在当地将依法严厉惩处。不时有偷渡成功的例子传回来，但更多的是偷渡者被抓后的可怕下场。

在这样的情形下，冯万本和他的同道者提出的"香港游"，这不明明是将中国的大门打开，让某些人堂皇地登上通往香港的路途吗？

2003 年 8 月，当我怀着一个时代的困惑，多次探访冯万本先生时，这位思路清晰、精神依然健朗的老者，终于拿出他珍藏多年的一大批照片，以及多卷尚未公之于世的珍贵资料，"香港游"的脉络渐渐地显现了。

1983 年 5 月，时任广东（香港）旅游有限公司董事、副经理的冯万本先生，在冲破了当时的种种思潮与阻力之后，他代表该公司起草了一份《关于开办广东省内人士到港澳旅游业务的报告》，上呈原广东省委常委、公安厅厅长的宋世英，得到宋的大力支持。6 月 16 日，宋世英上报给主管旅游的副省长杨立时说："此事冯万本同志和我谈过两次，我同意他们的计划，关键是与港英移民局搞通才行……"杨立副省长当即批示，同意冯万本起草的报告，并报梁灵光省长批复。6 月 26 日，梁省长的批示下来了，这中间只用了 20 天的时间。此事在广东高层虽已达成一致，但还有一些颇有势力的强烈反对的声音。但倡导者和支持者不能漠视的一点是：亲人临死不能相见，内地居民不能到香港去继承亲人的合法遗产，很多国际官司本来可以轻易打赢，却因为不能到场而输掉了，诸如此类的事情再不能继续下去了！说到这，已经年过古稀的冯万本神情有些激动，他说，历史的责任感让我们必须先卸下思想束缚，要敢为天下先！于是，就有了后来广东省外事办、冯万本所在粤海公司和新华社香港分社与港英移民局的谈判。

1983 年 11 月，经过几番艰苦的谈判，"香港游"的所有条款都定下来了："香港游"以冯万本所在的广东（香港）旅游有限公司为主办，冯万本任董事、副总经理，负责在香港的所有事务；广东省内以"省旅游总公司为代理"，各地区设分代理。11 月 15 日，香港终于迎来了新中国成立后的第一批内地客人，于是，便有了开篇"香港游"的感人场面，也有了冯万本先生与邓大姐的不同一般的友谊。

作为"香港游"的重要谈判者之一，冯万本知道接下来的事情事关身家性命。因为政治上的风险还不能完全排除，那些"香港游"的客人能否按时踏上归途，港英当局能否相信粤海公司的承诺，这成了他首先最担心的问题。说到这里，冯万本先生舒了一口气，说："第一批'香港游'的客人终于按时踏上归程了，这是'香港游'最大的胜利。接下来的'香港游'，它的影响波及东南亚、台湾、美国、加拿大等地，往后的香港成了炎黄子孙聚首的亲情站，也成了刚开放的广东向市场经济学习的重要对象，更成了外界真实了解中国的最重要的场所。翻开香港当年的报纸，随处可见亲人久别重逢、喜极而泣的感人场面。"有一位台湾中年男子千里寻亲的故事：20多年前根据台湾媒体报道，他的母亲在大陆早已被迫害致死。这位孝顺的儿子每天必做的一件事是在母亲的灵位前烧一炷香，心中的忧伤与愤懑交织心头。没有想到"香港游"的开通，让他在香港见到了传说中早已成"冤魂"的母亲……这样的事例在香港几乎天天上演。冯

1984年，冯万本（前左）在"香港游"开办一周年记者招待会上回答记者的提问。

万本说，为了这些人的团聚和消除外界对中国内地的误解，他冒这个险多值得啊。

那一年，冯万本刚好是 50 岁开外的年纪。在香港粤海公司的所在地，这位身材魁梧、气宇轩昂、衣着随意却又不失得体大方的成熟男子，常常出现在记者招待会上或是一些迎来送往的场合。有些想奚落一下来自内地的干部的港人，私下里称内地干部为"表叔"（取自《红灯记》里的'我家的表叔'），而面对冯万本时，他们却摸不透此人的根底。在外交场合，他能说英语、泰语和印尼语，白话他也是操练自如，俄语歌曲张口就来。他有喝冷咖啡、吃小点的习惯。吃西餐时，他娴熟的动作，很在行的品位，和你侃侃而谈时眼神中透出来的那份自信和洞察人内心的犀利，让那些想叫他一声"表叔"的人望而生敬畏之心。于是，冯万本的名字在香港媒体风云一时。他有些洋派的翩翩风度，口出宏论的外交辞令，多少改变了港人对内地干部的偏见。

1987 年，又一次让华人世界为之兴奋的"泰国游"开通了，而主办者还是这位在港人心目中有些神秘的人物冯万本先生。在外交场合，人们希望从他的口音、行为习性来猜度他的真实身份和出生属地，人们并不知道他曾经有过一段生死只在一瞬间的地下学联的经历，也不知道他有一位来自泰国的妻子，更不知道他早年在泰国的经历。他和泰国到底有着怎样的渊源，让他有机会接触泰国国家政要，将"泰国游"办得连邓大姐都喜出望外？

1987 年，当冯万本 58 岁的时候，中国和泰国冻结了几十年的民间来往关系终于解禁了，那是继"香港游"开通之后，冯万本在东南亚敲开的第一扇门。当时的泰国副总理黄文波祖籍海南，他是冯万本办"泰国游"的最得力支持者。而泰国警察总监炝沙拉信，也是一名海南华侨，是一位"泰国游"的积极响应者和行动者。所以，当"泰国游"开通后，在泰国上下引起强烈震动：泰国人可以跟中国内地直接往来，而不必通过香港这个"中转站"了。冯万本还是作为广旅的负责人,担任第一线的谈判。这顺应历史潮流的举动,在泰国得到从上到下的支持,"泰国游"以探亲的名义将相隔了半个世纪之久的亲人联系在一起了,而当时人们并不知道它出笼的内幕,更不知道此事的促成者是一位早年在泰国曾经喷洒过青春热血的海南人冯万本先生。

翻开地下学联那一幕

1987年秋天,当冯万本偕同他的泰籍妻子探望仍在泰国的老岳母时,当年还处在壮年的岳母大人此刻已是一个80岁老妪了。老人家没有想到还能在自己的有生之年见到几十年杳无音信的女儿和女婿,在她忧伤的记忆里,她的这一双孩子好像是黄鹤一去不复返了。

1939年,冯万本还是一个10岁的少年,为逃避日本人的奴役,他随海口的难民船逃到泰国,经过千寻万觅,在惊惶中才找到在泰国做生意的父亲。他的父亲是一位有着强烈民族主义意识的中国人。为了让孩子牢记中国文字,他逃过泰国政府强迫所有华人儿童学泰文的规定,将一名宁波籍的老师请到家里来,专门教授儿子中文。这样平静的日子没有过两年,1941年太平洋战争爆发,日本人南侵。泰国政府在日本侵略者的淫威下,终于沦为附庸国。泰国反动当局和日本侵略者共同迫害在泰的华人。日本军那耀武扬威的高头大马,闪亮寒冷的刺刀,在泰国这片旷古宁静的土地上再显野蛮。1943年,冯万本只有14岁。但战争的环境使人快速地成熟。在泰国,有一个中国共产党领导下的"反日大同盟"和"泰国义勇队",他们和马共领导的人民抗日军联合作战,冯万本就参加了这个"反日大同盟",15岁加入中国共产党旅暹(泰国)分局,成为一名年轻的共产党员。儿子经常活动到深夜才回到家,也开始写一些忧国忧民的日记,暗中为抗日组织输送物资的父亲并不知道自己的儿子已入党。他存了钱,希望儿子继续读书，而且，这一次，他是准备将他送到英美去，好避开这被宰割的命运。

那时，从中国内地传来的抗日救亡歌曲已经给青年冯万本的心深沉一击。《义勇军进行曲》《在太行山上》让他对抗日大战场充满了神往；青纱帐、甘蔗林、延安、宝塔山……这些革命的象征词早已在他内心深处扩展为一幅幅抗日的景象，他的脉搏是要跟这个苦难的民族在一起跳动，这才不枉过一生。他回避父亲期待的目光，时刻做着回大陆参加革命的准备。

1945年8月，日本宣布无条件投降了。华人世界一片欢呼，可另一场决定着中华民族前途与命运的国内战争在考验着每一个中国人。1946年春，刚刚17岁的冯万本已经是一名有着丰富斗争经验的共产党员。他告别了亲爱的父兄，踏上阔别多年的故乡土地，接受革命和命运的双重考验。

日本侵略者被赶走了，刚刚迎来抗战胜利的中国却陷入两种命运的抉择。国民党统治区的政治、经济、文化、艺术和教育进一步分化。这就是满怀救国希望的冯万本回到海南所见的现实。然而，府海地区是琼崖文化教育的中心，也是进步学生革命活动的心脏地带，一切进步活动和思想都遭到国民党更严酷的控制和迫害。海南党组织除了与国民党进行军事斗争，也开展了在白区的学运工作。

1948年5月，府海地下学联

冯万本1946年归国时在海南的留影。那时，17岁的他已经是一名活跃的地下工作者了。

成立了，1949 年 2 月发展为琼崖地下学联，下半年，冯万本被推举为主席，邢国华为顾问，唐冠雄为组织部长，府海地区 13 所大中学校也成立了学联小组，成员 320 名。一时间，府海地区的学生运动声势逼人，青年冯万本作为学生领袖不顾白色恐怖的威胁，多次在密室里编写文件资料，印刷传单，给敌首脑印发警告信，做策反工作，经常利用学生身份，深入敌人阵地，调查号称固若金汤的伯陵防线，配合解放军作战，准备迎接海南解放。

1949 年 8 月，大陆大部分土地已经成为共产党的领地。此时的海南，正处在决战的前夜。地下学联的运动如火如荼地发展着，直接威胁到国民党在海南的统治。然而，谁也料想不到的一场政治风暴悄然降临：琼崖地下学联被诬为"反共会"特务组织，并立案侦察，其中，地下学联的骨干成员林云、陈义侠等十几人已经被枪杀（据海南省公安厅史志办《发扬学联精神　牢记历史教训》）。冯万本和他的战友承受着来自内部"左"倾错误的严峻考验，他们虽蒙受冤屈但仍为自己心中的理想而战斗不息。冯万本说，这就是激励他们永远前行的地下学联的精神。他的眼里常含泪水，为那些看不到胜利到来的英雄们……

这是一段沉痛的历史，但又是一段不得不掀开的历史。说起冯万本的名字，"琼崖地下学联"这几个字决不能绕过。

1949 年 10 月，中华人民共和国已经宣布成立。然而，琼崖学联冤案（党中央的定论，编者注）仍在继续。他们所面临的艰辛和危险是从未有过的。可叹可泣的是，这些蒙受冤屈的青年，并没有对他们投奔的理想事业失去信心，琼崖的解放在即，他们已经听到解放军将要开到海南岛的声音。他们相信，真相总有大白于天下的那一天。冯万本说，那一时刻的地下学联的成员，强忍住蒙冤的泪水，意志更坚定：在逆境中更显一个信仰者的本色，一定要将信念坚持到底！

琼崖地下学联沉重的一页被轻轻地翻过了，历史留给我们太多的思考空间。2003 年 8 月 24 日，在冯万本先生的引领下，我在海口见到了其中 9 位依然健在的原地下学联成员唐冠雄、罗平、邢益武、邢远、梁定远、梁先衍、黎济森、梁鸿志、欧勉老前辈，英雄迟暮矣，他们都已是古稀之人了。他们中有的人对往事的记忆依旧清晰，而有的却已经是"人平无语，水平无流"，往日的记忆似乎已经进入一种内化状态，他们似乎不愿意激活它，但要忘却又谈何容易？

冯万本（前左）1954 年和战友在海口的合影。

眼前开朗爱笑的罗平女士，当年只有 19 岁，是那场冤案中最为传奇的标致女子：她差一点就成为"极左"路线枪口下的牺牲者。1950 年代她是海南电台第一代播音员。令人叹服的是，她对生命和死亡表现出来的达观态度（详情见《繁花凋落黎明前》）。琼崖地下学联的幸存者后来成为国家栋梁的不乏其人。张光明，原学联顾问，现在是湖北三峡学院医学院名誉院长，曾三次当选为全国人大代表；蓝明良，原地下学联创始人、领导者之一，曾任中国法律出版社社长，是著名的国际法专家；王欲知，现为西南交通大学应用物理学教授、博士生导师；许禄丰，曾任海口市副市长……而冯万本后来走的路却要曲折一些，更富有奇异色彩。

难忘泰国柚木情

1953 年，学联事件平反后，屡立战功的冯万本只是一名普通的办事员，他坦然接受命运的安排。1956 年，已经 27 岁的冯万本遇见了一位泰国籍姑娘。这姑娘明亮单纯的双眸，热带女子乌黑亮泽的秀发，尤其她来自泰国的身份，勾起了冯万本心中的柔情。姑娘那时在海南某检察院工作。这位以革命为本的泰国归侨，第一次这么温情地注视着一位心爱的姑娘。她比他小 8 岁。她并不理会他丰富的经历，她只知道任性地爱着他。1957 年，他们在海口结婚了，于是，冯万本的履历里又多了一层海外关系。

冯万本先生和他的泰国妻子 1957 年在海口结婚时的合影。

"文革"中，他从县公安局长的位置被下放到陵水珍珠场当场长。这本是一个亏损企业。可是，对什么事情都想干出点名堂的冯万本却对珍珠养殖大感兴趣。他和场职工日夜琢磨，终于钻研出大型白蝶贝的孵化和插核技术，成功地研制出珍珠层粉，获得国家科技成果一等奖，而该场所产的最大一粒珍珠，如今仍陈列在中国科学院，熠熠生辉。

这一颗珍珠，在冯万本心中的分量非同小可。是它，激起了冯万本后来的实业报国梦。

这是冯万本先生一家 20 世纪 60 年代在海口的合影。

　　20 世纪 80 年代初，年过半百的冯万本调往广州工作。这是他后半生辉煌的开始。在担任"广旅"董事、副经理期间，他办成了前文所述的"香港游"和"泰国游"，得到邓大姐的赞赏。就在邓大姐的客厅里，他第一次从大姐的口中得知泰国柚木在周总理心中的位置。那是泰国人视为金银树的珍贵树种。20 世纪 60 年代邓大姐随周总理到泰国访问时，泰国政府将树种送给周总理，这棵见证着中泰情谊的柚木后来种在岛西霸王岭，留有总理余温的柚木成了冯万本心中时常挂牵之物。

　　进入 1990 年代，冯万本曾多次回望泰国，他格外留意泰国的柚木生产。后来，他才了解到，周总理带回来的柚木是传统柚木，需经 30 年才能成材。现在，经过东南亚林业专家多年的研究和试验，一种优质速生的柚木新品种——金柚木问世了。这金柚木只需 15 年就长成优质用材，比原先缩短了整整 15 年的时间！金柚木是造船舰、家具的优良质材，被誉为"万木之王",经济价值极高,成材后亩产值可达 20 万元(据《人民日报》公布数据),是弥足珍贵的摇钱树,东南亚一些国家采取补贴奖励的政策鼓励国民种植,并颁布种苗不准出口的禁令。冯老在泰国发现了这个惊天的秘密,想尽办法获取了少许种子,于是,他满怀期待在海南和湛江一带试种。

试种成功了!金柚木非常适合海南种植,其生长情势甚至比泰国稍胜一筹,是可以大量引种的经济树种。几年来,在林业和检疫部门的大力支持下,冯万本通过各种渠道,在泰国的严密控制下带回一批金柚木种子,并培育成功,供应各地种植。现在,在保亭、美兰、云龙、湛江徐闻,均可见冯万本提供的金柚木树苗,它们仅用 1 年 4 个月,就长高 6 米,树干直径达 9 厘米,大大超出了专家的想象。尤其值得一提的是,金柚木非常适合在多台风区的热带海岛种植。2003 年夏天,正好海南岛上来了一次强台风。金柚木在台风当中倔傲不倒,显现优质良木的坚强本色,这让人对它格外瞩目。金柚木成为海南未来经济潜力巨大的珍贵树种,将是指日可待之事。

冯老为他这个金柚木梦将给海南带来的福祉激昂着。今年(2003 年,笔者注)他已经 75 岁了。他的孩子都在外地,事业有成,他们希望自己的父母清闲一些,好好安享晚年。可是,冯老却不知老之已至。他以年轻人才会有的脚力奔走在他的理想之路上。认识他的人不得不惊叹他过人的精力。他的心中装着太多的梦想,他有些不相信,时光在他身上已经流逝 75 年了。他有太多的事情要做。他以多做事的方式来提高自己的生命价值:前些年他引进了泰国珍稀水产孔明鱼、澳大利亚淡水龙虾,还有珍贵鱼类中华鲟等项目,现在,泰国的金柚木种植又占据着他不老的心灵。冯老有时感慨:只恨人生苦短啊。他说,他是从死亡的边缘回来的人。他的生命已不仅仅属于他个人。他只有多做事,做到生命的最后一刻,他才可以宽慰地面对那些曾与他一起共生死的战友。他担任过多种职务。可他念念不忘的是，他的琼崖地下学联主席的身份。他和战友经历了血和火交加的生死考验。没有经历过此般考验的人，很难理解他内心想干一番报国大业的夙愿。毕竟，他已经是一位年过古稀的老者了。

（注：冯万本先生 2012 年在海南去世。）

国医出自海南岛

1959年建国十周年庆典活动前夕，海南人李峰生在北京和自己的老朋友、时任中央人民政府副主席的李济深、原国民党19路军军长蔡廷锴先生终于相见。这一次，李峰生是来京接受中央人民政府卫生部颁发的二等奖状和银质奖章的。这是当时的海南地区获得的唯一的一项医药方面的最高荣誉。然而，早在抗战时期的桂林，"国医李峰生"、"救世良医"李峰

1918年李峰生（中）到泰国后与海南老乡的合影。

生的名字由于李济深和蔡廷锴的题词和推崇而使这位爱国华侨声名远扬。

1942 年身为暹罗（泰国）中医总会副主席的李峰生是泰国华侨抗日爱国运动的负责人之一。这一年，他因频频给国内运回抗日医药和其他物资而被驱赶回国。曾经给蔡廷锴军长的 19 路军送过"保险散"、"止血散"的李峰生，在上海淞沪战争的时候就曾救过许多浴血奋战的爱国官兵。而他深得两位叱咤风云的人物的钦佩，不仅仅因为他的医药，李峰生的家世和他的救国济民的理想，他特有的精神气质，都让人对他心生敬佩。

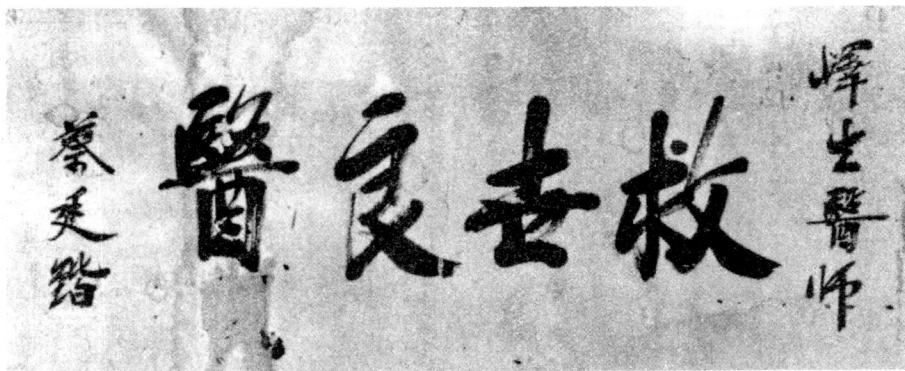

蔡廷锴给国医李峰生先生的题匾：救世良医

1887 年，李峰生 6 岁。此时的海口，已经作为中国最早开放的沿海港口商埠，英、法、美、意、葡萄牙、西班牙等西方十三个国家先后在海口设立领事馆或领事，外交官、传教士、医生、探险家纷纷踏上这个海岛，海南岛的名字第一次出现在西方探险家的视野中。家在今琼山下坎村的李家，是清末民初海府地区著名的中医之家。李峰生的父亲是一位颇有中国读书人气质的海南汉子。瘦削的身材，有些突出的颧骨，目光坚定，脸上很少笑容，严肃的脸后有一颗细腻的同情心。他对儿子的训导总是"与人为善"，对病人不管贫富，要"一视同仁"。6 岁时，他就转在父亲的身旁，看他给病人摸脉、望舌、开药方。他很爱闻那些透着泥土香味的草根草药，到十几岁上，当父亲进入壮年的时候，李峄生已经可以给周围的乡亲看病了。

现居海口的李峄生的大女儿、中医师李宝琴说，中医讲究个人的实践经验和感悟能力，但更重要的是继承上一辈人的心得和独到的临床经验。所以，有着中医传统的家庭很容易将中医的精神气脉传递下去。当下一代到了上一代相同的年纪时，下一代可能更富有经验。因此，1917 年，当李峄生已经 36 岁时，他的名气比父亲当年还大。

他的专长主要是内科和儿科。许多疑难杂症，他都有自己独特的诊断和治疗。在《海口文史》上记载了几则他拯救危急病人的事例。他当然不能保证手到病除，但人们信任他，常常到这里来看病，还有一个更重要的原因，那就是他不会敷衍穷人。如实在是付不起药费，他还会轻轻地叹口气，还要多问一句家里的境况，然后将药拣好，推到你怀中，也不要你说一句谢谢，便示意你走吧，走，那病人往往是一步三回头，叩谢不已。

李峄生的医术高明，医德高尚传得愈远了。

李峄生的名声甚至传到了南洋。那时的海南已是著名的侨乡。常有华侨回乡，生了病家人会将他领到李峄生的诊所，他那里几乎成了南洋客聚集的地方。有一天，他一个闯南洋的亲戚从泰国回来了，向他描述了南洋生活的种种。16 世纪以后，欧洲殖民者开始侵略这一地区，到了 19 世纪末，除泰国外，整个南洋地区都成了英、荷、法、西和美的殖民地。19 世纪 50 年代，是中国封建社会的晚期，也是中国人出洋的高峰期。到了辛亥革命时期海外华侨已达 600 万，而在泰国的华侨最多，那儿的海南老乡也最多。在海南受够了殖民统治的李峄生，也想出去透一透南洋的风。

怀抱梦想远走泰国

他选择了去泰国。他是怀着一个梦想而去的。他对父亲说，他赚够了能盖一所医院的钱就回来。民国初年的海南，史料所记载的最早的中医医疗机构只有两所——1885年改建的惠爱医局（现在博爱南路）和1890年在琼山府城建的爱生医院一间，平日就诊的中医师也只有两三名。1896年美国长老会在海口设立教会，也在海口盐灶建了一所福音医院（今海南省人民医院门诊部）。这是西方医学传入海南的开始。到了1901年，法国人在得胜沙尾设立中法医院，也即今天的海口市人民医院得胜沙门诊部。至此，海南真正有了中西医相结合的局面。李峰生就是在这样的背景之下，怀着梦想，远走泰国。

那一年已是1918年。李峰生已经37岁了，是一名男孩的父亲。对一个闯南洋的人来讲，他已不再年轻。这年5月，李峰生怀着对泰国的浪漫想象，与同乡好友踏上了通往泰国的海路。帆船在海域上漂泊了将近一周，终于到达泰国北部港湾。而他们的目的是要到首都曼谷去。又辗转数日，曼谷以热烈的阳光，迎接这几位海南客。

20世纪20年代以前的海南，还没有带女人出洋的习惯。李峰生像很多海南老乡一样，只能告别妻儿，孤身一人，在异邦的土地上苦苦地奋斗着。他在曼谷北区临近湄南河的地方设立诊所。他的诊所还是以"中医李峰生"命名。顾客开始是一些慕名而来的海南人，渐渐地他的名声也传到海南人以外的人群。当时在泰国的华人中，形成了以地域划分的5大帮，即福建、广州、潮汕、客家和海南，而无论是操白话的广州人、操闽南语系的福建人和潮汕人还是讲泰语的本地人，都知道海南人李峰生的名字。但是，李峰生只会说一种语言，那就是海口话。他与海南人以外的病人交流显然已成了他治病的最大障碍。可他的内科和儿科是那么的令人信服。找他看病的人又苦于无法跟他很好交谈。李峰生陷入了到泰国几年来最大的困惑中。

湄南河上的婚礼

　　这一年已是 1925 年。他到泰国来已经 7 个年头了。像很多老乡一样，自从踏上这块土地，他还没有回过家一趟。潜心于中医研究与治病的李峰生此时感到无比的寂寞，他居然涌起一种幻灭感。没想到，随着事业的扩展，语言竟成了一个大问题。这是他以前想都没想过的。一日，他与好朋友漫步来到湄南河边，河对岸泰国女子在水上漂浮的木屋边洗衣、淘米的身影，那女子轻灵、利索的动作，一一跳入他们的眼里。"何不娶个既懂泰语又懂白话的泰国女子为妻？"那个朋友突然脱口而出，一贯难得有笑容的李峰生脸上忽然闪过一丝微笑，是啊，他怎么就没想过呢？两人不约而同地停下了脚步，相视一笑，好像对岸那个妙龄女子就是他们要找的新人。李峰生被这个突然降临的念头搅乱了心绪。也许他想起了在海南的妻儿。原配夫人由父母做主，她必须得在家伺候公婆，每年的家祭还少不了她。他出走泰国的时候，女子还不能随行，这是当年好多留守新娘的命运。她们往往送走新婚的丈夫，让他们去闯南洋，开拓新的生活空间。而她们，只能在故乡留守，替丈夫照管家里的一切，直到老去。

　　孤身 7 年在泰国的李峰生也逃不过作为南洋客的生活的选择。他和许多老乡一样，在异国他乡又有了新的家室。

　　好像是前世约定，湄南河回

国医李峰生的妻子叶金清（左）于 1925 年在泰国曼谷与女友的合影。

来没过一个月，有一个女孩在她母亲的陪伴下，来到李峰生的面前。这一年，她只有 19 岁，姓叶名金清。她的母亲来自澳门，从小她就会说白话，她的父亲祖籍海南文昌，在泰国已经是第三代，她也算是一个土生土长的泰国人了。所以，金清既懂海南话，也操着一口流利的泰语，更让李峰生吃惊的是，她居然还会说汕头话。原来，金清的父亲已在她 10 岁时过世。临走前，曾嘱咐其母，一定要让他们唯一的女儿嫁回海南去。母亲含泪答应了下来。这些年来，母亲不止一次听人说起李峰生的医术和人品，她也曾以病人的身份，细细考量过这个言语不多，耐心细致的名医。凭着成熟女人的经验，她敢断定：这是女儿可以托付终身的男人。自幼失怙的金清初见李峰生，有一种情愫，心里有些怪自己的母亲将要给自己安排的婚姻。直到半年的交往之后，她从他的身上发现了自己故去的父亲的影子，她带着一些恋父情结，走进这个海南男人的内心。

1926 年春天，当湄南河水上涨的时候，一向对鲜花只是爱怜而从不

1929 年李峰生在泰国曼谷与婚后三年的妻子叶金清的合影。

采摘的李峄生，脖子上身上挂满了亲人朋友们送上的爱情花和幸福花。这是泰国人送给喜结良缘的新人最喜庆的礼物。那一天，年方 20 岁的新娘脸上稚气未消，陪伴于她左右的姐妹们还是一帮唧唧喳喳的孩子。李峄生牵着她的手，无限怜爱地看着她，好像是看着自己心爱的孩子。可就这孩子气十足的娇小女子，日后给他的事业带来的是蓬勃和兴旺。她给他的充满青春热情的爱自不必说，重要的是，她是他的口，他的左右手和他的无法言传的体己与呼应——她解决了他语言上的难题。无论来的是操何种方言的人，她都能给他沟通与传达。他的药方子更加对症了，他还开始研制新的药剂。他的医名传得更远了。而他们有些传奇的婚姻，也成了人们善意的谈资。就是有了这位年轻娇好的女子，李峄生在泰国的一切都更加顺畅起来。

蔡廷锴拜会名中医

1934 年，当他与抗日名将蔡廷锴将军在曼谷相遇时，他已是泰国华侨中医总会的侨领之一。与蔡廷锴将军的相识，改变了李峄生作为一个名医的后半生生命的轨迹。

这一年的 4 月，被称为守土抗日功盖千秋的抗日名将蔡廷锴将军到达曼谷。此时，英勇抗日的 19 路军已被蒋介石瓦解，蔡廷锴也在 1933 年与李济深、陈铭枢等一起发表脱离国民党的宣言。痛定思痛之后的蔡廷锴决定出洋考察，他一路上宣扬他抗日救国的主张，受到华侨和外国友好人士的热烈响应。

他是第一次踏上泰国的土地。有一位海南人他不能不去拜访。见面之前，他们就已神交两年。在他领导 19 路军与强大的日军孤身作战的 1932 年，也就是在永垂青史的"一二八"淞沪战役中，蔡将军就已接受了李峄生先生从曼谷运往上海的药物"保险散"和"止血散"（《海口文史资料》）。在前方的战士最需要医药的时候，李峄生拳拳的爱国心是那样的让将军刻骨铭心。李峰生的女儿李宝琴回忆说，那一年 4 月的一个夜晚，她发现父亲回来得很晚。他好像换了一个人似的，嘴里居然哼着家乡小调，这是以严肃著称的父亲少有的情态。父亲告诉她：今天有一个让日本人既害怕又敬佩的中国将军跟他见面了。他就是新中国成立后任全国政协副主席的蔡廷锴先生。

时任暹罗（泰国）中医总会副主席的李峰生，那少有动情的脸上，出现狂喜之色。身居海外的这些年月，从中国内地传到泰国来的都是坏消息："九一八"爆发，日军占领大幅东北疆土，平津及华北数省，虽有几个猛将努力抗战，也轻易地沦陷了。只有"一二八"之战给沉闷而苦难的中国带来一股从未有过的爱国士气。虽然，这场以死相抵、最为可歌可泣的战斗在蒋介石的不抵抗政策下以"和谈"告终，但在战争中，李峰生以一个中医的名义，也间接地参与到当中去了：战士们的血管里流淌着他用倾尽自己的心血研制而成的名贵药剂。蔡廷锴和李峰生由民族大义而结成的情谊，从此默默地保持了一生。

1942 年 9 月，李峰生举家逃难来到越南防城。相片上的这 5 个孩子，再也没有回去过他们的出生地泰国。

蔡廷锴在泰国拜会李峰生，成了他后来到桂林的一个动因。1941年，太平洋战争的爆发打破了泰国旷古的宁静。李峰生作为侨领，受到了泰国反动当局的驱逐。他一家7口搭上一艘开往海口的船，踏上归家的路。

逃难的诺亚方舟

1942年夏，日本人要做的其中一件重要的事情就是清理在泰国的抗日力量。到处都在传闻日本人要将所有的中国人都当义勇军来杀掉。所有的华人都人心惶惶。此时，李峰生成了日本人眼中要消灭的主要目标，已经有军警向李峰生逼来。

事情来得太突然。李峰生来不及将洋房和汽车处理掉，便匆匆忙忙将藏在家中贵重的药材装好，幸得这位小姨（见照片）的冒死相助，她到银行里取出所有的存款，让司机到学校将孩子们都接回来，收拾好简单的行装，行色匆匆的李家7口人，悄悄来到港口，准备踏上归家的路，送他们的只有这位善良而大胆的小姨。

从1918年到泰国至今，李峰生是第一次回乡。7天之后，他一家终于到了海口，回到府城自己的老宅。

还没在家洗个干净的澡，第二天一早，7、8个日本兵得到汉奸的通告，前来抢劫南洋客。看来家乡不是久留之地。

泰国小姨

李峰生便开始了他制造"方舟"的计划。

他买来一艘还没完工的木船。他要照他想象的样子做成既便于水上行走又便于船上生活的方舟。《圣经》里的诺亚方舟给了他无限的想象。他当然不能像诺亚方舟那样造三层，也远没有那么巨大，但船上面有房子有马桶，就像海上漂泊的家。"方舟"几天就造好，他带领全家，准备到桂林去，投奔在那里的李济深和蔡廷锴将军。

要到桂林，他们先绕道越南海防。他要在这里等待来自桂林的特殊通行证。1942 年 9 月中旬，他终于等来了来自桂林的特殊通行证。上面盖着李宗仁的大印。抗战时的桂林，正在李宗仁的主政之下。那里正聚集了当时主张对日作战的将士和各界爱国进步人士，何香凝、李济深、蔡廷锴、夏衍、邹韬奋等都在桂林积极从事抗日活动。李峰生的女儿李宝琴老人回忆说，他们的船从海防撑开了。一路上，头上的飞机在轰鸣，船差一点被打到了。日夜咕噜声不停的方舟，满载着一家人，向桂林的方向赶路。船到梧州时，忽遇水上防护网。因有了特殊通行证，李峰生叫船工拿来大剪子，"咔嚓咔嚓"地剪断，一路畅通无阻。辗转了半个多月，他们终于到达桂林，在这里，见到了老朋友蔡廷锴，还有久闻其名的李济深。对李峰生的医名，李济深也早就仰慕，他为抗日所输送的医药早就在军中传开。两位将军力邀他在军中任职，并许以军医主任的官衔，可是，李峰生却拒绝了。他说："我是为抗日而来，不是为当官而来。我以一个民间医生的身份，便于接触伤病员，便于施展自己的医术。"李峰生在桂林将许多官兵和百姓从死亡线上拉回来，他的身影还常常出现在李宗仁的官邸。所以，才有李济深题的"国医李峰生"和蔡廷锴题的"救世良医"，海南人李峰生的医名很快在桂林传开来。

初到桂林，他们一家还是以船为家。不久，桂林沦陷，诺亚方舟又载着一家人，随水而走，先后到达过云南、广州、湛江，直到抗战胜利将他们完好无损地送回海口。这成了战时的一段令人惊叹的传奇。

未竟身后事

1950 年海南解放。李峄生作为一位名医与共和国一起经受了几十年的光荣和梦想，惊涛与骇浪。"文革"中，他怀着一个未竟的梦离去了，留下很多无法弥补的遗憾。

一生穿着长袍马褂的李峄生，因为要上京参加颁奖仪式，他穿上妻子叶金清特地在海口赶制的纯毛中山装和鞋帽。1959 年 10 月，李峄生从北京领奖回来后在海口留影。他第一次戴上共和国给他颁发的奖章，拍下照片，这成了他一生珍藏的殊荣。

这张照片是 1959 年 10 月 5 日李峄生在海口所摄。时年 78 岁的先生刚从北京领奖回琼，他获得的是中央卫生部颁发的医药学方面的二等奖状和一枚银质奖章，这是政府给予李峄生对祖国医学做出突出贡献的最高奖赏。他把奖章郑重地佩戴在胸前，手中拿的是奖状，神情肃然，端坐在凳子上，他的身后是蓝天之下摇曳的椰子树。1959 年的国庆，是新中国成立以来规模最大的一次十年庆典。李峄生以古稀之年，参加了这次盛大的活动，还见到了抗战胜利后就未再谋面的老朋友，时任中央人民政府副主席的李济深和全国政协副主席的蔡廷锴先生，李济深还代表各民主党派、无党派人士和全国工商联在庆典上致辞，他那带有广西口音的声音依然清晰而洪亮。然而，就在李峄生拍下的这张照片还没有冲洗出来的时候，10 月 9 日，忽然传来李济深先生因病去世的噩耗。他们分别才几日，李济深和他叙谈的声音还回响在他的耳畔，他

1948 年，已近古稀之年的父亲李峄生（后排左三）出席女儿的婚礼，他的脸上依稀可见欣慰的神色。这是一张记录海口 20 世纪 40 年代上流社会的婚礼照。虽然有些残缺，但典雅的气息犹存。

的手心甚至还留有老友的体温，怎么说走就走了呢？

经历过战乱、看到过无数次死亡的李峄生，从来没有感到过死亡和自己这么近。他比李济深还年长 3 岁。为人谨慎不爱张扬的李峄生从来不会在别人面前透露他和一代英雄豪杰私交颇深的事。即使在他的孩子中，唯有大女儿李宝琴多一些知道父亲的心思。李宝琴老人回忆说，那一段时间，一贯对生命和死亡比较淡定的父亲常常叹息说，哎，我的时间不多了，可还有那么多的事没做。说完，他便陷入自己的沉思中。他心中有一个梦想此生看来是无法实现了。那就是 20 世纪初年，当他出洋的时候对自己的父亲许诺过的要在海口建一间海南人自己的医院的设想。出生在那个年月的人注定了身上要担负的历史重担。当时的西医医院都是美国人和法国人所建，中医医疗机构设备简陋、人才奇缺得让人心寒。想当年怀着梦想远走他乡，原是为了回来实现自己建一所医院的理想，可首先是生计，继而是战乱、逃难，他的大半生都处于动荡和忧患之中。李宝琴常常安慰父亲说，地面上的医院虽然没有建起来，但在您自己的心中已经建立了一所心灵的医院。别人行医首先是想到赚钱，而父亲您首先想到的是救人。您一生行医，救人无数，自古以来，善良之辈往往难于积累钱财，即使积累够了，它也属于公众，最后还是要化成一种德行，所以，这种医院虽然肉眼看不见，却都在人们的心中存在着。听了女儿的一番话，李峄生会宽慰一些，他严肃的脸上会泛起一丝微笑。

直到现在，李宝琴的家中还保留着河北省国立中学几十名中学生给李峄生留下的感谢信和纪念品。那是 1949 年 12 月，这几十名中学生随着战败的国民党官兵来到海口，他们在中正小学（现市保健院）住了下来。有一天，李宝琴回家急匆匆地告诉父亲，那些学生不知为啥，个个躺在床上翻滚，大喊肚子疼。李峄生二话不说，立即跟着女儿来到学生们身边，察看病情。这是由饮食不当引发的急性肠胃炎。他又赶回自己的诊所，送药上门。几天过去了，他来回奔波于诊所和学生们之间，直到每一个学生都康复为止。手头并不宽裕的李峄生却分文不收。身在异地、满目乡愁的学生们没有想到这位精神矍铄又有些黑瘦的老者竟是鼎鼎有名的国医李峄生。心中的感激化做无言的泪水。他们将自己随身携带的笔记本或钢笔之类送给这位海南医生，还给他留下了一封恳切的感谢信。

在老海口的记忆中，1950 年间海府地区流行腮腺炎。李峄生在自己的诊所门前贴上一张大处方，介绍腮腺炎的症状、治疗方法和用药，并告知患者他自己有专治腮腺炎的"蛇颠角"，也即由犀牛角为主配制的名贵药。这种药在当时只有少数有钱人才用得起，可李峄生却将这些药品免费分发给那些看不起病的人。李峄生一次又一次的善行让人心中涌起无限的温暖。许多老者说起李峄生，就会回忆起那一段充满着古朴深情的美好时光。这位总是穿着长袍马褂的名医，已成了人们心中的一种依赖。而他的品性，也通过他的手和他的心传递给下一代。

1966 年 10 月，李峄生充满传奇的一生落下了帷幕，享年 85 岁。他没有给子孙留下物质财产，他要建一所医院的愿望也没有实现。但在海口振东老街的宝芬诊所，依然可见李峄生先生留下的痕迹：他治病的方法，他对治病救人的意义的阐释，以及他对底层人的同情，在他后人的身上犹可见。国医出自海南岛。李峄生一生的传奇，蕴涵着海南这方水土独特的文明传承和文化景观。

辛亥革命党人的遗孀

黄花岗起义的幸存者

在海口滨海新村一座民房里，住着一位容貌端庄的 90 岁老人，她就是参加过黄花岗起义的郑任良先生的遗孀廖瑞珍，她最小的儿子是海南著名作家崽崽。有一桩心事已在她心里埋藏了半个多世纪。先夫郑任良是清末民初海南岛上最活跃的实业家之一，他第一个组建了与香港汇丰银行有直接联系的琼崖华侨实业银行，创办儋州松涛华侨实业公司，开设海口月朗新村，并参与编辑《海南岛志》。郑先生的事迹保留在"中华魂·青史留名"档案馆里，与辛亥革命先驱黄兴、朱执信和"黄花岗七十二烈士"方声洞、林觉民等人的名字连在一起。

打开共青团中央、中央党史研究室和国家档案局联合建立的"中华魂·青史留名"的网上档案馆，寻到郑任良的主页，令人感慨的是，因主办单位无从知道郑任良先生后人的下落，更不会知道先生的遗孀廖瑞珍至今仍在海口平静地生活着，所以在"相片"这一栏书写："暂无图片"，而有关他的词条这样写着：

　　"郑任良，1889 年出身于农民家庭，广东梅县人。青年时代，参

加辛亥革命运动，后留学日本。回国后，在中山大学经济系执教。大革命时期，抵琼考察、了解海南岛的资源，并著书立说。1927年，辞职转搞实业，邀几位华侨在海南合股投资，买2000亩盐碱地，在海口开办银行，在儋县开垦农场。1939年日军侵琼，聘他任伪琼山县长、琼崖政府建设厅长，均拒绝。为摆脱纠缠，辗转香港等地避难。1945年8月抗战胜利后，重返海南，经营捕鱼业，遭土豪劣绅陷害入狱。狱中，接受中国共产党的教育。出狱后，主动同府海特别区党委联系，经常汇报府海敌情。在中共党组织的指导下，秘密成立反美蒋同盟小组，任组长。多次召集该组成员向府海特别区党委汇报敌方情况，提供敌方海南岛军事地图。购买大量武器弹药，从经济上支持党的工作。1950年，遭国民党中统特务告密，被捕，后被秘密杀害于海口市红坎坡。"

这几百字的词条与海口市民政局、《琼岛星火》和马白山副司令所记载或回忆的郑任良先生一生履历相吻合，而他作为黄花岗起义幸存者的身份在海口市民政局所存档的有关资料里记载着。这些历史记述显得冷静、理性，而在他的遗孀廖瑞珍的记忆中，年过60却为国捐躯的丈夫是一个情意浓厚、有胆有识的男人。他惨死在海南岛解放的前夜，却给她的后半生带来磨难与伤悲。而对于儿子崴崴，父亲只是代表着一种名义，一个永远在心头萦绕的英雄符号。也许崴崴和我们一样，只能凭借这张照片想象父亲当年的音容笑貌，怀想着父亲曾在他未满周岁的脸上留下的脉脉温情。

这是1947年郑任良先生带领全家在海口的留影。他西装革履，正襟危坐，神情却有些疲惫。旁边并肩而坐的是他的两位夫人，怀抱孩子的少妇是廖瑞珍。

　　这是 1947 年郑任良先生带领全家在海口的留影。他西装革履，正襟危坐，神情却有些疲惫。此时抗战胜利刚刚两年，他的一切产业均被日本人所毁坏，看不出还能恢复的迹象。他旁边并肩而坐的两位夫人，表明他是属于亦新亦旧的一代。怀抱孩子、称得上是个美人的廖瑞珍微笑着，可那笑容里却少了些神采，当然，此时崽崽还没有出世。从孩子们的穿戴上可以看出，这个曾经富甲一方、拥有儋州松涛华侨实业公司、琼崖华侨实业公司银行和海口月朗村 2000 多亩地产的富商、驱除鞑虏的革命先驱，此时已是家道中落，陷入生活的困境当中。唯一保留下来的他与家人的合影，便永久地记下了曾发生过的这一切。

　　2004 年 7 月，当我在海口滨海新村拜会廖瑞珍老人时，她尘封了半个多世纪的记忆之门被打开了。即使是他的作家儿子崽崽都难以从她的口中确切地知道，为什么她会在自己如花似玉的妙龄，以一个富家女的身份嫁给一个比自己的父亲还年长的人——1936 年，她刚 20 岁，便成为郑任良在海口的新夫人，此时，他已 47，在梅县的原配夫人已经为他生了一女三男，他的大女儿比新夫人还大 5 岁。这在当时的海口和广州轰动一时的婚配，不仅是因为夫妻年龄的悬殊，更是因为郑任良的来头太显赫了：他浑身上下散发着圣光和金光，一人集革命先驱、名牌大学教授、琼崖银行行长、松涛实业公司总经理的头衔于一身；他以梅县人的文武双全和资深革

1927 年，郑任良（右后站立者）与原配夫人黄秀英和儿女在老家梅县的合影。后左立者为三儿子郑国忠，黄埔军校毕业生，抗战时战死于芜湖。

命先驱的身份在资本主义刚刚成型的海口成了最为耀眼的一颗星，而他心中所怀的实业报国的梦想又让他显得与一般成功的商人决然不同。这一切当然都在家有美女初长成的廖父眼中。

廖瑞珍原本姓邱，广东廉江人，家有兄弟多人。她后来改姓廖，缘于父母相信了算命先生说她"克父"的话。于是她被送给了广东军阀邓本殷手下的一名廖姓营长，从此跟随他来到海南，成为廖家的千金。邓本殷是粤军独立旅旅长，1879 年出生于广东防城县茅岭乡大陶村，今属广西，客家人。1921 年 1 月，邓本殷率部进驻海南岛，掌管琼崖长达 5 年多时间，直至 1926 年 2 月被广州国民革命军击败，结束了对海南岛的实际统治。廖瑞珍老人说，养父也许是这个时候离开了邓本殷的部队，在海南陵水、万宁一带包收盐税、开赌场，生意一度红火。父亲每次回来都扛回很多钱：银元、铜钱，各种各样的金银玉器，还有赌徒输完钱后押上的随身物品：

戒指、玉坠等。铜钱就堆在房间的角落里，她要买什么零食，便用小竹器插上一小斗，端着往街上走去，换回好吃的，生活自在而随意，父亲对自己的呵护与疼爱也由此可见。父亲的事业如日中天，他似乎没有理由为自己女儿将来的前途担忧。可是，这样一位甚至有些溺爱自己女儿的父亲，在后来他对女儿婚姻的安排上，却让后人感到不解：他怎么肯把如此娇贵的女儿嫁给这样一位比自己还大的有妻室的男人啊？

黎明前夜别妻儿

1911 年农历 3 月 29 在广州爆发的"黄花岗起义"，它是同年爆发的辛亥革命的先声。事隔近百年，郑任良先生的寿辰也已 115 岁，想当年他作为"选锋队"（敢死队）一员参加这次影响深远的起义时，他还是一位年方 22 岁的热血青年。他亲眼目睹了黄兴、朱执信等负伤后化装逃脱，喻培伦、方声洞、林觉民等 86 人死难。孙中山在美国芝加哥得悉起义失败，认为此役义军的"勇敢英烈"，为世界各国所"未曾有"，"革命之声威从此愈振，而人心更奋发矣"。称这次起义虽然失败，"然其影响世界各国实非常之大，而我海内外之同胞，无不以此而大生奋感"。1912 年 5 月 15 日孙中山发表《祭黄花岗七十二烈士文》，说"寂寂黄花，离离宿草，出师未捷，埋恨千古"。1914 年又说"第一次革命，虽由武昌起义，而实广东三月廿九之役为之先"。同年 10 月 10 日，武昌起义宣告成功，辛亥革命取得胜利，黄花岗起义烈士的鲜血并没有白流。

2005 年 1 月 24 日，我再次踏访海口市滨海新村那座民房，面对黄花岗起义幸存者郑任良先生的遗孀廖瑞珍时，那久远年代的钟声似乎在耳边回荡。这位虽未识字却天资聪颖的老人，她与你交谈时总是那么淡定和认真，她对某时某刻发生的事情像树叶的纹理一样脉络清晰，即使多次重复她也不会弄错。她依然闪动的眼神让人瞧见她当年的美丽和聪敏，她单纯而坚强的心灵里装载着先夫的种种行迹，他们共同经历过的血雨腥风历历在目。她说，1936年嫁给郑任良后，她才知道他是黄花岗起义的参加者，光复后郑任良作为有功之臣被官费送往日本明治大学专攻政治经济学，学成回国后任中山大学教授。就像后来《广州市志》所记载，一个偶然的机会让这位经济学者将目光投向海南岛：1928年陈铭枢执掌广东海南善后公署，为着海南经济发展的考虑，他决定主持编撰《海南岛志》。为此，陈铭枢精选人才，留日学生侯过、郑任良以及曾蹇等被委以重任，负责编纂出版《海南岛志》，郑任良负责经济部分。于是，郑先生便随同中山大学的几位教授一起抵琼考察并到了西沙群岛。海南岛的秀丽风光和西沙群岛的富饶让他感动不已，因此萌发开发海南岛之大愿。不久，陈铭枢任广东省长，权重一时。在外人看来，对编纂《海南岛志》有功、深得陈铭枢赏识的郑任良应该仕途通达，前途无量。但是，因写作《海南岛志》而深深爱上海南的学者，在目睹了国共分裂、社稷混乱的局面后，转而搞起了实业。

在一个革命频仍的年代选择做一个实业家是出于实业报国的梦想，然而郑任良却无法预料他的这个梦会给妻子日后带来灾难。１９３０年代的海口市区人口不足 5 万，而良田纵横，树林茂密，鱼鸟欢畅。这个热带丰饶的景象与他的老家梅县相比简直是另一番天地。于是，《海南岛志》编纂完毕，他便放弃在广州的职位，到东南亚去劝说华侨，描绘海南岛独具的天然条件，将他们带回来海南合资开办实业。日后足见成效的是琼崖华侨实业银行、松涛华侨实业公司，而他花了3000多白银买下了市区西郊外的一片海湾共2000多亩地，准备将陆地边上的海湾改造成良田，这曾是海口开发史上的一个创举。那片地就是现在的月朗新村到海口罐头厂一带。

"这个村子一开始就叫做月朗新村，他建立这个村庄，是为了找个立足点，好好经营他的产业。我嫁给他时，村子已经住了一些人。村外，是一片盐碱地，他竟然设想着将海水堵住，让水只出得去进不来。这样浩大的工程居然让他做成了，水稻与鱼一起长大，他的产业开始见效。"廖瑞珍老人说。

1939年，当他种下的热带作物将有收获，月朗新村的人气渐渐兴旺，郑任良已经是海口有名望和地位的实业家时，日本军的铁蹄踏上了海南岛。他的松涛公司被日军炸了，合作的华侨离散了，银行倒闭了，海口西郊围海造田的工程陷入一片汪洋，月朗新村的断壁残垣尤其让人心酸。这位希望实业报国的革命先驱陷入从未有过的绝望中。日本人逼迫他出任伪琼山县长，要他主持海南的经济工作，他当夜带着妻小逃走了。在过后的几年里他们一家在湛江、广州和香港过着非常艰难的流亡生活。1945年8月，抗战胜利，郑任良带着妻儿重返海南。可是，等他携带妻小回到海南岛，他发现他的事业彻底失败了，曾经富甲一方的银行家、实业家，等待他的是战后的一片废墟。在绝望中奋起的他渐渐恢复产业的元气，可是，他不断地遭人暗算，刚刚有起色的实业屡遭毁坏。原来海口玉沙村一些土豪劣绅妒忌他的事业发展，竟勾结国民党当局以郑任良"通共"之罪名，1948年春将他逮捕入狱。

1945年，年轻的廖瑞珍已经是三个儿子的母亲。

郑任良被投入国民党监狱是海口埠上一大新闻。曾经的黄花岗起义幸存者、大学教授、银行家、实业家如今成为阶下囚，郑任良对国民党的统治再次感到无比绝望。说他"通共"之时，他还没有真正接触过共产党人，倒是在狱中，他认识了中共地下党员严坚。郑任良的遭遇，引起严坚的关切。他常常想办法接近他，安慰他，并以革命思想启发他，两人遂成莫逆之交。根据有关回忆资料，严坚出狱后，继续从事地下斗争。不久，严坚调到琼崖纵队司令部任职，给已经出狱的郑任良写信，希望他主动跟府海特别区委联系，为解放海南出力。

这时，已经是 1948 年夏天了，府海特别区委派永秀乡助理王运兴到海口找郑任良，把严坚的信转交给他。郑任良读罢严坚的信，非常高兴，立即向府海特别区委写信，主动要求分配革命工作。从此，他经常向府海特别区委汇报府海敌情，特别区委则委派交通员专门和他联系。

出狱后的郑任良仿佛回到参加黄花岗起义的年轻时代，他认定自己找到了光明，找到了组织。1948 年秋，他秘密参加了府海地区民主协会，担任"反美蒋同盟小组"组长，多次召集成员向中共府海特别区委员会汇报情况。帮助和鼓励大英山炮台台长加入"反美蒋同盟小组"。为解放军购买大量武器弹药，并表示愿意变卖 133 公顷土地，从经济上支持中共党的活动。

在国民党阵营里，郑任良资格老，威望高，他的旧雨新知位居要职者众，这给他的策反和情报工作带来很多便利，连国民党的军事密码也掌握在他的手中，一位民主革命先驱者重新找回参与社会变革的力量，让他充满了活力。尤其让他心怀感恩的是，他的 30 多岁的妻子廖瑞珍精通海南方言，正好弥补了他不会说海南话的不足，这是接应共产党时的必要条件。往往是，郑任良从国民党军官中购得大批枪支弹药，如果还来不及将枪支运上山，夫妻俩便将枪支掩埋起来。而山上来接应的人首先由廖瑞珍接头，聪明伶俐的她像一个老练的地下党，总是能细致稳妥地完成任务。起初她为丈夫所做的危险工作担惊受怕，"可是他喜欢做这样的事情，那我只好帮助他了。"半个多世纪过去，廖瑞珍老人对笔者说。没有一点埋怨，一切都如此淡然，镇定。

很快到了 1950 年春节，她最小的儿子崽崽未满周岁。老人回忆说，那个春节过得真是蹊跷。从没在她面前提起死亡的丈夫却多次对她说起对生命的不祥预感，他以告别的口吻跟妻子说，今后无论如何困难都要让孩子们读书。说完，将孩子们都叫齐，逐一摸了摸他们的头，对最小的儿子崽崽，他眼里充满无限的怜爱。据《琼岛星火》载，郑任良是被老牌中统特务、同为梅县人的杨百标出卖的。当时他完全可以来得及逃脱。他将能够逃离的同志安排好后，自己和妻子迅速地将春节前收集到的 60 多支卡宾枪和 5 箱子弹藏好，静观事态的发展。正月十一夜里，宁静的月朗新村被一阵脚步声惊醒，几十名军警已将郑宅包围。郑任良安详地穿上妻子为他缝制的新衣裳，戴上眼镜，别上钢笔，从容地面对宪兵。他被五花大绑，怀抱孩子的廖瑞珍一同被捕，她坚定地走在丈夫身边。几十年后，她对我说："我有些不明白为什么丈夫叫我带上吃奶的孩子。也许他想敌人会因此怜惜一个年轻妇人的悲哀？"老人似是自言自语的一句话，多年之后一直萦绕在我的心头，那隐隐的痛挥之不去。

尸骨未寒 44 年

1950 年春节是一代先驱郑任良和妻小在人间度过的最后一个节日，那一年他刚过 61 岁，廖瑞珍年方 34。那一年的正月十一夜，郑任良最后一次穿上妻子为他缝制的新衣裳，戴上眼镜，别上钢笔，被几十名宪兵带走了。廖瑞珍抱着未满周岁的小儿子也同时被投入不同的监狱，因此，她并不知道丈夫的死活。后来，她还是从有关的回忆里，知道丈夫临刑前的情景——海南军区副司令马白山将军在他的回忆录里这样叙述郑任良先生："他被捕后，视死如归，大义凛然，尽管遭受敌人严刑拷打，百般摧残，但他始终不向敌人吐露半句真言，最后惨遭敌人杀害。他牺牲时，虽然不是一名共产党员，但他的英勇行为，却充分体现了一个革命者的崇高气节"（马白山著《浴血大战》第 160 页，广东人民出版社）。

抱着吃奶的孩子在监狱里熬到农历三月初七（也即 4 月份海南解放前夕）才出狱的廖瑞珍，当解放军打开监狱时她还懵懵懂懂的，等别人都走光了，她才恍然大悟，抱着儿子急走，还想着与丈夫团聚：海南终于解放了，为琼崖革命输送弹药的丈夫终于等来了这一天！等她摸着黑，脚踩着水塘和杂草，穿过高大阴翳的野菠萝林，听着忽高忽低的怪鸟的啼叫走回月朗新村时，她的亲人急忙来报：郑先生已经在一个月前被国民党枪杀了！

已经是 5 个孩子的母亲的廖瑞珍却出奇地镇定，她没有如人们想象中的那样号啕大哭。她只是说了声："人在哪？带我去。"于是，几经周折，她被带到海口市红坎坡一个墓穴旁，这是她第一次从墓中挖出自己的丈夫。"他和其他三个人埋在一个坑里。侥幸他埋在最上面，可是已经面目模糊。我一眼就认出了他的那套衣裳，那是我为他过年做的。他上衣口袋里的钢笔，还有那副眼镜，一切看起来都太熟悉了，然而他再也不能开口说话……"几十年后，当廖瑞珍已经变成一个九旬老太时，当年的这一切依然清晰，永远也抹不去。墓穴里躺着的另外三个人是丈夫争取过来的国民党军海口军用机动电台台长郑炯昌以及他手下的两名年轻报务员，他们都来不及看一眼海南明朗的天了！

廖瑞珍感到孤独无助是从掩埋好丈夫的遗体，独自向着月朗新村的家走去的那一刻开始的。想当年她和丈夫一起在半夜里运送枪支弹药，或者从国民党军官那里购买到武器，她已隐约知道丈夫会因此付出的代价，但她未曾想会是生命的代价，从此她要开始自己长达一辈子的艰难生活，要顶住日后那么多的屈辱和伤悲！她没有享受到多少这位先驱者、实业家、银行家所带来的舒适与荣耀，却要跟着他在动荡的年代担惊受怕，而他所创建的月朗新村，却在 1952 年到来的土改运动中将她送上被专政的舞台——她被划为地主了，而她的家里正藏着海口市军事管制委员会为她开据的一张郑任良为革命牺牲的身份和死因证明，可这一切又怎能抵挡得住汹涌而来的时代潮流。"生活有时候就是这样与人开玩笑的啊。月朗新村的存在竟成了我最大的罪证。"廖瑞珍老人好像在叙说别人的故事，你已经感觉不到她内心的悲哀了。

2005年1月28日，我来到滨海新村探望老人时，她的大女儿郑德莲女士正陪伴着老母亲。她说："现在母亲已不爱提起那些事情了。"文革"她挨斗时，总是自己搬出一个铁皮箱子，然后自动地跪在上边。箱子里就藏着军管会的证明。那些人要我母亲承认她老公逃到台湾去了，她总是不吭声。她总是在暴打中跌下地来，又快快地跪到箱子上去，寸步不离那个箱子。每当人群散去，我们5个孩子就围着还跪在箱子上的母亲，把她扶下来，回到我们的草屋子。母亲说，千万不能丢了箱子里藏着的证明，因为只有它能够给你们的父亲讨回清白"郑德莲这样对我说，"日后父亲被追认为烈士并为母亲平反，母亲当年藏匿的这张证明起了重要的作用。"虽然事情已经过去了几十年，但还看得出郑德莲女士心里的痛。而一旁的老人却露出得意的微笑，她笑斗她的人没有看出她的聪明，更没有让她屈服于拳脚底下。

郑任良先生已经不能开口说话，他也不会知道自己年轻的妻子因为背上"地主"的骂名受尽了屈辱，她和孩子们曾经四处寄人篱下无家可归，偌大的月朗新村竟无他们的栖身之地；他不会知道，这位年轻的夫人因为自己身份的失落，社会地位的变迁，他的尸骨曾被迫迁移，竟达7次之多，最后他的灵骨就和她的身躯共处一屋，她和他在一起度过了44年漫长的不眠之夜。直到1994年郑任良先生的遗骨才找到安放的地方和理由，才以一个革命烈士的身份被组织安葬在海口金牛岭烈士陵园，一个倔强的妇人似乎完成了此生最重要的使命了，她应该可以骄傲地对他叙说了。

现在，坐在我面前的老人完全有理由抱怨生活，抱怨命运的不公。可是她在叙说往事时，却显得如此的达观，笑得很开怀，很爽朗，时常显露出一种天真。她总是说在那样的年代受到历史嘲弄的不只是郑氏一家。近一个世纪的风霜雨雪，生离死别；近一百年的苦难与屈辱，摧残与伤害，似乎没有在她的心房里郁积下来，毒化她洁净的情感，污染她美好的性灵。在作家儿子崽崽的眼里，母亲总是如此白净美丽健壮，她像一匹血统纯正的良马，在任何气候和境地，都蹄声得得，向前奔跑。即使到了今日，已经九旬的母亲依然衣冠齐整，脸面洁白，无论说起哪一种方言，人们都不用怀疑她的口音纯正，她优良的资质到老了也不褪色。最重要的是，她那与生俱来的生命的尊严感，让她能够在内心里生长出荷花来。当我问她怎么熬过这些艰难的日子时，她说，因为自己并没有做过什么坏事，就能够心地坦然，就不用害怕任何强加在自己身上的罪名。她甚至对那些踩踏过她的头脸的人生出怜悯之心，对他们日后的困顿深表同情。她会为他们找工作求生存的事情向她的孩子说情，而那些人应该是她以牙还牙的人。

郑任良先生离别前，曾嘱咐妻子无论如何困难都要让孩子们读书。她做到了。她有两个儿子毕业于父亲曾执教的中山大学，可是"文革"中兄弟俩双双被投入监狱，有一个儿子在狱中死了；三儿子天资不错，但由于消化不了那么多的苦难，他的人生

1960 年代廖瑞珍和三个孩子在海口的合影。前左为后来成为海南著名乡土作家的崽崽。

一直徘徊在崩溃的边缘，对世界始终保持着警惕。小儿子崀崀，一个海南岛国民党监狱中也许是最小的囚犯，日后成为海南本土著名的作家，他将苦难变成了文字，承担起社会世态的批判和自我审视的职责，成为父亲想象不出来的人。

现在的母亲应该满足了。可是她有时候会说，你们的父亲太委屈我了，嫁给他时，我才 20 岁，他却不让我读书。我父亲不让我读书也就罢了，可丈夫也是那样的观念，他可是大学教授啊。面对识字的儿女，面对已经成为知名作家的儿子崀崀，母亲总是心有不甘，虽然语气很轻柔，态度却是认真的。这每每让闻者喟叹不已啊。

留守新娘

从 20 世纪初始，海南文昌、琼海、琼山等地，许多男人或逃避抓丁或因生活所迫而出洋谋生，作别家中的妻子，遗下忧心等待的新娘。如今已近百岁的琼海老人蔡亚新便是其中的一位。她与她一家人的命运，与那个大时代紧紧相扣，而那令人心颤、透着美丽与忧伤的爱情是从万泉河边开始的。

1949 年 6 月，琼海人彭家学终于从新加坡起程了。到码头送行的有他的同乡好友十几人，其中林中虎一家五口穿着鲜艳在人群中特别醒目。此次好友回家，是要迎娶新娘，林家人格外地为他高兴。40 多岁的人了，独自在海外谋生多年，那种寂寞难耐只有自己心里才体味得到啊。虽有林家作为感情的依托，但友情再浓也挡不住对家乡对那个美丽女子的无限思念之情。家学上船了，他向好友挥一挥手，不知归期是何时，他跟朋友们说："我不能让她再等了，不能让她过了 40 岁才做我的新娘，无论如何我都要在她生日到来之前赶到，女人等得太苦了。"

家中守望南洋客

那名美丽聪慧性情温和的女子叫蔡亚新。那一年她要跨进 40 岁了，但从她平静温和的脸上，看不出她将近不惑。她看起来总是要比村中的同龄人要年轻好多。白皙细腻的皮肤，唇线分明的嘴唇，高挑的鼻梁，那一头油黑发亮的浓密的秀发，轻轻往后一挽，那种恬静和聪敏从眼神里透出来。船在古老的航道上行驶，他默想着相片上她姣好的模样。天啊，她都要40岁了，虽然风姿绰约，但岁月会将人的热情磨损的啊。他也白发依稀，也是接近知天命的人了。

海风将他的头发吹得疯乱。烈日当头，没有遮拦，回想当初他从海上逃出，经过那些神秘的地名：爪哇海，苏门答腊，婆罗洲，罗湾，他那颗充满忧愁和寂寥的心让他痛恨大海的辽阔无边。茫茫的大海，忽而湛蓝忽而深黑，人在这波涛汹涌中说被淹没就被淹没了，谁要说喜欢它，那是不知道大海的暴戾与无情。还是家乡的万泉河可近可亲。从1933年自己到新加坡闯荡至今，也多年没亲近那河水，也没有见到那个在椰树后面默默地瞥他一眼的姑娘。那时他们都还是花样年华，在远离嘉积镇的一个叫文霞的小村子生活着。文霞村位于万泉河的上游。那里两岸风光旖旎，植被保存完好，浮游物多，鱼也特别多。年轻的家学对万泉河有一种割舍不掉的爱———因为他酷爱捕鱼，而且是个捕鱼能手，不到20岁的他便被村里人叫做"渔翁"，这是当地人对古往今来那些捕鱼技巧高超、不怕万泉河上游波涛汹涌的勇者的称呼。所以，美丽的亚新早就知道家学的本领和富有男性气质的豪气。

不知从什么时候开始，家学的声音忽然听不见了，关于他今天又捕了多少条鱼的消息也不见有人提起。而且，这个村子年轻的男人也不知到了哪里去，举目所见，都是一些女人、老人和小孩。听说嘉积那边派人来抓壮丁，本想这个远离街市的小村子可以躲过这一劫的。大概过了两个月，有人说村里年轻的男人都到了新加坡。这一年就是1933年。彭家学得到抓壮丁的消息后连夜从村子里逃出。他到了海口，跟着老乡上了开往新加坡的小帆船。颠簸、呕吐，历经种种艰辛，半个月后终于登岸。

20岁的家学身材高大，一道剑眉下是一双黑亮的眼睛。他宽阔的肩膀，在万泉河里搏击风浪锻造出来的健康体魄，小伙子一上岸就被老板看上。养活自己应该没有问题。闲下来时，他心里有了一种莫名的思念。临走，他没有告诉给朋友，不知那个女孩是否知道他已到了另一个更小的岛上？

如今踏上归家的路，家学的心忽然变得不安。他有一桩难言的心事要跟亚新说明，就是这些年来他也不是孤身一人，他的婚事在他出走新加坡后就已由父母定下。他想告诉她当初听父母这个决定时的心情。如今前妻因病过世几年，留下两个年幼的孩子，这两个孩子就在村中父母的家。其实，家学的担心是多余的。亚新何尝不知这样的事。她早已经在心里、在行动中默默地关心这个家庭了。彭家人就因为看好这位姑娘，才这么积极地催他回来成亲的。

没想到时间一拖就过去了这么多年。少年心事转眼间就变成中年的心事，他担心她还会不会像从前那样看着他，她会不会怪自己这么多年的杳无音信？她这么苦苦等待，支撑着她的会是什么呢？一个可爱的不可思议的好女人啊。

船在海上漂泊着，半个月后，家学终于回到了自家门前。

一桩婚事在等着他。他急于想见到相片上的新娘：他已经几天没睡过安稳觉了，他心中好生狂喜，按捺不住一种充溢于胸的青春激情。他要当新郎了！

1949年7月，家学的婚事如期举行。新娘是大家都熟悉又都怀有好感的人，乡里乡亲为他们的喜结连理前来祝贺，家学感到自己好福气。可是，他却跟父母说，他过不久要回新加坡了。

还在喜悦中的父母实在摸不清儿子到底怀的什么心事，最后，儿子说："分别这么多年，亚新还对我那么好，可这次回来，我却没带什么好东西给她，我惭愧啊。这些年，我连个像样的房子都没给你们盖好。现在，时局还没稳定，我先回新加坡，攒上一些钱，再把亚新接过去吧。"儿子一脸的惆怅。"这想法你跟亚新说过吗？"母亲问。"她是一个懂事的女人，我想应该没问题。"

当年的新娘亚新依然健在，今年（2003年，笔者注）她已百岁了。谈起当年又分手的那一幕，亚新老人仍唏嘘不已。她说，没想到，这一别又是8年，从1949年到1957年，中间发生了多少事啊。男人要闯世界，他要养家，他觉得要让家里过上好日子他才心安。所以，当年新婚刚过3个多月，我们就天各一方了。通往新加坡的海域一到冬天就会巨浪滔天，坐船过去危险太大，所以，他必须赶在10月前上路。我给他准备好行装……老人忽然默不做声，有些说不下去了。

她显然已经陷入当年的回忆当中：她是否看到了那个高大的身影，那双富有神采又多情的眼睛？他的仁厚，他的热心肠，在乡亲中是有口皆碑的，哪一个琼海乡亲到了新加坡曾得过他的帮助，都不时从海那边传回来，每听到这样的消息，她总是在心里暗喜。她总是想，一个对陌生人都会关心的人，能不爱自己的女人吗？所以，这些年，她在一种向往中盼望，在思念中等待，她的心已随他而去了。而今，好不容易聚首，他却要离自己而去。老人说，对一个刚娶了媳妇的男人，要他做出分离的决定肯定比女人还更难些。如果不是意识到身上的责任，他不会做出这样的选择，而对一个女人来讲，也许朝夕相处、共度每一个困难时刻会比各自独力讨生活要好得多。

但当她想清楚这一切时，爱人已经远去了。他给她留下前妻的一儿一女，她把对他的爱全都转移到他的骨肉身上。孩子们忽然有了这么个说话柔声细语，既体贴又能干的新妈妈，很快恢复了童年快乐的天性。在他们的记忆中，仿佛只有这一位母亲，直到现在，他们依然亲密地生活在一起。

这一次的婚礼，确实不是人们想象中的那么隆重。而婚后家学的独自离家，让人想到他的手头并不阔绰。亚新对这一点是有所准备的。他在新加坡靠打工和行医所赚的钱，总是难于在手中停留。这跟他的豪爽好义、资助乡亲有关。但也是这一点，让亚新觉得自己男人的可敬可亲。

20世纪三四十年代，是海南岛出洋史上的一个高峰。1937年日本侵华，海南上下一片恐慌。这一年出洋人数约4万多。1939年日本侵琼，更多的青壮年从海上出逃，其中大部分人由琼侨总会帮助逃往新加坡、泰国等地。家学此时已在新加坡立下脚。他的同乡好友林中虎早在20年代就已出洋，并以自己良好的行医态度和医术，在新加坡的华人社会里享有盛誉。聪明好学、体魄健壮的家学跟在老乡林中虎的身边，进步很快，他也可以给人看看病了，渐渐也有了些积蓄。但家学的积蓄总是赶不上他的慷慨大方。不断地有老乡涌到这个小岛上来。家学在新加坡孤身一人，投靠他的人正好给他送来盈耳的乡音，还有些许留守新娘的近情。

在新加坡首都相馆附近那间平房里，家学的家不时有琼海老乡进出。此时，新加坡还没有从世界性的经济危机中透过气来，工作也不好找，新来者如果没有老乡的资助，很难在那儿坚持下去。只要家里不向他告急，他都要以这边的朋友为重。家学的乐善好义由此传开了，他周围的老乡也越来越多起来。

如今，新媳妇也娶进门了，他要为她和家里着想了。新婚离别，他是万不得已，他要让亲爱的人体面地活着，怀着这样的心事，他再次远渡重洋，开创一种新的生活。本想很快能将亚新接过来，但一来她害怕长达一个月的海上漂泊，二来家学总觉得自己的实力还不足于让他们一家在新加坡过上好日子，因为此时的他还在支持着一位彭姓弟兄的孩子上学。这种相思之苦直到1957年才算结束。

1957年，她等待了多年后，终于漂洋过海与丈夫团聚，结束了留守生活。那段日子，是亚新一生中最值得追忆的美好时光。家学已实现了自己的梦想，在经济上完全独立起来，除了在新加坡安好家，他还准备一笔回家盖祖房的钱。

1957 年，留守新娘蔡亚新经过多年的等待，终于在新加坡与丈夫彭家学团圆。这是他们的结婚留影。

魂归万泉河

亚新作为一个女主人安详地住了下来。她在家里打理一切，丈夫外出行医或做点别的生意。有月亮的夜晚，他们爱跑到海边，家学总是喜欢脱下外衣，下海摸鱼抓蟹的，安静的亚新总是在岸上接住他扔上来的鱼或蟹，还不时说："够了，够了，快点上来吧。"他生性好水，好捕鱼，在亚新到来之后更加如此。他一下海，就找回在万泉河的那种感觉，这个充满活力的男人在自己爱的女人面前表现出了从未有过的快乐和满足。

这样舒适的日子持续到 1968 年。这一年的 4 月，新加坡的太阳显得特别的毒辣，一大早，人都不要动弹，就已汗流透背。大街上的人也是一副被烈日烤伤的样子，人们大都脸色严峻。这一段时间，亚新发现丈夫神情有些怪异。每天回来，他神色不宁地，总爱到神像前念念有词，他像一个闯了祸的小男孩似的。老人说，不知道他到底在外面碰到什么不好的事，他从来不喜欢将半点忧愁带回家来。平时他总认为求神拜佛是女人的事，如今丈夫到底是怎么啦？这样神秘的举动让亚新忧心、烦闷，可生性温顺的她在他有意地避讳她时又不能直接发问。

过了半个月，家学仿佛已经扛不住了，有一天饭也没心吃完，他忽然跟亚新说："我们回琼海吧，我们回家去吧。"此时，琼海老家的房子已盖好了，家学此生最大的愿望已经实现。在新加坡的生活随着妻子的到来已步入佳境，按常理，他应该继续在新加坡的事业。不知何故，这里的人会莫名其妙地生起一种宿命感，他们会觉得这里还不是他们的久待之地，进入老年的人，那种叶落归根的感觉更是日甚一日。虽说如此，但他们的突然决定，还是让朋友们都觉得有些纳闷。

1968 年 5 月底，在新加坡过得好好的彭氏一家，忽然举家回归故里。走前他带着妻子在新加坡逛了一回街，买回来一些尼龙渔网、鱼竿，还有几条粗绳，他还给亚新买了好多她喜欢的绸缎。人们看到生性浪漫、独立不羁的彭家学，从新加坡带回了很多捕鱼的工具，其中有好几条是绑住船头的大绳。

乡情淳厚的家学夫妇在新加坡收养了一位华侨的儿子，视若己出，这是一家三人在新加坡的合影。

总想着到万泉河捕鱼的家学，曾得意地跟朋友说："新加坡的绳子就是坚韧耐用，海浪都不怕，还怕河浪吗？"没想到，日后他的忽然弃世，竟跟这几条绳子有关。

1968年的琼海，与亚新1957年出洋的时候大不一样。村里的气氛有些沉闷，地里除了长庄稼，都不给种别的农作物，一向勤劳的亚新回家来一时不知怎样施展拳脚。丈夫倒是有了万泉河，就不会寂寞。他觉得背着网去捕鱼应该是年轻时候的事，现在，他需要一只小船。于是，他开始给自己造了一只小木船。亚新说，要不是他爱鱼如命，说不定他还能与我一起走到今天，因为他是一个体魄健康的人。

1973年9月14日，是中国风灾史上永不能忘的日子。"7314"号强台风从琼海博鳌地区登陆，所到之处，房屋倒地，并伴有大暴雨，事后勘测，这场台风竟有18级，在中国风灾史上也难得一见。亚新老人说，就在台风来临的前夜，丈夫忽然将他从新加坡带回来的几条粗绳———他一直珍藏着舍不得用，紧紧地拴在船头，他要驾着小船去捕鱼。他说，这几条绳子不是一般的材料做成的，粗粗的几缕拧成的一绳，即使是12级台风，也扯不断的。此时，台风要来的警报已传到村子里，全家人都劝他不要出去了。可自以为熟悉万泉河脾气的家学还是独自驾舟而去了。他留给亚新的最后一句话变成了他死亡的前兆。他说，亚新，我们从新加坡回来不就是为了亲近这条河么？你应该让我去才对。

他将小船绑在离村不远的那棵树头上，这里正好可以下水。可是，台风以从未有过的疯狂，席卷琼海、文昌、琼山、海口、万宁等地，房屋倒塌数十万间，全岛有1000余人死亡，这其中就有彭家学。台风来临之夜正是月圆之时。明月当空照，照得整个万泉河一片金光。家学觉得这是一个捕鱼再好不过的夜晚。他12点准备停当，先在月光下的万泉河独自蛙泳，接着撒网，大概是夜里3点，狂风呼啸而来，势不可挡，接着，接着……家学就这样遁入万泉河底，在河水中得到安息了。

几十年后回想这件事，亚新老人叹了口气："咳，这也许就是命吧。我一向都没逆过他，他想做的事情都随着他。他死在他喜欢的事情上，也算是了却了他的心愿吧。"

据说，亚新老人当年面对丈夫的死，不像其他的女人那样抚尸痛哭不能自已。她显得出奇的宁静，她好像知道丈夫将要去的那个地方。她说，旧时代的女人本命苦，许多留守新娘新婚别离后再也见不到丈夫的，这样的悲剧太多了。所幸的是，自己还能碰上这么个知道珍惜自己疼爱自己的男人，她此生足矣。蔡亚新，一个留守新娘，此刻与家学的子孙一起生活在一座打扫得干干净净的琼海民居里。她的肤色依然白净、穿戴非常齐整。她说，她一直穿着丈夫当年从新加坡给她买的那些绸缎料子做的衣裳，这很贴心，很舒适，日子一天天过去了，衣裳也会一天天地变旧了。满目苍茫的老人还在那个寂静的小村庄，默默地守望着，那神情一如少女时光，只是眼里多了难言的沧桑……

寻找三姑妈宋美龄

笃信基督的宋美龄说，上帝让我活着，我不敢轻易去死，上帝让我去死，我决不苟且地活着。2003 年 10 月 24 日，她活到 106 岁，然后赴上帝之约去了。此后的日子，宋氏家族的传奇，宋氏家族影响着中国乃至世界历史方向的种种描述以及关于宋氏家族的根，便频繁地出现在世界各大媒体的显要位置。在世界边远的海南岛上那座静谧的宋氏祖居，顿成探询历史渊源的人们驻足之地。而有一家人，也开始备受关注，她的家，也深深埋藏着一些不被外界所知的宋氏家族的血缘故事。

这是韩秀华年轻时候的留影。这张照片是否有点像三姑妈宋美龄？

2004 年 10 月，是宋美龄逝世一周年的日子。我们从祖居一直寻访到海南省文昌市法院宿舍，终于见到宋氏祖居的守护人韩秀华女士、韩福元和黄守炳先生。时至今日，已经没有人怀疑韩氏一家与宋氏一家的血肉联系，韩秀华的脸上还多少闪现出宋氏家族的神采。那一天，韩秀华拿出自己年轻时的照片，说：

"曾为宋庆龄雕塑的画家李华先生几年前在北京见到我，他很惊喜地对我说，你长得很像你三姑妈宋美龄！我也不知像不像，但从那一刻起，我想要到美国去看望三姑妈的念头越来越强烈。"

宋韩本一家，血脉仍相连

宋美龄的祖父韩鸿翼生有三男一女，韩政准、韩教准即后来过继给宋姓堂舅的宋耀如，而韩裕丰的父亲韩致准，排行第三，因此韩裕丰一家便成为宋韩一家在海南岛唯一的亲属。被史家称为宋氏家族第一人的宋耀如，是 12 岁从海南文昌走出去的最早获得西方大学教育的中国大实业家。他的教育背景让他能够冲破中国封建社会根深蒂固的传统观念，将 6 个子女都送往西方接受教育，他们个个皆成为中国政治舞台上翻云覆雨的人物，活生生地演绎了中国现代史上一幕幕爱恨交加、欲说还休的悲喜剧。而更令史家和市井热心谈论的是，宋氏家族三姐妹以影响中国命运的铁腕遮盖住宋氏三兄弟的应有的风华，从教育的角度来讲，宋耀如堪称天下一流伟大的父亲。

韩秀华女士的父亲韩裕丰是宋氏姐妹之父宋耀如的侄子，和宋美龄是同辈人，他年少美龄 3 岁。女儿韩秀华对这位从未谋面的三姑妈宋美龄，从小他们就与别人怀有决然不同的感情和见解。在她的心中，宋氏三姐妹都是与韩家有着血肉联系的亲人，这种奇妙的血的联系让他们的世界变得与众不同。人们从韩裕丰老人精瘦结实、头脑清晰的身上还是看到了宋氏三姐妹的父辈宋耀如的某些影子。

说起自己的已故的父亲韩裕丰，想起去年 10 月 24 日最后一位故去的宋氏家族重要一员三姑妈宋美龄，韩秀华的语调变得有些低沉起来。她向我说起了一段让她和丈夫黄守炳终生难忘的探亲经历。那是 2001 年，韩秀华得到一位热心人士的资助，和丈夫开始踏上美国的土地，寻找三姑妈宋美龄。韩女士说，这是她父亲韩裕丰此生最重要的嘱托。意志坚定的老人只有一个朴素的想法，就是要在自己的有生之年见到这个家族的人，他常常用娟秀的毛笔写下一封又一封寄往纽约曼哈顿宋美龄居所的信，但直到他去世，都未曾得到任何回音。当韩秀华女士从一个收藏夹里捧出一大扎父亲的亲笔信时，见者无不为之动容。十几封言辞恳切的信，有些已经模糊的字迹，让人仿佛听到一个苍老的孤独的声音，他其实是在寻找自己的同辈人，寻找一种已逝的光阴和往事。2000 年冬天，年已花甲的韩秀华女士握着父亲的手，将他的此生最大的愿望答应了下来，于是，才有了2001 年秋寻找三姑妈宋美龄的美国之行。

纽约街头的哭泣

为了这次寻访，韩秀华一家可谓费尽了心思，做了充分的准备。夫妻俩先是将宋氏祖居的全景刻录了光盘，从宋耀如出生的那间老房子，到他的父母在祖居的那片树林里的安息的坟冢，宋耀如小时候喜欢爬上去摘果子的那颗古树，尤其是，韩秀华一家在海南岛生活的场景，还有这座祖居半个多世纪的守门人韩裕丰一生主要的活动记录，当然，还少不了1981 年宋美龄亲笔题名的《文昌县志》，它们或是照片、书籍，或是录像和光盘，种种物件都寄寓着一种深切的亲情，都希望能引发三姑妈宋美龄的故土情怀。

韩秀华说，当这一切都准备妥当之后，2001 年秋天夫妇俩随着一个商务旅游团来到美国纽约，总的行程只有 7 天的时间。在去纽约之前，韩氏夫妇得到海南省一位领导人的悉心帮助，得知宋美龄在纽约曼哈顿的确切地址，并找到了在宋美龄身边服务的宋武官，由他直接帮助联系探望事宜。韩秀华和丈夫满怀期待地等待着宋武官传来的好消息。刚从文昌市统战部副部长和文昌市法院副院长的位置退下来的韩秀华和丈夫黄守炳不是不知道，已经进入百岁高龄的宋美龄即使是曾经最亲近的晚辈都不容易得见，何况是来自遥远故乡的从未谋面的宋氏家人？但是，满怀着深情和父亲嘱托的韩秀华，还是耐心地等待着那位武官的回音。热心的宋武官跟随宋美龄多年。当他得知这对夫妇是来自文昌，而晚年的宋美龄曾经多次叨念文昌祖地时（这一点在宋美龄的有关书籍里也能找到记述），他答应了她的请求，并从她的手中接过了一大包沉甸甸的东西，这就是前文所述的照片和录像等资料。

韩秀华回忆说，在纽约的几日，他们几乎足不出户，唯恐宋武官找不到他们。可是，已经是第 6 天了，他们回国的日子已经临近，还没有得到任何可以探望的消息。纽约的秋天如此寒心刺骨，此行的目的如此渺茫，几近绝望的韩秀华止不住在曼哈顿街头哭了起来。她说这一辈子还从来没有像那天那样伤心地哭泣过，因为就在她要走的几小时前，宋武官忽然兴冲冲地赶来，说他看见三姑妈宋美龄悄然落泪了，当时是午饭过后，武官发现她终于拿起他送给她的文昌资料，她的眼神定在自己为之题写书名的《文昌县志》上，她还翻看了那一扎彩色照片，武官就说，你们能不能再等两天，预约见面的机会还是有的。可是，来回程的机票已经订好，第二天就该起程回国了。韩秀华黯然神伤，夫妇俩的失望的神情可想而知……

现在说起这一幕她还露出遗憾的神色。从离开纽约的那一刻起，她就知道此生是无法完成父亲的愿望了。她捧着被雕塑家说像三姑妈的老照片，诉说别人难以体会到的落寞。她说永远记得那位宋武官说的三姑妈落泪的情景，她因何而落泪，因何而伤悲？越到年迈她就时常对晚辈说："时光流转，人事沧桑，过去的事不要再回味，一切应该朝前看。"不难看出，姑妈心里一直祈祷着我们的民族应该尽快和平和统一，她拒绝写回忆录可以说是史学界的一大损失，但这何尝不体现着三姑妈朝前看的心态？

未遂的心愿

　　2001 年 11 月下旬，去美国寻找三姑妈而未能谋面的韩秀华和丈夫黄守炳终于回到了文昌宋氏祖居，看望还在等待着好消息的老父亲韩裕丰。和一周之前全家充满期待、设想和喜悦气氛决然不同的是，此时的韩秀华，不知道如何跟 102 岁的老父亲诉说这一路的失望和伤心。如果他们买的不是来回程的机票，跟的不是一个旅游商务团，如果在美国纽约曼哈顿有足够的时间等待宋武官的消息，那么，探望三姑妈的愿望说不定就可以实现。当然，帮助她的人还不止宋武官一人，还有一些与宋家有着特殊来往关系的人物。韩秀华说，我的父亲是一个归侨，也是一个质朴的农民，1949年从马来西亚回国，他未尝不知道在社会政治地位上与显赫的宋家有着天壤之别。但是，老人越到年老，那种骨子里深埋着的血缘之亲，就会超越出这种外在藩篱的影响，而只剩下那种血浓于水的真挚感情。

宋氏一家的温馨合影。最后一排母亲旁立者为宋美龄。

1949 年，正当中年的韩裕丰从马来西亚起程回到故乡文昌，他一生共养育 13 个孩子，有一个男孩 1948 年在抗击英国殖民者的战斗中阵亡。这次他携带妻儿共 9 人回老家，马来西亚还留有三个女儿。坐落在文昌县昌洒镇古路园村的宋氏祖居，由于长期处于战乱中，久无人烟而显得破败不堪，宋耀如当年出生的房间倒还保留着一双木屐，屋里的床，厅堂里的烛台，早就污垢满身。院门外的磨房，老磨还在静静地躺着，沿着磨房边上的小路过去是宋耀如小时候帮助母亲挑水的老井。韩裕丰回国时，海南岛还处在决战的前夜，国共两党的最后争斗当然也在他关注之列。但眼前他最关心的是这一大家子的吃饭和住宿问题。祖居的破败根本抵不住海南热带风暴的摧残，他一家只好借助在祖居不远的一户华侨家庭。1950 年，在马来西亚的女儿得知父亲的艰难处境，寄回一笔钱，让父亲重修祖居，于是，半年之后，韩家终于回到祖居，这一住就是半个多世纪。

在一般人的印象中，宋耀如的子女因为处于中国风云变幻的中心而没有眷顾家乡，其实，这并不是历史的全部真实。在韩裕丰所收藏的记忆里，宋家的长子、哈佛博士，被称为民国金融之父的宋子文，1936 年和 1947 年分别踏上海南岛的土地，在故乡留下过他的脚印和故乡的教育情怀。据学者钟一的文章披露，宋子文是 1936 年 12 月 3 日回到文昌的，当日他对欢迎他的各位乡亲说："主席，各位父老兄弟姊妹：兄弟虽是琼崖人，但是从来未回过家乡。今天到文昌，得与各位同乡见面，真是平生最愉快的事情，同时对于故乡抱有无穷希望。"见诸当时媒体公开报道的这些讲话，完全印证了老一辈人的回忆。作为宋氏家族代言人的宋子文在余汉谋、宋子良（时任广东省财政厅长）等人的陪同下，第一次亲近父亲出生的故土，当时隆重欢迎的仪式仍留在文昌中学老一辈的脑海中和地方志的记载里。欢迎会场设在文昌中学礼堂。风度翩翩、精神饱满的宋子文一开篇就在会上说：现遵父之嘱回故乡来与各位相见。据说，他的讲话被乡亲们的掌声多次打断，人们纷纷前来目睹这传说中的宋家兄弟，文昌中学在那一天锦旗飘扬，笛声嘹亮。原本已经安排宋氏兄弟到昌洒的故居拜望祖先，但宋子文在文昌中学的活动还没有结束，忽然传来南京的密电，要他速速赶回。就这样，宋家兄弟与故居失之交臂，终成一生遗憾！直到 1947 年，时任广东省政府主席的宋子文与多位海南籍精英积极发起成立私立海南大学，作为该校董事长的他再一次出现在海南。根据有关记载，当飞机飞临海口上空时，宋子文指着私立海南大学的校园对一位美国贵宾说："This is my university"（这是我的大学），可见他多么以创设私立海南大学为荣！这位美国贵宾就是随他一起到海口的燕京大学的创办者司徒雷登先生。他视察私立海南大学的情景幸得台北清华大学档案馆的保存，我们才得以窥见当年宋子文的照片，可这一次也是因为要务缠身，看望祖居又成泡影。（根据苏云峰著《私立海南大学》）

宋美龄

关于宋子文两次回乡的历史往事，在过去的日子里是韩裕丰一家不愿意向外界提起的事情。由于众所周知的原因，宋氏家族分出来的两大阵营可以说是中国现代革命与变革的缩影，作为与宋氏三姐妹同代人的韩裕丰，他所经受的精神上的折磨与痛苦不是外人能够想象的。他在政治上受到歧视，在社会生活中遭受排斥，那时的宋氏祖居是寂寞的，孤独的，有一种不能靠近的坚硬的目光在阻拦。在那个特殊的年代，他不能张扬与宋家的关系，也不能说明与宋家无关，因为从 1949 年开始，他就是宋氏祖居的居住者兼守护人，直到 2002 年 10 月，他以 103 岁高龄在祖居谢世。

也许韩裕丰临死也没有想到，他最后叨念的同辈人宋美龄会在他去世整整一年后，也在另一个繁华世界美国仙逝。从不能张扬与宋家的关系到 2001 年 11 月，他目送女儿女婿踏上美国寻找三姑妈宋美龄的路，这中间世界发生了多么大的变化！虽然女儿不忍告诉他最后的结局，但他还是猜出了几分，眼里却还是露出了宽慰的神色。韩秀华说，父亲是一个多么豁达的人啊，他说，你们已经去探望过了，虽然最后未能会面，但总算是了却一桩心事。就像当年的宋子文，他两次回海南都未能来看望祖居，这是人事的不能周全，世事的变化无常，你能说他心中没有父亲宋耀如的嘱咐吗？父亲韩裕丰对人事的理解竟是如此的达观与开明，一句话，说得韩秀华眼泪哗哗而下。可这一次的泪水，与曼哈顿街头的那一回伤心之泪已然有别。人生充满着多少未遂的愿望啊，留下一些遗憾吧，此事毕竟古难全。

北汶浪归来

——归侨冯子平家事

回望 1911 年到 1933 年间，已经在泰国社会具有一定经济实力的华侨华人在泰国大办华校，泰国华文教育风靡东南亚，华校多达 300 多间。正当有识之士继续创办更多更高级的华校时，1933 年，泰国政府忽然颁发《强迫教育条例》，强迫华人子弟学习泰文，对华校加以限制。二次大战爆发后，泰国政府亲日排华，对华文教育严加摧残，仅 1939 年就封闭了 285 间华校。二战结束后，华校突破了樊篱，纷纷破土而出，1948 年允许注册的华校达 426 家，在读学生 6 万多人，南洋中学就在 1946 年 5 月正式开学。这一年，16 岁的冯子平入读初中二年级，开始了在泰国的正规学习。

出自华侨世家

冯子平原名冯裕深，出自一个华侨世家。1874 年 2 月，祖父冯思余惜别新婚的妻子吴氏，留下一句"我不发财决不回家"的誓言，便从文昌一个叫美德村的地方步行到清澜港，搭乘三枝樯杆的大帆船远度暹罗（今泰国），开始了冯家的出洋史。祖父起初居住在泰国南部一个叫做初贝岛的小岛，它是海南人最初到泰国谋生的地方。赚了点钱的祖父并没有像一些海南老乡一样，只顾自己在南洋的享受，而是一点点地积蓄着，按时将钱寄回文昌老家，给妻子吴氏养家。祖父和祖母一洋相隔，生育了三个儿子。这位冯家的南洋生活创始人怎么也想不到，自己的三个儿子中竟有两人参加了革命：二儿子冯凤蕃，也即后来的琼崖革命先驱领导人物冯平以及大儿子冯葵南均为名留青史的英烈；而孙子一辈的冯裕澄、冯继志和冯子平也回国参加革命，尤可书写的是，冯平夫妇和儿子冯裕澄以及冯葵南夫妇一共 5 人，正当英年就为祖国献出生命，为华侨的革命史增添了悲壮色彩。

1921 年，22 岁的冯平得到海南富商冯裕源的资助，先是到上海文化大学读书，后考上广州大学外语（英文）系。父母并不知道这位忧国忧民的儿子此时已经接受了共产主义理论，决意要走上革命的道路。1923 年 10 月，他受中国共产党选派到苏联莫斯科东方大学和红军学校学习政治和军事。

这是冯平 1924 年在莫斯科拍下的他一生中最宝贵的照片，也是他唯一留下来的形象。谙熟英语和俄语的冯平看起来还是一副书生气浓郁的模样。他天资聪颖风度翩翩，性情温和的他还是父母倾诉心事的对象，他的学历与游历看起来正是冯氏家族将来兴旺的象征。幸好有这张照片，不然后人无论如何也难以想象这位理想主义者当年模样。半个多世纪后，冯子平先生对我说，当年祖父母捧着这张漂过

琼崖革命早期领导人冯平。

重洋来到泰国的照片，是怎样的一种欣喜若狂的心情，他是祖父母心中最宠爱最引为骄傲的儿子。在随同相片的一封短信里，父母第一次知道自己的儿子是受了共产党的委派才到莫斯科留学，从信中隐约知道，儿子在做

的是一番不寻常的事业。

1925 年，中国爆发了著名的五卅运动，根据共产国际的决定，莫斯科红军学校中国班的同学分批回国支持国内革命。冯平、聂荣臻、杨善集等 20 多人奉命回国（据《冯平传》），1926 年，冯平结束了在广州的革命活动，受党委派回到故乡海南开展革命工作，担任琼崖讨逆革命军总司令、琼崖工农革命军总司令兼西路总指挥等职。冯平领导的工农红军让国民党感到了一种威迫，于是，悬赏活捉冯平的传单贴满各县城的墙壁。

1928 年 8 月，远在泰国的冯平之父冯思余忽然接到二儿子冯平在澄迈金江被国民党枪杀的噩耗。早年追随孙中山革命的冯思余，尽管道理上明白只要革命就会有牺牲的危险，但是，当消息传到自己耳中时，他还是无法相信这就是事实。难道他最亲爱的寄予希望最大的儿子，一个温和斯文、从小善解人意的好孩子，就这样永远离开这个他所热爱的世界了？这一年冯平才 29 岁，而在同一年初，老人的另一个儿子冯葵南因叛徒的出卖已经在海南牺牲，而且他们两人也同是共产党员的妻子也相继在这一年被敌人杀害，一个曾经热闹的充满人气的华侨家庭突然间痛失几个支柱人物，这悲痛真的难以诉诸笔墨！

北汶浪的船歌

1929 年春，冯思余在海南的妻子吴氏只得带着冯氏家族的三个男孙——冯葵南烈士的儿子冯裕盈、冯裕海和冯平的儿子冯裕澄从清澜港出发到达泰国，开始了这悲伤的团聚。老人唯一存活的儿子冯凤芳 1930 年在泰国生下了长子冯裕深，这就是后来改名叫冯子平的青年。他说，之所以改名是因为要继承伯父冯平未竟的事业，要在他走过的路上继续跋涉下去。他在 1948 年回国参加琼崖纵队，此时他已经在国内成为一名新华社的年轻记者，负责报道海南方面的工作。

回到 1928 年 8 月，这是冯氏家族伤心欲绝的日子。作为琼崖讨逆军总司令和琼崖工农革命军总司令的冯平，他的英勇就义不仅让正处于革命低潮中的琼崖革命受到重挫，同时也让冯氏家族陷入无以名状的伤痛中。家人感觉到冯平的死亡不是从那个噩耗开始的，而是从他留下来的书籍和衣物，从回忆他的仪容，他的笑谈开始的。据从海南传来的消息说，冯平就义的那天依然表情平静，浓密的眉毛下那双炯炯发亮的眼睛充满着对人间的热爱。他看上去还是那么温情，甚至还有很浓的书卷气。那些前来目睹冯平走向刑场的姑娘和老太太们，简直不能接受如此潇洒英俊的青年即将头颅落地。冯家充满希冀的一员顷刻间折断了翅膀，湄南河上曾经旖旎的风光是如此的让人伤心。这一年，冯家祖父冯思余必须离开这熟悉的环境，辞去在曼谷的工作，带着唯一活着的儿子冯夙芳，来到泰国南线路坤府北汶浪，开始了人生的第二次艰难创业。

北汶浪是泰国路坤府的一个县，和海南岛有着悠久的贸易往来。琼山的演丰港、文昌的清澜港和琼海的博鳌港的大帆船，常常远道而来进行贸易，随船而来当地的农民看到这水草丰美之地，也纷纷前来落户，多年之后就将一个偏远的滨海渔村变成了繁华的县城。所以，当冯思余领着儿子来到北汶浪时，此处已是乡音盈耳。让冯思余料想不到的是，那位他投奔的文昌老乡林尤文娶了泰国姑娘为妻，育有 5 男 5 女。仿佛是为了与他结儿女亲家似的，他的二女儿林秦年方 17 岁，与冯思余的儿子冯夙芳年龄相仿。这位有着泰国血统的姑娘却精通文昌话，她是刚刚失去爱子的冯思余心中理想的儿媳妇。于是，双方心照不宣，林秦姑娘自然成了冯家这一代唯一的媳妇。

好像是为了弥补冯家痛失两个儿子和两个孙子的悲痛，这位林秦姑娘一生为冯家生下了 6 个儿子和三个女儿。1930 年 7 月 17 日，久已未闻婴儿啼哭声的冯家，这一天凌晨终于听到了孩子的第一声哭叫。他就是冯裕深，他的出生让冯家重新看到家业兴旺的希望。可谁知，这又是冯家第三代最不安分的孩子。似乎是冯家的血统使然，这个看起来个性颇似冯平的孩子，从小就喜欢听爷爷冯思余说伯父冯平的英勇故事。日后他将自己的名字改为冯子平，也是为了纪念这位他从未谋面的英雄伯父冯平。

如果仅仅是为了纪念，那可能不会有后来他放弃家族让他经商、主持家业而投奔琼崖纵队的故事。1948 年，反华的披文颂堪重新上台，掌握暹罗的大权，排华浪潮沉渣泛起。6 月 15 日，暹罗军警突然对南洋中学进行搜捕，逮捕了校长卓炯等一批教师，这就是轰动一时的六一五事件。学校一片混乱，开办两年的南洋中学被封闭，华人子弟面临失学。在文科专科班读书的冯子平，早就向往着正在海南轰轰烈烈进行的琼崖革命。8 月上旬，冯子平瞒着父母说回香港读书，从泰国乘坐万吨远洋轮船"美中美"号回国。轮船在海上航行了 7 天 7 夜，终于抵达海口港，再从海口港坐帆船才到钟楼码头上岸。

1948 年时候的海口还是街灯暗淡，国民党把持下的海口市到处可见警惕的眼睛。冯子平一个南洋归侨青年的打扮，也能引来国民党军警投来的目光。已经有过对敌斗争经验的冯子平装成一个懵懂少年，一下船，就赶紧到车站，坐上开往文昌县城的"炭车"。归家的路也是伤心的路。等到颠簸劳碌，终于回到了阔别 9 年的故乡——潭牛乡美德村时，家中已是家破人亡。

寻找革命根据地已经成了冯子平最紧迫的事情。冯白驹领导的琼崖纵队首脑机关就设在五指山区，冯子平的两个堂兄也在这支部队里。在交通员的引领下，冯子平先是到达五指山腹地的番阳，这里是琼崖区党委和琼崖民主政府办的琼崖妇女学校。受组织安排，冯子平先是担任了该校的教员。那一年他才 18 岁，他的学生中有许多可以做他的老大姐。他给她们上文化课，也讲理论和政治。于是，他在泰国学的艾思奇的《大众哲学》在这里派上了用场。1948 年 11 月，琼崖妇女学校培训了 300 多名妇女干部，但仅存在 11 个月便停办了，接着就在它的旧址上办起了琼崖公学。一心想扛枪干革命的冯子平却又成为琼崖公学的教员，直到 1949 年 6 月，冯子平调任新华社琼崖分社记者，从此改变了冯子平后半生的命运。

现在，年轻的冯子平已经站在伯父冯平为之献身的土地上，他努力地从别人对伯父的回忆中捕捉他的精神经脉，从中找到继承他未竟的事业的勇气。而在泰国那一头，还有他亲爱的母亲和弟兄。在深夜，他依稀听到北汶浪的涛声阵阵，也仿佛听到那首《船歌》，那带有淡淡的忧伤和思念的悠长曲调。

冯子平（右）和他的叔父在海南的合影。

参加开国大典

1949 年 6 月，当琼崖纵队还坚守五指山区，准备配合过海大军作战解放海南岛时，还叫做北平的北京正以从未有过的庄严与神秘，准备召开新中国建立前夕的全国第一届政协会议。28 日，中共琼崖区党委书记、琼崖纵队司令员冯白驹从内部机要电台收到中共中央统战部一份电报。报文说："黎民中能否派一代表参加新政协，如有适当人选，望即开报姓名简历并准备经港赴平　速复。"

几十年后，冯子平回忆起这一幕时，仍兴奋不已。这个看似与他无关的电报，实际上正以无法预料的玄机给这位刚刚回国不久的年轻人命运的转机。他说，那天，冯白驹立即叫警卫员通知几位区党委领导开会，研究中央的电文。大家认为，1943 年领导白沙黎族起义反抗国民党统治，后又支持和配合琼崖革命根据地的黎族领袖王国兴功劳最大，黎族代表非他莫属。可是，王国兴不会说普通话，也不识字，没有秘书，没有掩护，要走出还处在敌军封锁中的海南岛，谈何容易。于是，有着泰国华侨护照、已经是新华社琼崖分社记者的冯子平的名字不约而同地跳到大家的脑海中来：他是琼崖工农红军总司令冯平烈士的侄子，从南洋回来的他又会说普通话，区党委决定让他和王国兴扮演一对华侨父子，对敌口径是在南洋的儿子回乡接"父亲"到南洋去。于是，冯子平变成了王国兴的"儿子"，渡海闯关，取道香港，在香港乔装打扮一番后，中共中央华南分局派人送他们上船，经过一个多月的辗转，他们终于到达北平。

在北平，冯子平与王国兴一起经历了此生最难忘的人与事。他们在这里见到了毛泽东、朱德、宋庆龄、周恩来等开国领袖，还有一大批从前只能在书报中知道的知名人物。在全国第一届政协会议开幕前夕举行的盛大宴会中，周恩来还特地到王国兴和冯子平的饭桌前，教他们如何用餐刀，又问冯子平：你多少岁，什么时候参加革命，有对象没有。19 岁的冯子平还有些腼腆地一一作答。周总理的大家风范让年轻的冯子平终生难忘。9 月 27 日，政协会议最后一次发言，冯子平真正履行了他作为王国兴秘书的重要职责：他先写出初稿，念给王国兴听，由他修改，反复地练读。会议开始了，轮到王国兴上台，他用黎话讲了几句，接着用海南话开始发言。冯子平则站在麦克风前，用普通话翻译王的讲话，台下一阵阵的掌声。人们第一次听见来自海南岛的真切的声音，民族大团结的气象温暖着每一个盼望着新中国成立的人的心。

　　1949 年 10 月 1 日，成千上万的人群聚集天安门广场，参加新中国开国大典。王国兴、冯子平与一代伟人在同一时刻，站在同一个地方，见证了中华人民共和国的隆重成立。参加这一重大庆典对冯子平的一生来讲无疑是最自豪的回忆。

　　机会接踵而来。参加完开国大典后，10 月 2 日，新华社同意冯子平留京参加北京新闻学校的学习。该学校的前身是新华总社的新闻训练班，1948 年在西柏坡办了第一期。这是一所不同于一般的学校。新闻出版署副署长范长江兼校长，它没有专任教师，但来讲课的都是当今中国响当当的名字：杨献珍、艾思奇、于光远、吴冷西、叶圣陶、吕叔湘、老舍、胡绳、刘白羽等。冯子平置身于这样的环境中，如饥似渴地学习着，更重要的是，他在这里积蓄了作为一名职业记者的献身精神和理论准备，为自己的一生立下了基调。

　　可是，当儿子在祖国这边忘我地投入学习和工作时，泰国那边的父母亲和弟兄姐妹却还不知道冯子平在国内的死活。那时，海南岛决战的前夜还没有来到，1948 年回国就到琼崖革命根据地，接着参加开国大典的冯子平，当年他是瞒着父母说回香港读书的，他怎么能跟父母说他回海南后所经历的一切？ 1950 年 5 月，冯子平在北京新闻学校学习毕业，正巧听到海南岛解放的消息，没有任何考虑，便和他同期毕业的章锦涛、王国泮（即王良）向学校要求到海南岛来工作。此时，新华社琼崖分社已经改名新华社海南分社了，冯子平、王良到分社当记者，章锦涛则到《海南日报》当编辑。

　　在刚刚解放的海南，冯子平找到了可以为之献身的事业，他好像无暇顾及其他。可是，1951 年，他在海口见到了这位姑娘，她是海南医院的护士陈碧英，那一年他 22 岁，她才 21 岁。1952 年，他们在海口结婚了，第二年，长子冯小平出生。一切看起来是如此的美满，1956 年，冯子平再度上京，在中南海与新华社国内分社的会议代表一起，受到了毛主席的接见，并合影留念。冯子平说，这是他当新华社记者得到的最高奖赏。

1963 年冯子平夫妇在广州的合影。

1957 年到来了。"反右"运动在全国轰轰烈烈地开展。广东、海南加上反地方主义，更是乱中加乱。作为走在时代前沿的记者，冯子平似乎命中注定逃不过这场劫难。1957 年 11 月，冯子平的得奖内参《关于海南岛党内团结问题》（新华社总社颁发的内参二等奖）被污为"企图维护地方主义者的利益"，"是别有用心的"。1958 年冯子平被莫须有地定为"现行反革命罪"判处 4 年徒刑，此后冯子平又到劳改场，历经了 20 多年的坎坷磨难，直到 1980 年，轰动一时的"内参案"终于平反，冯子平担任《海南日报》副总编辑。

冯子平是在省人大常委会华侨外事工委副主任的位置离休的。现在，他谈得更多的不是自己的那些坎坷的经历，而是他正在写作的华侨系列著作。1988 年从商务印书馆出版的《海外春秋》开始，冯子平以难以想象的勤奋与毅力，先后推出《华人英才》、《琼侨春秋》、《华侨华人史话》、《冯平传》等 13 本，在海内外华侨中享有盛誉，为研究中国华侨史的专家学者提供了珍贵的历史资料。冯子平离休 13 年，共出 13 本书，被海南省作家协会评为"海南岛（1950—1988）文学开拓者十佳"，这项荣誉的获得用了整整 60 年。

现在，冯氏家族共 80 多人，也只有冯子平一家在国内。这位一生以伯父冯平为人生榜样的归国青年，此刻正坐在海口自家宽敞的客厅里，他翻看着一张张老照片，像是对我，也像是对他自己说：要做的事情实在太多，恍惚间，人生的大半已经过了。但只要还在做事，就不会觉得自己已经进入晚景了……

1972 年，冯子平从干校回来后与家人在海口。

琼台书香三百年

清康熙四十四年（公元 1705 年），陕西进士焦映汉受钦命就任广东分巡雷琼兵备道台，暮春时节抵达琼州古城府城。这位刚到任的进士，看到曾经抚育一代名相丘濬、名满天下的清官海瑞的故乡如今竟是了无书声，由丘浚建立的奇甸书院现已是荒芜一片，不禁心中黯然。经过一番巡视，道台感慨宋明两代琼州学风空前兴盛，清初学禁，才开始衰落。现在，适逢康熙盛世，科考备受重视。这位踌躇满志的进士决定毕尽资粮，从自己并不丰厚的俸禄中出全资建立琼台书院，以兴清代儒学，培育本地生徒，为国储才。书院的百多年间，便造就探花一人，进士 11 人，中试举人 100 多人，成绩斐然，令海外刮目。这座跨越了清朝、民国和新中国的全国知名书院之一，从维新变法肇始改制为中学堂，百年间曾易名为琼崖中学、广东省立第六师范、广东琼台师范学校、海南师范学校等，琼台这所当时唯一的琼州府立书院、中学堂、全岛仅有的省立重点师范，历尽沧桑，几经劫难，四回改制，六度迁址。悠悠岁月三百年，英雄辈出，名师荟萃，多少如烟往事隐藏其间，真难以一一言表。它浓缩着海南三百年的教育史，它所造就的探花进士、博士教授、专家学者、将军政要、英雄豪杰、商业巨子乃至名士名师，真的难以尽计。而民国时期的琼台，在继嘉庆年间张岳崧辉煌时代之后，是琼台发展史上又一个英雄辈出的重要时期。

琼台书院大门。

民国豪杰出琼台

　　行走在琼台幽幽的庭院中，寻觅琼台当年人物的足迹，让自己的心灵与这些已逝的灵魂相遇，其实是一件十分奢侈的事情。想来海南先贤真是慧心独具，将一座全岛唯一的书院的琼台设在古城琼山闹市区，比内地众多隐于山林、居于山麓的书院多了好些人间气。而这景象的背后，其实跟海南当时生产力之落后、文化教育急待提高大有关系。

　　清代乃至民初的琼崖，百姓以农耕为主，家境贫困者比比皆是。子女要到外地读书，或出岛求学，简直是难于上青天。多少优秀的学子望洋兴叹，只叹身处孤岛，难成大器。幸得 1705 年琼台书院设立，且又悉心考虑到贫困子弟交通的便利，岛内最远处的学子只要三、四天的路程即可到达。尤其让外地书院不敢小看的是，历任掌教（即琼台书院主持人）都是进士或举人，当然还有一位声名远播的探花张岳崧，他们无一例外地受到封建时代最好的教育和熏陶，学问渊博，教管有方，多年来形成了琼台独具魅力的人文传统和风格，琼岛学子从此有了自己的求学之所，可以有机会参与"科考"，到中原一试身手了。

2004年7月的一天，我在琼台师范高等专科学校校史编写者、海南文史专家叶风先生的引领下，走进琼台书院，瞻仰它从清代到民国诸多的杰出人物，遥想着它曾以儒家思想为主导，教导生徒"为天地立心，为生民请命，为往圣继绝学，为万世开太平"，到了民国时期，这种以天下为己任的教诲却被赋予了新的时代精神。恰逢国难家仇，共产主义的理想在全球的迅速传播，有志于报国的青年自然地加入到时代的洪流中，因此，学业和政治注定着是要冲突的。偌大一个中国，已经难以找到一个安放一张平静书桌的地方，远离内地大战场的琼台，也并没有被时代的浪潮抛弃，所以，当一代英雄周士第、王文明、杨善集等既是琼台学友又同是琼海老乡在民国初年的琼崖中学读书时，他们所受的时代氛围的影响和心中怀有的理想，决定着他们后来要选择的革命道路。

这是杨善集，人们一般把他当做中国共产党早期革命活动家、广东青年运动杰出领导者，却很少把他当做海南妇女解放运动的主要倡导者。他与同是琼台学子的王文明、冯平一样是20世纪20年代海南革命党政军的最高领导人之一。这是英雄留下来的最为完好的相片，他英姿勃发的脸庞洋溢着改造旧世界的热情。

1915年，年仅15岁的琼东（今琼海市）少年杨善集考上已经改制

杨善集少年留影。

的琼崖中学，学制四年。这座海南的最高学府、有清一代曾风靡全国的琼台书院，它幽雅的环境，浓厚的人文气息，让怀抱远大理想的杨善集如鱼得水般：这里师资的雄厚，名师荟萃，可不是他那所乡村学校可以相比的。所以，当年少的杨善集带着父亲的期待来到琼台时，出身于传统耕读之家的他是如何地暗中发誓：要在琼台用心攻读，不能虚度如此难得的光阴！

可是，时局动荡，琼崖中学举步维艰，唯有校园内的教师坚持传道授业解惑的精神和从琼岛各地汇聚到这里的优秀学生，让琼台依然独立于时光之外，做着自己的教育救国梦。让后人感喟的是，杨善集在这个重要的人生阶段碰上了一代名师、来自浙江的晚清进士李熙和琼州著名学者王国宪。他们承继着琼台的传统，以自己的学问与人品影响着这乱世中的最高学府。李熙是杨善集的国文老师。这位曾任福建知县的先生，称得上是一位真正的名士。他国学根底的深厚，为人为师的风范，只有那样的时代才孕育得出来。在校史中记载着一件事：有一次李熙给杨善集来一个命题作文《秦灭六国论》，善集凝思片刻，七国风云胸中鼓荡，只见他洋洋洒洒，从天时地利人和以及秦国正确运用战略战术作为论点论据，层层推理，最后得出秦国必胜的结论。李熙看后，大为激赏，他给善集的评语是"有军事天才的分析力"。这位希望自己的得意门生将来做学问的老师，不曾料想也许就因为自己的这种无意中的鼓励，让这位领悟能力极高的少年走向革命的道路。

1919年秋，在琼台校园内经历了"五四"运动洗礼的杨善集毕业了，他的家境无法供他到内地去继续求学，他变成一名小学教员。1921年，孙中山领导的国民革命政府在广东举行民主选举，王大鹏当选为琼东县县长，致力于教育改革，年仅22岁的杨善集被委任为琼东县立第一高等小学校长。他提倡学习新文化，开展文娱体育活动，建立定期军事训练，而最能体现善集开明思想的是，他力排众议，号召女性入学，主张男女同班。

杨善集在琼海的故居。

　　但是，初出校门的杨善集对自己的力量估计过高了。他的主张虽然得到社会贤达的支持，但海南旧势力强大，极力反对他的男女同班的一系列主张，刚刚有了生气的小学终于在旧势力的围攻下窒息了。杨善集不愿意接受挽留，他要到大陆继续深造，以求一日回乡大展宏图。

　　1922年，杨善集到广州考取广东公路工程学校。然而，善集在总结自己两年的学习情况时却说："我在广州本来是工程学校，实在工程知识太少，而所得乃是革命知识。"那是一个革命频频爆发的年代，广州正好是革命的中心，被教导以天下为己任的善集不能再待在学习桌上了，因为更为广阔的天地在吸引着他。

　　1924年，国共合作，经国民党中央组织部考核，杨善集与聂荣臻、叶挺、冯平等获准留学苏联，10月底抵达莫斯科东方劳动者大学。1925年8月，这群意气风发的中国学子回国了。可旅途中，却听到廖仲恺被杀的消息，国内形势再次出现逆转。1926年春，杨善集回到海南向群众宣扬革命道理，还在自己的母校琼崖中学宣讲革命专题。此时，一位林姓的标致女子出现在他的生命中，她就是后来曾经威震敌胆的林一人。她有幸在 20 世纪 20 年代初年因父母之约许配给读书郎杨善集。在成为善集之妻前，人们按习惯只称呼她的乳名，出嫁后，人们称她为簪马嫂，因为她来自琼东（今琼海）簪马村。要不是杨善集，海南的革命史上也许就少了这位传奇女杰林一人。她出身贫寒，而天资聪颖，与杨善集结为夫妻前，她还是大字不识。又是善集顶住压力，让她上学。林一人学习进步很快，知识的涵养让她气质更加高雅，当她成为琼崖特委妇女委员、琼崖苏维埃政府委员，直到广东省委委员时，她的雄辩滔滔，出口成章，人们几乎不敢相信这位女子曾是一位文盲。

1927 年 9 月，在攻克椰子寨的著名战役中，年仅 27 岁的杨善集在给战友留下最后一句："大家快撤，我来掩护，我有办法对付敌人"后，就再也没有睁开眼睛。1931 年，林一人也因叛徒的出卖而英勇牺牲，他们的身后留有一个女儿，却已经在新中国成立后的某次运动中被迫害致死。2003 年 9 月 15 日，当笔者在琼海找到杨善集的侄女杨庆英女士时，已经 60 多岁的她对自己的这位英雄叔叔也只有传说中的印象。原《琼海史志》办主任冯启和先生在给我提供林一人的情况时，也好像是在说一个传奇故事。据说，杨善集留有的后人在琼海博鳌当教师，关于杨善集的身世，他跟林

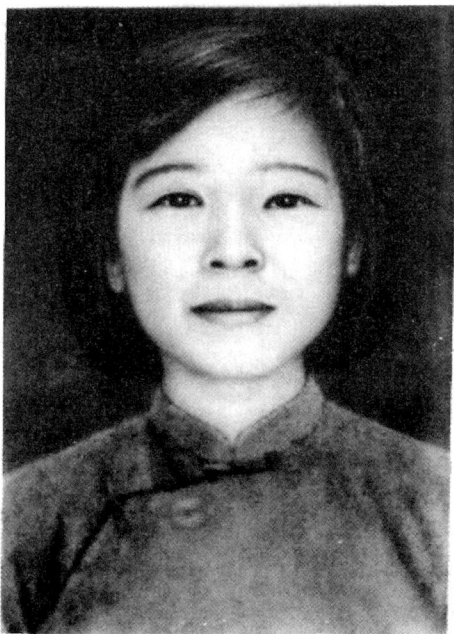

林一人标致的模样在革命队伍中格外引人注目。

一人有些时代色彩的婚姻，也少有人提起了。

莫非是"俱往矣，数风流人物，还看今朝"？

琼台当年集中着几位来自琼海的风云人物，这在海南的历史上是可书写的一笔。与杨善集同乡的周士第、王文明均是那所校园里领导着海南学生运动和革命活动的领袖，周士第后来成为共和国著名的将军，琼台可是为他的起步做了知识上和见识上的准备。

这是周士第 (1900-1979) 穿着戎装的留影。1924 年黄埔军校毕业后，他先后任陆海军大元帅府铁甲车队见习官、副队长、队长。大革命时期，任国民革命军第 4 军叶挺独立团营长，叶挺独立团参谋长、代理团长。国民革命军第 25 师师长。他参加了长征。抗日战争时期，任华北军区第一兵团副司令员兼副政治委员，晋北野战军、第十八兵团司令员兼政治委员，太原前线指挥部副司令员。中华人民共和国成立后，任川西军区司令员兼成都市市长，西南军区副司令员，中国人民解放军防空部队司令员，总参谋部顾问。是第一、四届全国人民代表大会代表，第五届全国人民代表大会常务委员会委员，中国共产党第七、八次全国代表大会代表……

这一系列耀眼的履历，足以令人骄傲了。可以说，在中国人民解放军上将行列中，像周士第这般资历老道的并不多。20 世纪 20 年代，是周士第军事生涯中极为辉煌的一个阶段。有人统计，在我军的高级将领中，周士

周士第将军在战斗的间隙留影。

第有好几个"第一":黄埔第一期学员,孙中山铁甲卫队的第一批成员,中国共产党直接掌握的第一支革命武装的指挥官,而周士第将军国学功底深厚,诗文书法样样叫响,在军中自有儒将之称谓。

这位儒雅的将军来自琼海九曲区新昌村(原乐会县干埇村),他与杨善集同年出世,却比他早一年即1914年考取了琼崖中学,选读四年制中学班。这是一个政治风云急变、革命形势随时逆转的时代,远离政治中心的琼崖也并没有被排斥在国家民族的危难之外,而作为全岛最高学府的琼台,它天生就是革命与进步最敏感的神经。与周士第同时在琼台活跃的徐成章、陈侠侬、陈继虞、刘中悟、王鸣亚等,都在反对袁世凯的二次革命中担任职务。校友刘中悟甚至组织数千民军,自任总司令,积极讨袁,这一切,深深地震撼着刚刚从琼海一个小村来到琼台的周士第。

周士第出身于书香门第,父亲周学实,清代贡生,有着琼海男子儒雅的风度和宽厚的心胸。父亲的习读经史,精通六艺,对少年周士第产生了潜移默化的影响。父亲从来都不是一名只顾自己陶冶性情的书生,他担当着当地很有号召力的"父兄"角色,积极倡导地方公益,乡里乡亲有何纠纷,只要周家大爷出现,一切都迎刃而解。因之,民国初期,周学实还出任乐会县参议员兼参议会会计。周家兄弟两人,一人从政一人行医,家境算是殷实,现在依然保存完好的十间房屋,仍让人想象当年周家兄弟十几口人合家居住的和睦热闹的场景。

1915年,正当周士第在琼台校园里一边发奋读书,一边参加革命活动时,家中噩耗忽然从天而降:一向热情洋溢的父亲忽然因病去世,顶梁柱坍塌了,经济来源突然中断,天资聪颖而胸怀大志的周士第不得不暂别琼台福地。然而,接受了革命观念的周士第也无力抵挡的一件事情是,他必须遵循乡人的观念,"发早财不如生早子",在家人的安排下,于1916年与名叫翁作昆的村中女子结婚,那一年周士第才16岁。第二年,当他还是一名一心向往着外面世界的少年时,却已经是一名女婴的父亲了。也就在这一年，在叔父的资助下，在温柔乡里度过一年的周士第重返琼台校园（当时已叫做琼崖中学），升读二年级，此后，周士第不再家居，善于操持农事和家务的翁氏从此守着幼小的女儿，与周家人一起生活在那个寂寥的大院，一生过着寂寞孤单倚门盼郎归的"闺怨"日子。与她有同样相似经历的女子都将自己的丈夫叫做"远行人"，当中包含的理解与无奈让人感慨时代与命运对女人的不公。

1919年"五四"运动爆发了，周士第正好在琼台校园里。琼崖中学首先响应，发动府海地区四间中学1600余名学生集会和游行，声援北京学生的爱国行动，声讨卖国贼的罪行，同时成立了"琼崖十三属学生联合会"，在海口、府城、文昌、嘉积、定安等地清查和焚毁日货，声势浩大，令民众为之振奋。周士第是学生联合会的宣传干事，运动中的积极分子。五四的洗礼，让周士第看到了校园之外更广阔的世界。

1920年秋，周士第从琼崖中学毕业了，想走出海南岛继续求学的琼台才子，却因家庭经济窘迫而不得不望洋兴叹。然而，1922年家中连续罹遭大难让他决意要离开故土，奔赴大陆：这一年，他的生母陈氏、两位胞弟、一位堂兄都因瘟疫相继离世，那座曾经烟火缭绕，笑声朗朗、书声不断的大宅院，一下子哭声不停，悲咽之音叫人压抑。

现在，周家最有希望的男子周士第要远离亲人和故土了，"英雄立志出乡关，功不成兮誓不还"，1923年春，周士第抵达广州，1924年，黄埔军校创立，周士第考取，成为第一期步兵学员，校门口那副对联"升官发财请往他处，贪生怕死勿入斯门"让热血沸腾的周士第如遇知音，而琼崖校友吴乃宪、洪剑雄、龚少侠、韩云超等的同时考取，琼台学子抖擞的精神风貌，让血气方刚的周士第他乡遇故交，浑身有劲。日后他的成为大将，黄埔与琼台，都曾给他深沉的锻造和教诲。

2004年8月14日，我来到琼海嘉积周士第将军纪念馆时，坐落在苍山翠柏间的纪念馆隐约透出一股灵气，刚刚下过的一场大雨，使空气清新沁人心脾。将军的高大塑像耸立在馆前，显得有些孤独。这里离市区并不远，却显得门庭冷落，人气稀薄，只有到了节假日，才有学生或游人前来观瞻。故乡的人们对这位一生转战南北、战功显赫的将军似乎有些陌生了。将军自从 1923 年春天，当他还只是 23 岁的青年时便离开了故土，从此故乡只在他的梦中，直到 1994 年，当他已经在北京去世 15 年（将军 1979 年逝世，编者注）之后，他的全部遗物才运回故乡，这总算圆了将军临终前的愿望：总计 600 多件的将军遗物，从他最为珍视的勋章、1955 年授衔时的军服、军帽，以及战场中用过的望远镜、地图、眼镜、报纸、书稿乃至他最普通不过的生活用具，都从他曾生活和战斗过的北京、成都等地集中一处，他的故乡琼海最后便成了他心灵最终的皈依地：中国人讲究的是睹物思人，将军的几乎全部的遗物最后都安放在故乡的土地上，这就深切地表明了他骨子里对故土的眷恋。

真的难以设想这 600 多件将军遗物是如何被收集在一块的，将军的家人和部属在整理这些珍贵遗物时是怀着怎样的一种心情，当它们分别在 1994 年年底到 1995 年年初通过各种渠道运回到故乡时，那是怎样悲壮而悲情的一件事情！周士第当年从琼台出走内地时，是怀着"功不成兮誓不还"的壮士大气概的，而今，他已经是功成身就，却只能是青山何处埋忠骨，几多遗物了此身，他最后能做的似乎只是魂之归去来兮，终回故乡！

在琼海，在琼台，都在传诵着将军一个回乡未遂的梦想：1963 年，一生多处负伤的将军在广州从化温泉休养，当时的琼海县委第一书记曾来拜望，并恳切地邀请他回海南岛一行，病中的将军确实也起了回乡之念，不料病情难以成行，将军只好先放弃。念故乡的将军当着故乡人的面，欣然做诗三首，我有幸在纪念馆一个特设的橱柜里看到将军的手稿，诗名为《故乡》《故园》《海南岛》的三首诗，正好是将军多年念故乡而未能回的真情表达。

据说，那一天将军严肃的病容显示出少有的喜悦，作罢诗，他还跟家乡来的县委书记问起乡情，总想着来日方长，和平之日回故乡不正是小事一桩。岂料"文革"不久爆发，共和国的将军也难逃此劫：他受到冲击，被迫交代罪行和检举揭发别人。但将军始终坚持原则，以凛然正气拒绝与邪恶的合作，保持了一个军人的高风亮节。1969年，他从北京被疏散到广州，直到1971年的"九一三"事件之后，他才携带妻儿回到北京，住在地安门慈汇胡同，继续担任全国政协常委，后任全国人大常委，一直到生命的最后一刻。

这 是 1937 年 10 月 18 日，一二〇师师长贺龙（右一）、政治局委员关向应（右三）和参谋长周士第（右二）、政治部主任甘泗淇（右四）在敌后雁门关前线视察地形时留下的抗战时期珍贵影像。这位从琼台走出去的共和国将军，一生的行止总是跟共产党重要的历史

周士第与贺龙等的合影。

人物和重大的历史事件联系在一起。今天的人们可以想象着当年这位带有琼海乡音国语的将军，在和这些高级将领合作时，是怎样一种和谐而有趣的情形。从早年的参加五四运动，到参加过国民革命运动、北伐战争、南昌起义、二万五千里长征、抗日战争到解放战争，周士第都英勇善战，屡建奇功，成为风骨独特、智勇双全的"模范参谋长"。

遥想周士第将军和与他同是琼崖革命早期领袖人物的王文明、冯平、

杨善集等诸多英雄豪杰民国初年聚集琼台时，这座历经 200 多年风雨而今仍令人肃然起敬的魁星楼，在他们的心中曾激起怎样的雄心！虽然科举时代已经过去，代之而起的是时代的新思潮新思想，但琼台传统里的"先天下之忧而忧，后天下之乐而乐"的文化传承还是深入人心，历古今而不变。1915 年到 1917 年共招收的 5 个旧制中学班新生，后来走出海岛、大有作为者令琼台人引为永久的骄傲。学界的留法博士、著名数学家范会国；我国较早担任联合国教科文机构高级官员的林书颜；名校长钟衍林、詹行烋、白学初、温兴园等；中国人民解放军上将周士第、早期琼崖革命的领导人王文明、冯平、杨善集以及国民党阵营中众多的将军，都是琼台这座古味犹存的校园孕育出来的。

这是周士第将军和夫人张剑与三个儿子周坚（右一）、周强（右三）和周勇（右五）在广州的合影。这位在延安时便被赞誉为"模范参谋长"的将军，其实是一位慈爱的父亲。在有关记录着他显赫战功的传记中，对他个人的婚姻家庭儿女涉及的很少，人们大多在将军主要活动年表里发现不加渲染的条目：1940 年 12 月与张剑结婚，婚后第二天参加兴县冬季反"扫荡"。这一年周士第刚好 40 岁。这位在战场中结为终身伴侣的夫人，给周家生下了三个儿子，与原配夫人所生的女儿周博雅，成为将军一生最亲近的人。这时，晋西北军区已经成立，周士第任参谋长。婚后第二天，日军动用兵力两万

周士第将军与夫人和孩子在一起。

余人，号称"百万大战"与"百团大战"相对峙。这一次战役大小战斗217次，消灭敌人2500余，被敌占领的城镇全部收复，取得反"扫荡"的伟大胜利（根据《周士第将军传》）。而作为参谋长的周士第，他的谋略与勇敢，再一次显示了一个高级将领的本色。

在军中，周士第一直被官兵称誉为模范参谋长，这并非因为他出任参谋长的时间长，他曾先后担任过叶挺独立团、红十五军团、红二方面军、一二零师、晋西北军区、晋绥军区的参谋长，更重要的是，他博学多才，满腹经纶，他有着琼海人亲和的态度，无论对上对下，他都是一样的谦和与礼节周到。

周士第在琼崖中学四年，国学基础扎实，无论诗文书法样样当行。他戎马倥偬，历经百战，每次大战役后，他都要写总结性的军事论文，而他的写作常常就是在空中轰炸机、地面机关枪的战斗间隙完成的，他是一个能将热情与冷峻、理性与感性结合得很好的军事天才。他一共留下几十万字的文章，读他的文字，你不仅能感受到一个充满激情的军事谋略家对战争的看法，你还能强烈感受到他对灾难中的祖国那份赤诚。至今保留完好的《论平原游击战争的几个问题》《论陈庄战斗》《东征回忆》等，都是宝贵的军事思想资源，他是公认的政论战士、军事理论战士、文史专家。进入晚年，更是奋笔疾书，撰写回忆录，挥洒诗词，寄望明天。

周士第将军从琼台走出去时是1920年，那一年他刚好20岁。这是一个人的思想、性格形成的重要阶段。所幸的是，在他那个年龄，他能在琼台接受了较为传统的教育，琼台浓烈的革命思潮和五四传播的精神，成就了他的人格涵养和勇于担当的胆气，在大革命的时代洪流中展示了琼崖人的英勇和气魄。这位喝着万泉河水长大的琼海汉子，晚年后他给家乡人留下的亲切的印记是1973年那一场没有预兆的18级强台风，刚刚从"文革"的迫害中舒缓了一口气的将军，从遥远的北京寄来的一封亲笔信和500元钱，给守在周家大院的亲人重建家园。将军的这封信至今仍保留在纪念馆里，虽是寥寥数语，却已经表明，他永远是这片土地上走出去的赤子。

琼台学子荟萃里昂

民国期间的琼台，英贤辈出，不仅锻造出像周士第、杨善集、徐成章、冯平等这样一些军界、政界人物，在学术界声名显赫、在国内外均有影响的学者也大有人在。在国家的多难之秋，地处孤岛的琼台，能有如此殊胜的成绩，在中国的教育史上被称为奇观，值得重视。

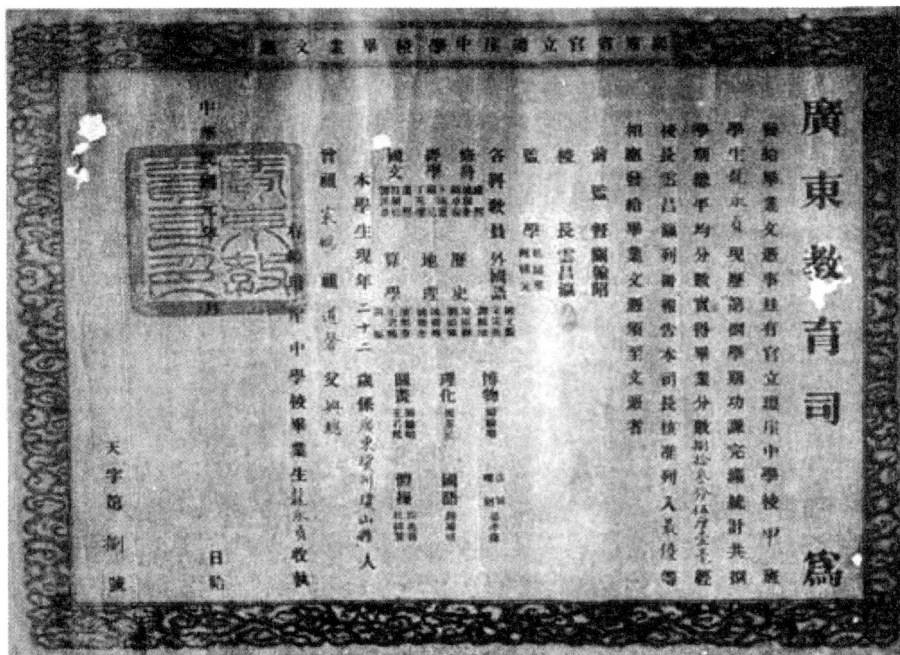

琼台书院在民国时期的学生毕业证书。

今天的琼台学子们还有多少人记得他们的师兄龙永贞、曾同春、曾祥鹤？有多少人知道一代数学家华罗庚、一代物理大家吴健雄（美国科学院院士、国际物理学会主席）、"电脑大王"王安、香港船王包玉刚的老师是来自琼台的著名数学家范会国？与范会国几乎同一时代的曾经风云一时的"琼台三叶"——叶熙春、叶用镜和叶云，同时的还有林书颜等等，都曾叫外界对海南的基础教育刮目相看，而这些学有成就的学子，在日后事业辉煌的日子，念念不忘的还是在琼台打下来的根基，以及相袭多年的琼台的办学精神。

在此，请让我简述一下上述几个人物的主要事迹：龙永贞，文昌人，1912 年从琼台校园毕业，成为那一年令人瞩目的北京大学学生。毕业后，曾赴日本早稻田大学研究银行学，精通造币技术。学成归国后，在上海中央银行任要职十多年，上海滩上的金融钥匙曾把握在这位琼台学子手中。

曾同春，琼山人，出生于书香世家，1913 年从琼台校园走出去的另一名北大学生。毕业那年，他以优异的成绩被选送到法国里昂大学主攻法政，获法学博士学位。学成归国后，先后任北京大学、暨南大学、中山大学法学教授，曾一度担任广东省调查统计局局长。

为中国的金融业做出贡献的曾祥鹤则是澄迈人，1914 年以一名琼台学子的身份考取了广东省立法政专门学校，后到法国里昂大学深造，他在里昂一共度过 8 年的时光，由硕士而博士，学业优秀。那些年的法国里昂大学，还从来没有这样聚集着如此之多而出色的海南学子，曾祥鹤的天资聪颖和爱国精神在那一群海南学生中也颇得口碑，回国后，先任暨南大学教授，后得宋子文的器重，到广东银行任要职。抗战时，奉派到越南任海防支行经理，后任广东省银行经理，抗战胜利后，曾任"国大代表"。

在琼台完成了中学学业的"琼台三叶"叶熙春、叶用镜和叶云，在20 世纪 20 年代后期曾联袂到法国留学，叶熙春、叶用镜均在法国里昂大学学习，后叶熙春在抗战期间的昆明被授予少将翻译官，叶用镜则在多所大学当教授，也曾到牛津与剑桥讲学；而叶云则到法国国立巴黎高等美术专科学校攻读三年，师从法国写实主义名家西蒙，专攻西洋画和速写，成就颇高，其作品曾两度入选法国国家沙龙，一时间国内报纸争相刊登，海南人叶云的名字一下子引来中国艺术界领袖人物刘海粟、林风眠的注意。他先是应刘海粟之邀，到上海美专执教，第二年，则受林风眠之聘请到杭州艺专，成为那所人才济济的学校最年轻的教授。我国现代著名的艺术理论家、雕刻家卢鸿基教授（海南琼海人）曾高度评价叶云："天才的旺盛和写实工夫的深刻，不但冠于艺专，便是号称写实大家的徐悲鸿在好些地方好像还要让他几分，他是中国第一流中有数的人物画家"。令人扼腕的是，这位最有希望日后辉映日月的艺术家，却在他 37 岁那年贫病交困，客死于越南堤岸，关于他的记忆，只能从中国一流画家刘海粟、林风眠、徐悲鸿等人的回忆中寻觅到一些旧影萍踪。

遥想名师当年

现在，无须多引证，琼台曾经造就的英才已经叫后辈为之感慨万端了。在此，可以列举一位誉满府海地区的琼台名师谢良裘先生。

据《谢良裘先生传略》：谢良裘，1910 年出生于儋州中和镇一个书香之家。1935 年广东六师（即琼台前身）高师班毕业留校任教。他一生潜心教育，知识渊博，古典文学功底扎实，对现代汉语拼音颇有研究，能操一口标准的普通话。在教学之余工诗善书，其诗词清丽流畅、沉郁凝练，书法造诣颇高，能写隶、楷、行、草、魏碑等体书法，

谢良裘先生与长子谢方礼的合影。

并独成一体。20 世纪 60 年代初，他获得海南书法比赛第一名，参加全国书法联展多次获奖，是海南一位有影响的诗人、书法家，当时海府地区的名师。

关于这位名师，还有一则日事可以明证：1959 年年底，琼台出版校刊，取名《新琼师》，琼台人才济济，书法高手不乏其人，大家却推举良裘老师题写刊名。他应命挥毫，"新琼师"三字跃然纸上，笔走龙蛇，苍劲有力，今成墨宝（据《琼台三百年》）。在老一辈的记忆里，从抗战到"文革"前，海口市的商家铺号，大多出自良裘先生之手。人们渴求他的墨宝，视之如家珍，而当"文革"爆发，却纷纷避之不及，人事之变迁，世态之炎凉，由此可见一斑。

30 多年后的 2004 年 6 月 19 日，谢良裘的名字重新备受推崇，他再次成了那一天真正的主角，由儋州市中华诗联学会发起的"纪念诗人书法家谢良裘先生座谈会"在那大镇隆重举行。令主办方意想不到的是，来自儋州和海口的新老诗人以及良裘先生生前的学生与家属大大超过了计划人数，一共 120 多人，盛况空前。他们以儋州人传统的纪念方式，当场吟诗诵词，提交上来的诗词就有 30 首，足见人们对这位先师尊敬的程度！儋州诗人韩国强先生的诗云：

> 四十春秋故国新，先师容貌梦中巡。
> 诗章秀丽随园韵，书法清刚刘体神。
> 琼岛黉宫多弟子，家山翰墨缺贤人。
> 遗珠重现惊阳世，艺德同存劫后珍。

1968 年 9 月 13 日，琼台一代名师谢良裘先生经不住"文革"的非人折磨，服毒自杀，含冤而去，保持他一代名师的最后尊严，令他身后的学生师友痛惜不已！如今，昔日师友亲朋聚在一起，除了朗读他的诗文，赞颂他的书法艺术，人们更多缅怀的还是他为人为师的风范，他润物细无声的名士风流。在琼台这座有着三百年历史积淀的书院里，谢良裘先生的做派正好跟这座著名学府相匹配。在我采访谢老的学生当中，我多次听到学生们由衷赞叹："他是海府学堂里少有的斯文而富有思辨精神的老师。他一米八几的个头，总是笔挺整洁的衣冠，尤其他一口十分标准的国语，轻柔而不失师道威严的态度，他为人纯洁而慷慨的风度，真的让人为之倾倒。"当一切尘埃皆已落定，他留给人们的却是一只孤独的仙鹤般，那样的步态轻盈、仪表端然而又独立不羁的样子。而在那恬静的表情之下，是怎样的文化、怎样的情愫在滋养着他，让他穿越时空遗世而独立？

谢良裘先生 1962 年摄于琼台书院。

　　谢良裘当年的学生钟平先生，念念不忘的却是谢老师讲授的那一节《窦娥冤》。他说，我们喜欢上他的课，不仅迷醉于他优雅的举止，俊秀的仪表，还喜欢陶醉于他所设的课堂情景里边。在讲到窦娥喊冤时，只见他音咽激愤，抑扬顿挫，声情感众。台下的同学听着老师的分解，却早已泣不成声，或愤懑于胸，悲咽无言，一种对人物命运的深切关怀，对他者痛苦的感同身受在此中已经完成。课文还是那个课文，关键是老师全部身心的投入，而致声情俱至，同学们身受感染、感动！一堂课而见老师之真心，他的为师风范是真切的，他与学生之间能保持一种自由、热诚、达观的交流，这样充满美感的生活，让学习在他身边的人，他们的喜怒和哀愁都会像海南岛的波浪一样来去自然，让人舒卷自如，却又久久难以释怀……

桃李芬芳各千秋

时间转到 1946 年春天，有一位名叫王欲知的少年该登场了。家住在府城忠介路的王欲知，家道殷实，家风开明，老人们依然记得，整条忠介路上只有两名大学生，他的父亲就是其中的一位。到大陆求过学、精通日语的王父，喜欢弹钢琴，打网球，这在今天来讲依然是"贵族"式的活动，在抗战胜利后的那些年，在王父那里却已经算是必需的日常活动了。老邻居还记得，每当黄昏时刻，王先生家的窗户里经常传来一些叫不上名的乐曲，这些曲子在抗战前后的那些岁月曾给人留下悲喜交加的记忆。2004 年 4 月，笔者有幸在海口见到这位曾经叫人不可思议的"小物理学家"王欲知教授，他还给我说了一些曲名，如《蓝色多瑙河》《月光奏鸣曲》以及中国乐曲《摇篮曲》等。他高兴时，还可以在钢琴上即兴创作，陶醉在自己的创造愉悦中，而一旁欣赏着这个有些聪明过人的儿子的父亲，却往往脸露微笑，他觉得做父亲的责任就是让孩子在愉快中学到东西，在创造中感到幸福——他的这些观点在他那一辈人中是超前的，况且，抗战还在进行当中，学校开课也不正常。所以，当与王欲知同龄的孩子必须背诵学校或者父母规定下来的课程时，这位备受父亲之爱的男孩却可以在家弹琴，有时候，他还跟着父亲到琼台校园去，看着父亲与朋友打网球。

琼台离王家并不远，1932 年出生的王欲知在抗战胜利后的那年已经是一名 13 岁的少年了。他记起来，那时的琼台并没有什么网球场，他天性浪漫的父亲只好在校园空阔的地上支起两根木棍，将网挂起来，他穿上时髦的球衣，白色的球鞋，矫健的身躯在那座校园里特别招人眼球。可就是这位看似单纯的热情的父亲，却给自己这位爱动手做实验的儿子准备了一间设备较为完好的小实验室，里面的实验器材之完全，就是当时一所正规的中学都不曾具备的。这为日后这位成为国际知名的实验物理学家的早熟打下了极好的童子功，王欲知教授说，后来到琼台接受的教育与他的父亲给他建立的实验室，让他这一生受益无穷。

在琼台的校友里，王欲知是抗战胜利后入学的那一批学子中在科学界首屈一指的人物。现为西南交通大学博士生导师的他成果丰硕，荣誉等身，是美国纽约科学院院士、国际电子与电工学会资深会员，著名的真空实验物理学家兼电子学家。曾多次出席国际学术会议，宣读论文，英国牛津大学、利物浦大学、美国明尼苏达大学、日本茨城大学等都曾留下这位海南籍科学家的声音，他曾在这些著名的大学里或讲学或进行学术交流。而在清华学子的成就榜中，王欲知也是赫然有名：他的成果先后共获得省部级奖 6 个，他是"献身国防科技事业荣誉证章"的获得者，国家特贴专家……

这些看起来有些枯燥的文字已经足以说明王欲知所取得的非凡成就了。1950 年 5 月海南一解放，王欲知刚好高中毕业，恰好赶上共和国的第一次招生。他只身一人过海到广州考学，结果同时考上了中山大学、岭南大学和华南联大三校，他选择了国立的中山大学。1952 年院系调整，中山大学工学院调整扩大为独立的华南工学院，1953 年，王欲知提前一年毕业，直接考上清华大学研究生，成为新中国海南最

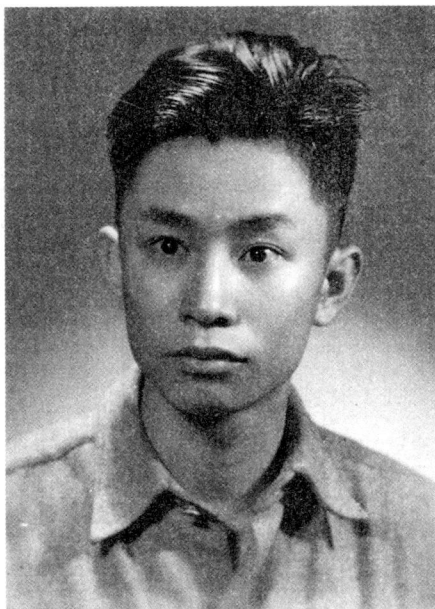

考上清华大学时的王欲知。

1955年王欲知与同学马瑞霖在清华园的合影。

早的一名清华研究生。

这是1955年王欲知在清华园的留影。再过一年，只有24岁的王欲知就清华研究生毕业了。毕业后他到南京工学院任教（现东南大学），由于个子较小，站在讲台上的他还不如他的学生来得"成熟"些。可是，在实验室，只要王欲知一动手做实验，那些好学的学生们就不得不佩服：他不仅有着非常好的动手能力，他的讲解也是简明扼要，一语中的，有些深奥的道理经他生动的比喻，就让人立刻理解，终身受益，可见他国文根底的深厚。

其实，抗战胜利后第二年，成为琼台学子的王欲知就让很多同学倾慕，当他们还不知道或者还没有见过望远镜或者水银、碳酸氢钠、曲颈瓶等的时候，这位显得很灵活聪敏的小同学就已经能够自己配制出氢气、氨气、矿石收音机了。由于是战后的复校，学校里理化仪器全无，有一个挂着"理化实验室"牌子的房间，空空如也，连一点化学药味都闻不到。可是，一切到了府城文庄路王家那间二进的铺面后面的一楼，景象却大不一样。刚刚从忠介路搬到文庄路的王家，特地在铺面后留有十几平方米的小楼，设为实验室，专为喜欢做实验的孩子王欲知使用。前文提到的王父毕业于上海圣约翰大学英文系，他的学名叫王庭三。是他发现儿子爱动手做实验的癖好，不惜花费金钱和时间，到处为儿子购买实验器材和化学药品。这在战时的海南似乎是绝无仅有的事情。

在清华大学读书的王欲知与同学和老师的合影。

闻名府海地区的王欲知实验室，它所收藏的仪器、材料来源也充满着战时的色彩：当时的海南有不少的战争物品如电表、电话机、望远镜等散落民间，父亲会托朋友帮他买到手，至于母亲，有一次她也给王欲知一笔"专款"，订购一批化学仪器，厂家是中国科学仪器公司。王欲知的父亲还从广州等地购进一些仪器，到了1948年年底，这间私人实验室已经有曲颈瓶、蛇形冷却器、各种烧杯等化学实验仪器；还有电表、电话、发电机、矿石等电学实验用品；祖父开金铺留下来的皮老虎、台钳、各种形状的小錾子、浓硝酸、浓盐酸，此外，还有一支计算尺——这在当时是一件罕见物，祖父当年留下的留声机和旧镜子，居然也成了王欲知的实验用品。

可以说，王欲知是科学界的幸运儿。他有幸生长在这样一个开明的家庭，他的父亲以自己的学识和经验，超前地引导着这个在外人看来思维与行为都有些怪异的孩子。有一次，王欲知搞了一个氨气易溶于水的实验，让置于低处杯中的水通过橡皮管往高处氨气瓶中爬升，实验成功了，激动的王欲知喊来全家人，这令大家惊异万分：水竟然可以往高处流！严父慈母见此情景更是惊诧，他们决定倾全力培养儿子的兴趣——因为，作为知识分子的王庭三知道，美国的科学之所以居世界领先地位，一跃而成世界强国，跟他们的科学发达、科技昌明分不开。曾经抱着科学救国的父亲觉得这个儿子是可以替自己实现这个理想的人，这个不轻易落泪的父亲却在此刻潸然泪下。少年王欲知当时并不理解父亲的心情。他后来讲到，要不是父亲母亲充满着理想主义期待的热情与默默的支持，他们根本不可能在战乱中，在通货膨胀的艰难时日中给自己的孩子建立一个不可能给王家带来任何经济效益的相当规模的实验室！

王家因为有了这个实验室，因为有了这个精通英语和日语的父亲和能弹奏钢琴的大儿子而变得与众不同。在上海接受过西化教育的父亲知道要在科学上取得成绩，实践经验是必需的一课，但要在科学上做出点名堂来，没有吃苦耐劳和理想主义的精神，却是难以到达彼岸的。而理想主义的精神养料，却是早期的家教、琼台教育和国难家仇的大环境所赐予的。

1946年春，王欲知考上已经改名叫做广东省立琼崖师范学校的初中部。当时他真是踌躇满志，以为自己真的是一名知识分子了，对这个还没有脱离苦海的国家负有历史的责任。其实，那个时候具有时代使命感的同学不在少数。这与被异族长期侵略、失学多年有着很大的关联。那时琼师的老师大多数都是抗战胜利后从内地返回的，也有部分是从内地非沦陷区出来的，他们似乎都是一些慷慨悲歌之士，无论国学根底、学问人品，还是爱国热情和工作责任心，都有着一种感染人的力量。王欲知有幸遇上这些老师——从抗战胜利到海南解放，这所名校荟萃了大批琼籍知名学者和教师，一时人才济济，星光耀眼，仅英语课程一门，非由留美人士任教不可。至于思想分野，在校园里也很明显。王欲知与他的追求进步的同学和老师们，在这样复杂的历史条件下，还是听从了良知的召唤，选择了自己的人生之路。

在府城忠介路上，除了王欲知的家庭叫人羡慕，还有另一户陈家也是令人称羡的。与王欲知个子较小却聪敏过人的特征相比，陈家的公子陈忠雄却是高大潇洒，给人玉树临风之感。1929 年陈忠雄出生在海口市龙昆下村，祖上务农，却是个耕读之家。陈家的孩子从幼年开始就必须接受私塾教育，习读经史子集，诵读之声不断。到了陈父这一代，便将家搬到府城忠介路上来，但是，他在海口依然有三个分店，府城则有两个，主要经营烟酒和土特产，还有当时海口时兴的"九八"行。这位名叫陈斯俊的商人常往来于琼港（香港）两地，虽是生意人却常常关注着天下局势。所以，当他觉知自己的儿子陈忠雄在琼台参加地下学联，并将自己在忠介路 181号的家宅作为地下学联活动的秘密地点、同时也是根据地党组织的联络点时，这位开明的商人对于那些进进出出的年轻人只有默许和支持。

陈忠雄也是抗战胜利后的 1946年考上的广东省立琼崖师范，与王欲知、陈义侠等是同学。

这是抗战后的第一次复校。由于战争的耽搁，有些同学年龄偏大，读初中的同学中就有不少是 18 到20 岁左右的。陈忠雄个头虽高，却还算是年纪较小的。年轻的学子们本以为可以在刚刚恢复一点人气的校园里好好读书，但是，国家仍在分裂、国共两党打打停停的局面还是没有平息，相反，内战的可能性越来越大了。从来就不会缺少社会理想教育的琼台，在这样的历史时

这是陈忠雄1949 年1 月在海口的留影。此后的他为了心中的理想奔赴内地，很少在故乡留下足迹。

刻，争取国家统一、向往进步的共产党革命的优秀学生还是占了多数。一时间，琼台校园聚集了海南各路的优秀学子，而抗战胜利后回乡的琼籍进步老师林道俭、蒙振森、吴贤伯、云少能、詹行锋、林诗铭等，他们身上充沛的理想主义精神深深地感染着这些需要精神养料的学生。虽历经战乱，偏于一隅的琼台还是花木繁盛，庭院静幽，夜晚华灯初上时分，黄色的鸡蛋花正散发出芳香。然而，在这发生过《搜书院》浪漫故事的琼台，那些有志于民族解放的理想青年却没有陶醉在这样幽雅的环境中，他们的读书也是为了心中的那个理想，为了寻找真理而苦苦求索着。

革命并非个体的事业，它是一个时代的要求。然而，当时代的车轮滚落到这样的时刻，落到每个人的灵魂深处，却都是个人的选择和个人的承担。作为富家子弟的陈忠雄，他完全可以选择留学英美，深造学业，或者继承父业，走经商之路，况且钟爱他的父亲正需要他来承继家业。2004年9月15日，当我在海口拜访陈忠雄先生时，这位一辈子都在为理想而奔忙而思索的河南大学教授、琼崖地下学联核心组织成员之一的"老布尔什维克"，从他的装扮到谈吐，都还依稀可寻当年的模样，他对自己当年的选择感慨良多，显示出一个时代的思考者应有的深度。他说，在那样的时代，身处琼台这样的环境，一个热心社会变革、不想苟活的年轻人不可能躲到书斋里去，过着自己的小资日子。那时琼台活跃着这样一些身影，陈义侠、林云、蓝明良、王咏雪、曾繁惠、吴慰君、韩敏、陈川源、罗平等，他们除了接受主课学习，还在校园里发展组织、办刊物，如《新潮报》，陈忠雄任主编。这时他还协助地下学联负责人向解放区输送地下学联分子参军参政，支持琼崖共产党的革命。在这些学生的手中，经常轮流阅读的书刊是《文汇报》《大公报》《资本论》《共产党宣言》《论持久战》《钢铁是怎样炼成的》和《小二黑结婚》等，这些书既是地下学联的学习资料，也是开展工作、发展组织的重要工具。

这时已经是1949年的8、9月间，进入解放区参军参政的林云、陈义侠、吴慰君等琼台学子却因"琼崖地下学联冤案"的发生而遇难。这些准备为理想而牺牲自己一切的年轻人在迷茫与痛苦中选择了去香港的海路。这一年秋天的海南岛显示出了前所未有的萧瑟和清冷。饱受理想主义熏陶的陈忠雄们不得不暂别亲爱的母校（同行的还有琼海中学的学生们），转去香港，争取北上，到内地去寻找出路。那时，海南岛还在国民党的把持下。这些红色的学生要脱离封锁线奔赴香港，是要冒生命危险的。

1949 年 5 月，陈家的二儿子陈忠雄从家中消失了。焦虑的父亲陈斯俊搭乘飞机抵达香港，寻找、看望这些被革命"遗弃"的孩子们。陈斯俊对陈忠雄说的那一番话至今仍在儿子的耳边回荡。他说："你北上的志向不动摇，我不说什么，但革命胜利后必须要完成学业，要去留学。你如果不愿意到英美，可以到苏联去……"父亲面对意志坚定的儿子只好留下一点钱和一件皮袄，他革命的儿子心中只有北上，希望快点融入到解放事业的洪流中去。

这是 1950 年这些重获新生的海南学子被录取后，穿上统一的制服，在北京的合影。后排右二为陈忠雄，中为蓝明良，后来的法律出版社社长、著名的国际法专家；前排的两位女生为王绿萍（前排左一）、张琼珠（前排右一），前左三为刘长龄先生。

从香港到北平，必须冲破国民党军队在台湾海峡设置的封锁线。他们只好绕道南韩海域，到达天津塘沽港，才能转达北平。此时，这些年轻人已经失去与琼崖党组织的一切联系，旅费用尽，生活陷入困境。幸得全国学联的援助，这些从海南岛投奔光明的学子才得以接应，幸运的是，他们以不俗的表现都考上了华北人民革命大学。这些重获新生的海南学子被录取后，穿上统一的制服，面对镜头，留下了一个永恒的微笑。后排右二为陈忠雄，中为蓝明良，后来的中国法律出版社社长、著名的国际法专家，前排的两位女生为王绿萍（前排左一）、张琼珠（前排右一），前左三为刘长龄先生。可叹 50 多年光阴弹指一挥间！相片中的年轻人一别故土却有家难回，他们大都在内地生根、结果，故乡只能萦绕在梦中……

1946 年春天复校的琼台，充满着一种劫后余生的喜悦。在她的怀抱中，暗涌着一股改造社会，争取进步与光明的潮流。在那期间成立的读书小组，曾让这些向往美好明天的青年学子热血沸腾并化之为革命的行动，在琼台的历史上写下了可歌可泣的一页。初期的骨干人物陈义侠、林云、蓝明良、陈忠雄、王咏雪、曾繁惠、吴慰君、韩敏、王盛之等以及后来的黄隆伟、周振东、陈衡、王万福、罗国杰等，他们互相传递着如饥似渴地阅读着鲁迅的《阿 Q 正传》《彷徨》《呐喊》，茅盾的《子夜》，巴金的《家》《春》《秋》，还有高尔基的《母亲》《我的大学》等，他们以为自己已站在革命的阵营中，可以为自己的理想而献出一切了。

1956 年，理想主义者陈忠雄以优异成绩考上了自己所向往的中国人民大学，他所选修的还是自己喜欢的专业：国际共运史。这是当时全国唯一开设的该专业的大学，聚集了国内众多名家，而它的教育目的和所培养学生的目标，对刚刚取得政权的新中国来说是非同寻常的。陈忠雄在这所名校里埋头苦读，他第一次有如此机会直接阅读马列经典和历史文献，此时的马列主义和西方的政治经济学，向他展现出前所未有的丰富。他觉得，要真正弄懂马克思主义的思想体系，不是一辈子就可以完成的，我们后来对马克思主义的图解式的理解，实用式的运用，遮盖住了真正的马克思主义的精神实质，这是值得深深反思的。陈忠雄 1960 年秋毕业后，执教于河南大学，在河大建立了国际共运史这一新学科，晚年的他常行走于东欧国家，对年轻时所向往的理想国有了诸多的感悟，他不曾老去的思维让他充满活力。晚年的他常常回到故乡，一切恍若隔世。

让时间回到 1946 年秋天，有一位名叫罗平的漂亮女生到琼台来了。

这就是罗平初到琼台时拍下的照片。那一年她刚好 16 岁。她的到来无疑引起这座古雅的校园不小的"骚动"，不仅因为她的纯情和美丽，她操着一口标准的悦耳的国语，她的源自天性的舞蹈和歌喉，都给这座古老而年轻的书院增添了浪漫而热情的气息。与校园里另一位温文尔雅而个子高挑的富商女吴慰君不同的是，罗平娇小的身段和热情奔放的性格让她的周围充满着欢歌和喜气，虽然那还是一个战火未熄的年代。

1930 年在上海出身的罗平，她的父亲是海南琼山大致坡人，母亲则是一名江苏女子，出身名门。20 出头那年，她父亲考上了黄埔军校二期，毕业后便参加北伐战争，在国民党军队中官至新兵团团长。抗战胜利后，满怀思乡之情的罗父带着自己的妻子和 5 个子女回到故乡来了。罗平是他的长女，他要像那些开明的父亲一样让女儿上海南最好的学校。此时，他出任国民党万宁县县长，掌管着动乱时期的一县之大权。但是，这位参加过"北伐"的军

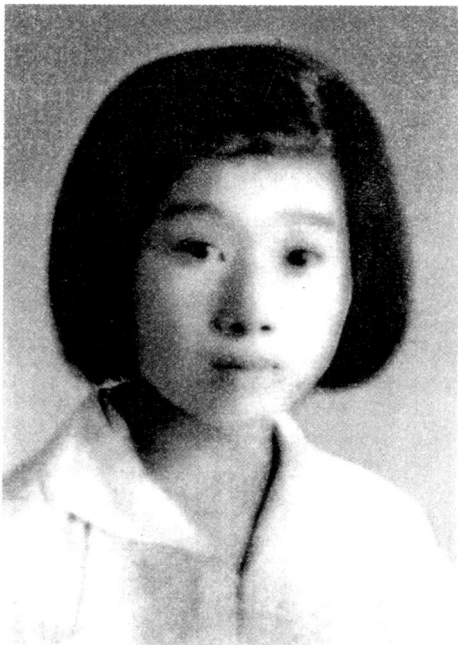

琼台女生罗平初入琼台时所摄。她的机灵与活泼，曾是琼台校园里引人注目的一位女孩儿。

人，在目睹了 20 年来的怪现象之后，对共产党领导的革命暗中寄予同情而又无奈于现实。万宁是老苏区，革命力量很强大，这位"剿共"无功的县长就在第二年被免职，在家赋闲一段时间后，为生计所迫，他到琼山县府内任一名科长。

对自己的这段家世，身为革命者的罗平并不忌讳。她只知道，她的身上流淌着父亲的血，就连她的喜欢音乐和舞蹈，也是缘于这位慈爱的父亲的影响。在转战南北的岁月里，这位思乡的男子会吹起笛子，或弹拨扬琴，拉拉二胡，他的这些喜好都传给了聪敏的女儿罗平。1943 年间流行的《在太行山上》《长城谣》《流浪三部曲》也深深埋藏在罗平的心灵里，不久它们被国民党下令禁唱，这位性格沉稳的父亲也没有阻拦女儿的哼唱。罗平说，她是一个享受了充分的父爱的人，尤其是当她的一弟一妹在 5 天之内病死于逃难的途中，父亲对孩子的那份爱更见深切。那些进步歌曲一样进入了这位男子的心灵。也许父亲没有料想到正是他的宠爱，让女儿比一般官吏的女儿多了一份对社会的热情和对新生活的向往。到了相对平静的琼台，女儿的文艺因子被激发出来了，成为校园里一名活跃的文艺骨干。她参加读书小组、演讲比赛，演话剧，号召女同胞们"不要把自己当成花瓶衣架，而是要努力奋进，争取自由独立"。在一次文艺晚会上，她参与演出了独幕剧《一个寡妇之死》，剧作者是琼崖地下学联成员陈川源。剧中讲的是在陈的家乡发生的一个寡妇为生活所迫而惨死的真实故事。陈川源饰演"寡妇"，罗平演的"女儿"声泪俱下，她丰富的表情和标准动听的国语，激发了同学们的义愤，那一个飘荡着罗平声音的夜晚变得十分的可感和充满着悲伤气氛。

50 多年后，当我见到已经离休的罗平老人时，她的声音依然是那样的清清亮亮，声线还那么的圆润和悦耳，这是罗平留给人最深的印象。如果只听声音，你很难猜出她的年龄，更难以想象她是那次已经得到平反的"琼崖地下学联冤案"中最后一个从自己人的枪口下逃出来的人（此段经历在《繁花凋落黎明前》中有所叙述）。

看过电影《英雄儿女》的人都不会忘记为战士而歌唱的王芳。当年参加琼崖纵队的罗平扮演的就是王芳的角色。1949年正月初四，当家人还在为过春节而吃香的喝辣的，在默默中等候着解放的声音的时候，没有给爸妈留下任何字句的罗平，连同钟哲、林月霞和韩克明等人从家中悄悄出走，从海口来到演丰墟交通站，他们经由交通员的引领，就这样进入了解放区。5月，罗平等被调往琼崖纵队政治部文工队，随军进行文艺宣传鼓动工作。文工队的任务除了鼓动宣传，一个更为危险的任务是发动政治攻势，向碉堡内的敌军官兵喊话，交代共产党的政策，指明出路。罗平老人回忆说，有一次在战场上，我和重机枪手在一起，敌人的子弹在头顶嗖嗖地飞过，机枪手突然把我的头往下一按，原来敌人已经发现了我们，正向我们瞄准扫射，生命的有无就在瞬息之间！每次战斗结束后，我们打扫战场，掩埋好战友的尸体，那种悲壮和悲愤，那种痛别惜别的感情，真的难以言表！

1949年，罗平与进入解放区的战友们合影。前排左起为熊中魁、韩敏；后排左起为罗平、陈醉云、莫维安、朱碧玲。清一色的双排扣装，展现着那个时代特有的气息。

1950 年 5 月，海南岛解放了。罗平成为海南第一代播音员。依然喜欢唱歌的她，这时候也仅有 20 岁。可 20 岁的她却已经经历了很多。她父母的婚姻是战时缔结的，她的母亲到老了依然是一位江南女子的做派，喜欢江南布衣，喝龙井，待人和声细语，却又有自己的见解。丈夫 1951 年在镇反中死去后，这位远嫁海南的女子一直活到 90 多岁，前几年才谢世。而经历过生死即在瞬间的罗平，如今在海口平静地生活着。没有回忆往事的时候，她是一位充分享受晚年安详生活的老人；说起往事的时候，她是一位在 21 岁便失去父亲的女孩儿。钟爱她的父亲被她参加的革命阵营镇压了，对于时代的变迁和汹涌的革命潮流，作为弱小的个体生命，似乎只有顺应的份儿了。

詹家两代入主琼台

抗战胜利后的海南文化教育，曾经出现过历史上少见的人才济济、各路精英荟萃一岛的人文景象。重建家园、恢复国民尊严，恢复被战争耽误了的教育都成了那个时代非常紧迫的任务。抗战时期被迫背井离乡、逃难外地的海南人士又携儿带女回到海南来了。大批高级知识分子的涌入，琼籍留学学者、教授、名流的云集海岛，都让人对抗战胜利后的日子充满着美好憧憬。那期间私立海南大学的成立，长白师范学院跟随国民党从东北迁来海南，国立华侨中学的人气旺盛，私立海强医职发展为医专，更有留法美术家符拔雄单枪匹马创办海南艺专，一时间，海南的教育呈现出从未有过的兴旺之势。

尤其让琼台人感到危机的是，1947 年 11 月开学的私立海南大学内，聚集了一批颇有建树的各科杰出人才。海大的 9 名博士中，便有 8 人是海南人，三位正副校长颜任光、范会国和梁大鹏，均为留洋博士，范先生是有影响的数学家，梁大鹏为年轻有为的政治学博士，而第一任校长颜任光的学术地位最高、资历也最深，尤为当时学界所瞩目。这叫独领风骚两百年的琼台人感到从未有过的压力。

历史会选择谁在这个时候担当琼台的一校之长呢?

一个名叫詹行烆的教育家出现了。1894 年 5 月他出生于海南文昌文城镇霞洞村一个书香之家，曾祖父修志是文昌一带闻名乡里的秀才。在乡下，詹家的藏书是惊人的，据他的侄子、"文革"期间复办琼台有功的詹尊沂老校长回忆，他家的藏书，连他自己也不知其数。他只记得家里的三间房子，每间房子都有 20 多平方米，都放满了诸子集成、唐诗宋词、《红楼梦》手抄本、《鲁迅文集》、名家手稿等近万部，真可谓个人收藏的奇观了。先生的阅读之丰富，学问之广博，由此可见一般。1919 年他以优秀的成绩毕业于琼崖中学旧制中学班，后在国立广东高等师范学校（后改名中山大学）文史部毕业，在接受琼台校长一职之前，曾三任文昌中学校长，1925年至 1939 年亲赴南洋捐资建校，在南洋期间曾任新加坡育英学校校长。

这是一位经过"五四"精神洗礼的教育家，他总是心忧国难，倾情教育。他从自身的成长历程来考量，更加重视家庭教育和社会教育的重要性。在琼台，他常说起"父亲正则子孙慈孝"、"学校教其前，法禁防其后"等教育理念，他十分推崇孔子的"里仁为美"，荀子的"君子居必择乡"和"孟母三迁"的思想，他的这些理念在战后重建理想主义精神的琼台都得到了认可。

这是先生唯一给我们留下的相片，虽有些模糊，却能让我们窥见他的精神气象。他个子高大，身材修长，在校园里遇见他时，无论师生，他均礼貌相问，态度极其温和。听说过他学问的名声和他办学富有经验的人，却未曾料想詹校长本人是如此亲和的

詹行烆先生。

儒雅之人。他的西装总是穿得齐整，领带也是打得认真，皮鞋可以有些旧，但绝对是干净明亮的，他以每一个生活细节向老师和学生们做出表率。他的诗词书画，在琼台也是有口皆碑，他飘逸、淡泊的天性，他热情关注社会的态度，让他能在管理和教学之余，为关切现实而写作，为抒发美感而绘画。人们在他的诗文里感受到扑朔迷离的画家眼光，亦可在他的画里读到中国文人柔弱却又刚强的风骨。

　　这就是琼台当年，身为校长的詹行烆多才多艺，热情如一个从未受过污染的处子。他陶醉于唐诗宋词的解说中时，透过玻璃眼镜，你可以看到他目光的沉迷，神态的自醉。他对中国古典诗词的热爱通过他的讲授传递给学生，"教育的核心是人格心灵的唤醒"，学生在老师的讲课中接受了美的熏陶，也影响着人格的塑造，那时代的学生因此都拥有较为扎实的古典文学基础，无论是理科还是文科。他的亲自上讲坛，直接跟学生的对话和他进步的思想，让琼台校园呈现出一股少有的民主空气，代表着进步的读书小组才得以在风雨飘摇的纷争时代蔚然成立。

这是詹行烆的侄子詹尊沂年轻时的留影。

　　其实，他对生活的索求是极其少的，他以微薄的工资要养着一个大家，他的三儿一女也正是求学的时期，他每见好书必定购买，他能用在生活上的金钱就很少了，家庭生活的拮据由此可见。有一件事情是他的学生不会忘记的，他的家人上街买菜，一般不会上早市，总要等到市场要收摊了，家人才去买下剩下来的菜根，有时还买一点点鱼肉，算是给孩子们一点营养补充。

他觉得他理应过着这样的生活，并从中感到温暖和满足，因为他所受的教育和教养告诉他，人只要有一块立锥之地就可以做事，就可以在上面耕耘和收获，何况时代交给他的是一个有着优良传统的琼台？

今天的我们已经无从聆听先生的教诲，他所留下的诗文书画均已在那场文化浩劫中丧失殆尽，我们只能从酷似他青年时代的侄子詹尊沂那里追想他的容貌，寻觅他的美好行止，感怀那个时代所培育出来的精神人格。也许先生难以料想，这位 1948 年就跟随他在琼台读书的侄子，深受他人格影响的尊沂，会在他含冤去世的 1974 年（先生于 1949 年 3 月辞去校长之职），执掌着琼台的大印，像当年抗战胜利的艰难复校一样，侄子要致力于恢复的是经过"文革"劫难、伤痕累累的琼台。历史有时就是这样一种东西，它好像是进步了，可一回头认真一看，发现它还站在那里，不能过去，它太巨大了，太沉重了，个体生命在它面前实在是太渺小。历史似乎愿意在这詹家两代人身上找回一些印证，它是直线地行走吗？还是像鸟儿的飞行一样，有时是弯弯曲曲的？詹氏受命于动乱之际，"三无"（无教材、无教师、无校舍）之时，却能以沉默中孕育的强大力量，着力恢复着琼台的元气。

"文革"期间的复校让詹家的第二代琼台校长詹尊沂感慨良多，他又重新站在这片历经百年劫难而永不屈服的土地上，仿佛见到已经长眠在地的叔叔詹行烷，他透过镜片的清澈的双眸，他曾留在琼台的朗朗书声，他西装革履的徐步慢走，让人真的很怀疑：这样的灵魂已经远去了吗？我们活着的人不能忘怀。琼台的今日已经非本文所能叙述，历史的脚步已经按它的路线在行走着了。

文化大师陈序经

近年，关于文化大师陈序经的研究论文可谓方兴未艾，他首先提出的
"全盘西化"也引来许多学者的研究，而对"全盘西化"的评价也是仁者
见仁，智者见智，半个多世纪以来一直争论不休，在此我们姑且不去论它。
人们重新审视、重新瞻仰这位文化大师，并从他的思想中汲取对我们的世
界大有助益的东西，却是让人们感到欣慰的。学者端木正先生曾指出："陈
序经先生是现代中国学术史、教育史和文化史上的大师。"凡历史学、政
治学、社会学、经济学、教育学、法学、民族学，无不精审，且多有独到
之见。"陈序经研究热的到来，昭示着我们
的时代与大师的精神正好汇合到一块了。

是谁造就了陈序经

2003 年的 9 月 9 日，海南省文昌市在
一代文化大师陈序经先生的祖居文昌清澜
洋头村隆重举行"陈序经故居落成仪式"。
先生的长子、华南理工大学陈其津教授领
着我们在故居里，仔细端详着一张张挂在
大堂里的老照片。墙上的祖父、父母亲、

陈序经年轻时代在广州的留影。

兄弟姐妹，父母早年留学时的异邦风光，让陈教授久久驻足，无比缅怀。他说："我很佩服我的祖父。他造就了一个伟大的学者——我的父亲。"

陈其津教授回忆说，祖父陈继美，小时家境极为贫寒，一生真正只上过半年学，以后都靠自学读书。和许多文昌男子一样，祖父早年到南洋谋生，在南洋种植椰子和橡胶。他的温和雅量，勤俭刻苦，让他的事业大有进展。后来，他在新加坡做生意，积攒了一笔可观的资金，但他却没有像其他同乡一样，购田置业，买车买房，享受人生，而是将所得的大部分钱，供父亲读书。

1919 年春，陈序经已经 16 岁。祖父托人将他带到新加坡读书。当时的新加坡还没有中学，最初在育英学校读书，直到夏天南洋华侨中学开办，他才得以进入中学。可处于英国殖民统治下的新加坡，文化教育都无法跟中国内地相比。那时的华侨，只要有余钱，能将子女送回内地求学的都是值得炫耀的事情。所以，年底他又将父亲送回广州，进入当年全国闻名的贵族学校岭南大学附中读书。

1925 年 7 月，陈序经在复旦大学社会科学院毕业，祖父从新加坡来信让他做好留学的准备。一生从商的祖父并没有要求儿子学商，胸怀大志的儿子选择的是美国著名的高等学府之一伊利诺斯大学的研究生院，主科却是政治学，副科是社会学。在那所著名的学府，陈序经的刻苦精神让人诧异他的精力何以如此旺盛。这也是祖父早年给父亲潜移默化的影响。陈序经通常 5 点前就起床，挑灯苦读，人家放假畅游欧美，他还在学校里继续用功。所以，从 1925 年夏到 1928 年春，陈序经实际只用了两年多的时间就取得了硕士和博士学位，只用了正常时间的一半左右，其速度之惊人，令同时代人也不得不叹服！

1928 年夏天，陈序经终于学成回国了。在这一年，也发生一件对他一生影响重大的事，那就是他结识了广东中山石岐的大家闺秀、真光教会学校毕业的黄素芬姑娘，并在同一年喜结连理。本来，陈序经已经成家立业，在岭南大学已有了很好的教职，在教学方面也很得好评，朋友们也希望他继续留在岭南，可是，此时的陈父却出人意料地，坚持要陈序经再到欧洲留学几年，而且是要带着自己的新婚妻子去。陈父还做好安排，让陈序经于 1929 年就出国留学，先到德国两年，后到法国两年，再去英国一年。这就为陈序经日后丰厚的东西方文化学养的兼备打下了厚实的底子。

新加坡举行婚礼照片。一九二九年八月廿日，陈序经先生（左六）、黄素芬女士（左五）结婚之日，黄振权（黄素芬大哥，右一）、黄素英（黄素芬三妹，左四）、陈继美先生（陈序经父亲，左一）与亲友合影于新加坡南天酒家。

1930 年，一生热爱故土的陈父忽然收拾在南洋的生意，回到文昌清澜，开设一家叫美和号的商铺。他不断鼓励儿子、儿媳妇在欧洲多住几年，不必为费用担心。陈父的叮嘱还响在耳畔，1932 年暑假，陈序经得知父亲病重的消息。等到远渡重洋，携妻带女赶赴家乡，刚落地海口，陈父的遗体已运回乡下，他已离开他寄予厚望的儿子 3 天了。"父母在，不远游"，陈序经当时的伤痛真是难以言表。陈父撒手人寰时才 60 岁。他是手术感染而逝的。这位一生奔波、造就一代学人的慈父，还来不及看到他儿子日后的巨大成就，便匆匆谢幕了。

1932 年是陈序经先生的伤痛之年。一个在精神上还跟父亲没有割断脐带的孝子，顷刻间失去了与父亲在世间的交流，这对他一生的影响是难以湮灭的。

陈其津教授回忆说，1948 年，当祖父过世 16 年后，父亲陈序经总共 20 册、长达 200 万字的《文化学系统》终于问世了。在完成书稿后，他写了一篇长文《我怎样研究文化学》，其中不无深情地写道："……我当时写那本书（指《中国文化的出路》）的一个目的，是想把它来做我父亲六旬寿辰的小小礼物。谁料寿辰还未到期，我父亲竟于去年的夏天因病而辞世了。……一本为着庆贺而写的小书，竟变成一部像为着哀悼而作的东西。人世间最觉得难过的事情，恐怕没有像这样的了！……一个人尚不该死的时候而死了，是不可复活的。但是，整个中国文化固有文化，走错了路，却未必是再没有希望的。假使这本小书而能引起国人的反省、觉悟和信仰，那么这些因为意外的不幸而变为有哀悼性的著作，也许会再变为庆贺中国未来的新文化的小小礼物。"这 200 万字的作品大部分是陈序经在人们安睡的凌晨时刻，日积月累字字心血写就的。无论春夏秋冬，每早 5 时以前就要起来，写千字左右。然后，像一切最为慈爱的父亲所做的一样，他往往给家人生炉子，做早点，才去绕着校园散散步，上班时间到了，才又开始了一天紧张繁忙的工作。

全盘西化论的提出

作为一代文化大师的陈序经，他一生曾在国内引起三次大争论，第一次是文化问题大争论，亦即震惊中国学界、引来无数名人大辩论的"全盘西化论"，一次是关于乡村建设的争论，另一次则是影响深远的关于教育问题的争论。其时，陈序经断没料到有关"全盘西化"的争论延续了半个世纪以上，也成了他在新中国成立后的历次运动中受迫害的把柄。陈序经的"全盘西化"的内涵，实际上就是要"现代化"，他提出的"全盘"，就是要区别于当时甚嚣尘上的"复古派"和"折中派"。当时有一股"久矣吾不复梦见周公"的复古思潮，这是"五四"运动的逆流。陈序经的"全盘西化论"，主要是针对这股思潮的。他认为，中国要富强，必须效法西洋工业化。工业发达了，物质文化发达了，精神文明必将随之而变化，这是毫无疑义的。"文革"结束后的历史证明，陈序经当年提出的"全盘西化"是具有远见卓识的，陈序经说："其实所谓全盘西化在根本上，是要把西洋创造文化的精神，吸取过来，有了这种精神，当然是不只是创造人家所能创造的文化，而且可以创造新文化。所以全盘西化，就是有创造新文化的意义。"陈序经全盘西化论的争议已经有专家做过诸多论述，在此按下不说。

独为神州惜大师

陈序经担任过中国多所著名大学的校长。岭南学子曾评论：在岭南大学一百多年的历史中，共有过9位校长，陈序经校长的学术成就是最受推崇的，他的人格魅力也是最为感染人的。1948年至1952年，陈序经入主这所南方著名的大学。当时的岭南大学，还无法跟北方的那几所著名大学相比。陈序经想方设法吸引了国内外享有盛誉的学者，如陈寅恪、容庚、冯秉铨、王力、周寿恺、陈耀真、毛文书、谢志光等不下二三十人，阵容强大，叫人刮目。因受其父感染而死的痛定思痛，他下决心重新组建了医学院，使它的教职工队伍被视为是中国最有实力的。岭大在战争的艰难环境中，在短时

陈序经校长。

间内变成了国内一流的综合性大学，陈序经和他的同仁所付出的艰辛努力是难以诉诸笔墨的。

1952 年 4 月以后，中国进行大规模的院校调整。调整后的中山大学定址于原来的岭南大学校园，岭南大学的工学院则合并到华南理工学院，农学院则合并到华南农学院，医学院则合并到现在的中山医学院，一所综合性的完整的大学就这样被取消了。谈到这段往事，陈其津教授感慨万分。他说，我目睹父亲抱着雄心壮志来到岭南大学，为把岭南大学办成国内一流的大学而付出的巨大努力，也看到他在剧烈的变革的社会面前，经受着一个个波涛的冲击，而不管问题有多大，他总是能沉着地承担下来，最后，他将岭南大学完好无缺地交给了政府，而没有受别的意见的左右，将岭南大学搬到香港去，足见父亲对祖国的深厚感情。

陈序经夫妇。

陈序经呕心沥血的岭南大学消失了，他心中的惆怅自不必说。这时，有朋友劝他出国，但陈序经决意要留下来。谁料想往后发生的悲剧竟超出了陈序经的想象，一个民族的灾难在那个时候也许已经预埋了。

20 世纪 50 年代初，是中国和苏联的"热恋期"，中国向苏联老大哥学习，已经延伸到各个领域。我们照苏联的模式进行院校调整，课程专业也沿袭苏联。而中国经过新中国成立前几十年一代教育家摸索出来的教学理念，到了这个时候已经变成是不合时宜了，尤其是私立大学或是教会大学更被认为是资产阶级产生的温床，首当其冲地在改掉之列。而一些与华侨关系密切的大学如岭南大学、暨南大学等也相继停办了。这是一生献身于中国教育、希望中国繁荣富强的那一代学人所难接受但又不得不接受的现实。

1952 年，陈序经从私立岭南大学校长的位置下来了，他暂时没有担任任何行政职务，尽管在这期间他挂了一个中山大学筹委会副主任的头衔，这时期的他也没有开课。以前很受学生欢迎的政治学、社会学和文化学，到了这个时候均被认为是资产阶级的"毒草"，当然就不能再拿它来"毒害"新中国的一代了。在谋权者看来，陈序经是权力旁落了，然而，这正好让一心想做学问的陈序经得到舒缓的空间，他可以按照他的计划写作了。

摆脱了行政羁绊的陈序经，现在可以完全回归到学人的轨道上来，这是陈序经已经成熟的学术生命中难得的一段悠闲。从 1952 年到 1964 年间，他以常人难以想望的勤奋，先后完成了近百万字的匈奴史和一百多万字的东南亚古史研究，而《中西交通史》一稿则写了一半，他就含悲而逝，留下千古遗憾！陈其津教授说，我粗略地算了一下，从 1952 年开始的这十多年时间，父亲共写了 250 万字的手稿。可见新中国成立后，在"学术之风何时来，运动之风何时去"的社会政治环境下，他凭着个人的学术精神和品格，做了多少研究工作！可叹的是，他的这些心血之作在"极左"政策下，无一能够在他的有生之年正式出版！

当陈序经在国内大受"冷落"的时候，香港报纸以醒目的位置刊登一则惊动华人世界的新闻，称刚刚成立的南洋华侨大学将聘请名教授陈序经担任该校校长，报纸还说陈序经在中山大学没事可干只看管宿舍云云。1953 年，南洋华侨开始在新加坡筹建南洋大学，从全世界有名望的华人中找校长，竟然找到在中大坐"冷板凳"的海南人陈序经教授，可见他在华侨中的重大影响和美好声誉。没有料想到的是，香港报纸这么一登，陈序经在国内顿时备受重视起来。时任广东省委第一书记的陶铸就此征询陈的意见，是否愿意去南洋大学，父亲很自然地回答仍在国内服务。他的立足于祖国的态度受到陶铸的激赏。此后，便有了陈序经入主暨南大学的机会。

暨南大学的前身是暨南学堂，创办于 1906 年，当时招收的对象是归国侨生。1927 年升格为国立暨南大学，校址在上海。新中国成立后到暨南大学读书的侨生锐减，学校陷于停顿状态。1957 年，重办暨南大学的呼声得到陶铸的支持，陶铸亲任校长和党委书记。然而，当学校走上轨道后，政务繁忙的陶铸急需一名专任的校长，他自然而然就想到了陈序经。1962 年，在陶铸的真诚邀请下，陈序经出任新中国成立后暨南大学第二任校长，而他的中山大学副校长之职则继续保留。命运似乎向陈序经露出它的微笑。一向注重学术研究的陈序经此时不得不先放松自己手头的研究工作，将精力放在百废待兴的暨南大学上面。

正当陈序经在暨南大学准备开一代学风、大展宏图的时候，1964 年，深得周恩来总理赏识的陈序经忽然接到国务院的任命书，内容是："任命陈序经为南开大学副校长"，由周总理签署。已经 61 岁、在广州生活近20 年的陈序经，眷恋故土、不愿再次远离的游子，此刻对北调心怀悲观。他已不稀罕做什么校长，他只盼望着退休，像父亲一样告老还乡，他已经为文昌乡下的祖屋备好木料，幻想着在故乡终其一生。岂料，这一去却是陨落北土，不知魂归何方。

1967 年 2 月，在南方是春暖花开的日子，可此时的北方却是隆冬季节，一派的萧瑟、落寞。身为南开大学副校长的陈序经，也在经历着人生最后一个严酷的冬天。此时他已被指责为"美帝文化特务"、"国际间谍"等莫须有的罪名，他的家被抄，连他身上的国产钢笔也不能幸免！他被红卫兵从两层套间里赶到一宿舍楼地下层仅有 6 平方米的小房子。一贯身体很好的陈序经这时已经有病在身。但在那个黑暗的日子里，他却不准许到校外去看病，即使是到校医室，红卫兵看到还要喝斥他"跑来这里做什么？"

陈序经的儿子陈其津教授回忆说，2 月 16 日早晨，一直陪伴身边的母亲外出看病，待到中午回到那间冰冷的小屋时，发现门房紧锁，她从钥匙孔望进去，竟然看到父亲面朝地而倒！她将门上玻璃打破进得房间，闻讯而来的红卫兵，当中竟还有人不准将父亲扶起抢救，怀疑他是否"畏罪自杀"，说要保护现场。父亲终因心脏病突发得不到及时救治而含冤去世！

一代文化大师，在他的身后究竟为中国文化，为他自己的学术留下几多遗憾？

陈序经的学术金矿

陈序经丰厚的精神遗产中，现正式出版的只是其中的一部分，后人对他的研究，也只是其中的一角。据粗略统计，到目前（2015年，笔者注）他已出版或未出版的著作共约六百万字，这都是他在战乱时、在繁杂的行政事务和教学任务中，偷出点滴时间倾尽心血完成的。在他人生的最后几年，他的东南亚八国历史研究完成了初稿，至今对东南亚文化的研究还没有人超过他，他写的《柬埔寨史》叫西哈努克亲王叹为观止，自愧作为柬埔寨人对自己民族的无知，对陈序经景仰不已！然而他匆匆离去了，人们只能从他留下的笔墨中感受他对死生的感悟以及他对北调命运的不祥预感。

历经生命的磨难、具有强烈的生命意志的陈序经，在1964年秋天决定北上之时，却感觉到自己的生命似乎已到边缘。生性乐观的他，却生出生命无常之感，对还在写作中的《中西交通史》表达了一种此生未能完成的遗憾。他对死和苦曾写下这样一段话："荣生唯有死中得，至乐常从苦中来。我自小常写'死'和'苦'两字，置诸案头。朋友见者以为我近于悲观。其实，正是相反，我是一个十分乐观者……积极之死，是视死如归。有用之死，也是乐观者死的哲学，不怕死更不怕苦，何况死中求生，苦里寻乐乃是真乐"——在陈序经先生笑谈生死事，视死如归之时，大概不会料想到自己正走向非正常死亡，自己的学术生命将惨遭中断！

2010 年冬天，陈序经学术研讨会再次在海南召开，前来参会的中南民族大学民族学与社会学学院教授张世保与笔者从陈序经的学术被迫中断的命运谈起。他说，作为一位学术大师，陈序经的研究领域十分广泛。与有关文化观研究相比，目前对陈序经的教育学、历史学、民族学、社会学的研究仍显得过于薄弱。研究者大多只注意其中某一个方面，特别是过于关注其中西文化观，但目前的研究没有意识到解读陈序经学术思想的任何一个方面，均需要与其他方面相互关照，尤其未能探讨陈序经文化学与其他研究领域之间的内在关联，因此，远未能全面反映陈序经的学术理路。

笔者向张世保教授请教，他提出了陈序经研究中的一些值得关注的问题。

第一，研究陈序经要用发展与整体的眼光。

关于陈序经研究的现状，学者田彤教授在《陈序经研究的现状与突破》一文中作了认真的清理。他认为，近十年来有关陈序经的研究主要呈现以下一些特点。第一，十分注意陈序经西化观与文化理论之间的关系。第二，注重比较研究，特别是比较陈序经与胡适西化观之间的异同。第三，主张客观、公正地评价陈序经的"全盘西化"论。第四，逐渐注意新的研究视角。对此，张世保认为，目前陈序经的研究者多关注 20 世纪 30 年代的陈序经，而缺乏发展与整体的眼光。其实，虽然陈序经有没有所谓的"晚年变法"还值得商榷，但起码来说，他的文化观有没有转变值得我们认真思考，其所主张的"全盘西化"的确切涵义到底是什么，也要我们加以认真研究。对陈序经文化学理论的剖析虽是研究重点，但分析仍显粗浅，缺乏全面、系统、动态的考察。文化心理是文化研究中的一个重要方面，但有关研究几乎未触及陈序经的文化心理，缺乏较为宏观的比较研究，未能将陈序经的文化学理论置于中西方学术交流的背景下加以考察。

更重要的是，以往的研究没有触及到陈序经的政治哲学思想。

第二，文化学研究只是陈序经的一个"副产品"。

陈序经在文化学领域取得了很大的成绩，但在张世保看来，这不能说是他学术视野中最重要的部分，不能就此说文化学是陈序经的研究重心。他在阐述自己何以从事文化学研究时，说过这样一段话，值得注意：

"十余年来（指1928—1938年），对于好多问题，虽有不少兴趣，然而主要的研究工作，是主权的观念，其次是在南开经济研究所在我计划之下的工业发展对于社会的影响的调查工作。再次就为文化问题的研究。关于主权观念的研究，我在国内大学读的最后一年，就有兴趣，后来到了美国进研究院，更努力于这个问题的研究。从美国回国后，在大学里当教席的时候，而特别是在德国两年，差不多完全用工夫在这个问题上。……然而很可惜的是，当我们的调查工作正在顺利进行的时候，七七事变就发生起来，……我对于主权论与工业化的问题，既因七七事变而不能积极去研究，在心神比较安定的蒙自的时候，我乃计划对于文化这个问题，下点工夫。……"

从陈序经的这一交代中，可以明显看出，文化学论著只是陈序经的学术研究中的一个"副产品"，当然这个产品的地位也是很高的。陈序经对东南亚古史的研究至今也无人匹敌。但如果没有八年抗战，他就很可能只会研究主权论和中国的工业化道路问题，也可能就没有陈序经的文化学论著这一收获了。在同一篇文章里，陈序经还交代了其文化学论著诞生的直接原因，是因为他给西南联合大学法商学院社会学系的同学开设了选修课《文化学》，"因为要对学生讲演，我自己不得不先把这个问题作有系统的大纲。同时，分为细目，使在讲演的时间上，能够适宜的分配。又因年年要讲演，使我对于这个科目的兴趣，能够继续而不断。……假使不是为了上课讲演，说不一定我根本又把这个问题，置诸脑后，而且说不定我今日不会写出这部著作。"因此，如果认为陈序经思想的重心是文化观，是很难令人信服的。

第三，应挖掘陈序经的政治哲学思想。

在陈序经看来，政治是文化的重心。政治问题一直是陈序经讨论的一个中心问题。陈序经曾说："现代生活的重心，可以说是偏于政治方面。所谓民族至上，所谓国家至上，不只是一个口号，而且是一种事实。因为只有民族抬头，我们才能扬眉；只有国家强盛，我们才得吐气。假使民族衰弱了，我们就要大倒霉；假使国家灭亡了，我们就要做奴隶。"他还说：自宗教改革以至18世纪的末年，也可以说是直到现在，政治成为西洋文化的重心。所以文化无论那（哪）一方面，都可以说是染了多少政治的色彩。作为一个对现实强烈关怀的学者来说，陈序经当然特别重视政治问题。他虽然不愿意参政，但对政治问题有深入的研究。

陈序经的政治哲学思想是他整个学术思想中的重要一环。纵观陈序经的一生，我们可以发现，他对政治哲学的关注是一贯的。如他的博士论文就是研究主权问题的，往后，主权问题也一直是他关注的领域。

作为一位著作丰富的大师级人物，要对陈序经的思想有全面的认识，就必须对他的学术思想进行不断的挖掘，特别对他的政治哲学思想加以重视。因为陈序经的政治哲学思想是他整个学术思想的基础。只有对他的政治哲学加以研究，我们才能更进一步地理解他的文化思想、教育思想以及社会学思想。但就已经发表的文章来看，讨论他政治哲学的

陈序经先生1964年在中山大学东北区17号家中书房。

文章还很少见，可以说，陈序经的政治哲学思想还是陈序经研究中的一个"死角"。因此，学界认为，展开陈序经的政治哲学思想研究，是陈序经研究中的必然要求，也是陈序经研究深入的一个体现。陈序经的主权思想、个人主义思想和宪政思想具有内在的一致性，它们一起构成了陈序经政治哲学思想的主体，陈序经对中国传统政治思想的批判以及在其他领域中的思想则是他政治哲学思想的具体应用与体现。前文所述，陈序经丰厚的精神遗产中，现正式出版的只是其中的一角，出版《陈序经全集》成为他家人和研究者的一个梦想。一来陈序经思想的重要性已经为中国学术界所认可，出版《陈序经全集》有强烈的现实意义；其次，对陈序经思想展开进一步的研究也需要一部全面、权威的《陈序经全集》。但愿这一天早点到来。

现在，经过修缮的陈序经故居就静静地坐落在文昌清澜洋头村的椰树环抱中。这些有年头的老树一定见过这位年轻的学子渐行渐远的身影。而陈序经先生最后一次眷顾这所故居是 1962 年。那一年他是带着年少的孩子们回乡来的，他总希望孩子们不要忘了归家的路。现在，他的儿子陈其津也已经是白发稀疏的老人了。他沉湎在父亲目光曾经留驻的这所百年老宅里，细细端详着墙上刚刚挂上的父母的老照片：文化大师陈序经，就这样从一个椰树掩映的小村庄，愈行愈远，留下一个扣人心弦的绝响。

颜任光与私立海南大学

翻开 1989 年版的《辞海》，查阅颜任光词条，赫然入目的是这样一行字："颜任光（1888—1968）又名颜嘉禄，字耀秋，广东崖县（今乐东乐罗镇，笔者注）人，曾获得美国芝加哥大学物理博士学位。历任北京大学、私立海南大学、光华大学教授。早期从事气体离子运动的研究，主要研究仪器仪表，特别是多种电表的设计制造，对发展我国的仪器仪表作出了重大贡献……"。以科学成就而荣登《辞海》，实在是中国学人的荣光。我国物理界老前辈、时任中国科学院学部委员的钱临照先生在《中国物理学会50 周年》纪念大会上陈辞恳切地说："物理学的基础在于实验，1920 年以前，我国大学虽有物理课程，但只有讲课。自从胡刚复、颜任光从美国回来之后分掌南京高等师范大学和北京大学，开始在两校建立物理实验室。从此，我国物理学走上正轨。当时有'南胡北颜'之誉……"可见颜任光博士对中国物理学之重大影响，他作为中国现代实验物理学的奠基人之一的历史地位由此可见。

根据有关资料记载，1927 年北大物理系被中华教育文化基金董事会评为"全国各校之冠"的一系。该校学生认为"这个成就完全是颜任光一人的贡献"。因为在此之前，北大物理系并没有实验室，学生更甭谈做过实验，颜任光教授来了以后才建立了北大六间实验室：电振动实验室、应用电学实验室、光学实验室三所以及放射 X 光实验室一所。在学生的

颜任光夫妇新中国成立初期在上海的合影。

眼里，这位个头矮小、皮肤黝黑、不苟言笑的教授是一名聪慧过人也勤奋非凡的人。是他和后来著名的李四光教授在北大首先创办了"二院"也即现在的北京大学理工学院，为中国培养了大批优秀的理工类高级人才。

然而，历史有时会将她优秀的儿子遗忘，即使这个儿子曾经如此的卓越，如此的令人敬重和景仰！重新阅读大师是如此的欣慰也如此的沉重，我为历史如此漠视她杰出的儿子而深感悲哀！ 2004年6月16日，是颜任光先生35周年忌日。笔者在抱由、乐罗、冲坡一带寻访了颜氏兄弟的亲人，拜谒了颜氏祖居，在其家人和当地干部的带领下，踏过泥泞小径，穿过布满仙人掌的小路，终于来到先师的墓前，怀想20世纪初年，一个被视为神童的顽童颜任光，他的成长轨迹和他背后厚重的历史。

传教士慧眼识才俊

清光绪七年也即1881年11月，美籍丹麦人传教士冶基善从广州抵达海口，开始了基督教在海南岛的传播活动。冶基善首先在琼山府城文庄路的吴氏祠堂设立教堂，开始收纳信徒。不久，冶基善前往儋州那大，建立第一个福音堂，一时间，基督教在海南以崭新的面目吸引着一些信众。据统计，仅海口和府城两个教堂，就有700多人，经常参加礼拜活动的竟有500人之多。

1883 年，冶基善到达海南第三年后，他携带妻子做环岛西行。当他来到今乐东乐罗镇时，发现这是一个人文兴盛、易于传教的地方。也许冶基善并不知道，乐罗村历史久远，早在汉朝年间它便成为县治之置地，是琼崖 16 县之一。据《崖州志》卷五"建置志"载：乐罗废县，在城西 80 里，即今乐罗驿。乐罗村地处望楼河畔，田园万顷，土地肥沃，自古物阜民丰，是海南有名的鱼米之乡。乐罗西南与望楼港、罗马港一水相依，水上贸易畅通无阻，明清年间乃至民国之初，乐罗乃是岛内外货物吞吐与集散之枢纽。乐罗这样的地理位置自然会带来经济的繁荣和发展，而文化教育也随之兴盛，势必成为崖州人才辈出、群星灿烂之所在。

于是，几乎没有什么犹豫，这位有眼光的传教士决定在这里设立教堂，教化众生。可以这么说，如果没有他在乐罗创办的基督教堂，没有他慧眼独识颜任光，资助他读完小学和大学，也许就不会有后来影响着中国现代实验物理学发展方向的洋博士，也许中国的现代实验物理学要往后推迟一些时间。

根据家谱记载，颜任光出生于 1888 年农历 9 月 21 日，是颜氏 12 世孙，别名为嘉禄。颜家是乐罗有名望的没落书香之家，颜任光之父荣清是前清贡生。但是，在一个生产力十分落后的旧中国，一介书生要担当起家庭重任、培育儿女成材谈何容易。任光是老大，他还有一个弟弟颜任明（北京大学物理学硕士，当年国内所能授予的最高学位）和一个妹妹颜任霞。在这样一个家庭里，要养活这几口人已属不易，7 岁的颜任光读完私塾后就无法升学，幸得族兄嘉义慷慨资助，让他继续就读。此时，冶基善在马岭山边设立的基督教堂已经在乐罗、九所、罗马一带广有影响，有着佛教传统的海南民众对基督教却表现出意外的热情。

作为传教士的冶基善勤勉、充满着爱心，他不仅能传达上帝的福音，还能给贫困中的本地基督徒提供具体的帮助，他尤其注意那些资质聪颖、可以造就之人才。颜任光过目不忘、活似神童的传说立即引起了他的注意。

于是，颜任光被领到冶基善的面前来，接受基督教的洗礼。从此，家庭陷入极度贫困的颜任光就在该教堂附设的小学工读。他果真成绩优异。先是被乐罗基督教堂送往海南圣经学校读书，后被保送基督教会在广州创办的岭南中学，他的聪敏和刻苦让他提前三年毕业，接着晋升岭南大学。不久，颜任光考取公费留学美国。1915 年 9 月，颜任光在美国康奈尔大学获得硕士学位后，接着考入美国芝加哥大学攻读物理。这位从小接受基督教义、唱着圣诗长大的海南学子，在 1918 年夏天来临的时候，他以一篇题为《气体黏滞系数测定法》获得博士学位。

北大首任物理系主任

没有人清楚颜任光在美国拼搏的这些年是如何过来的，我们从留下来的少许资料得知，这位在美国接受了自由主义思想和基督教义的海南乐东人，1921 年 8 月，经著名学者朱经农的极力举荐，颜任光最终在北京大学校长蔡元培的人格感召下以及北大当时所推崇的"学术思想自由"、"兼容并包"的办学方针的呼声中，拒绝了留在美国，经欧洲起程回到北京，执掌北京大学物理系主任之要职。在这所充满着自由主义气氛的燕园里，颜任光与陈独秀、李大钊、胡适、李四光、刘半农等中国精英是朝夕相见的同事，他与胡适因为对自由主义有强烈的向往，因此常有往来，并成为挚友。在胡适的书信中，人们发现他与这位海南人保持着长久的信任和友谊。比如，1925 年 8 月 23 日二人同游上海大世界；更值得一提的是，1925 年 6 月，也就是震惊中外的"五卅"惨案后，颜任光与胡适、丁文江等四位名教授，发出慷慨激昂的三千字电报，指责军警的暴行，得到全国各地大中学生的热烈响应，他们纷纷走上街头，示威游行，轰动一时。由此可见，颜任光并非一个只顾着学术研究的科学人才，他对社会的热情关注和敢于承担的精神给日后的人文教育以深刻的思索。

然而，作为一个科学家，最终是要拿出自己的成果来说话的。

在中国这所最高学府里，人们注意到，颜任光似乎有着天生的耐力和勤奋的工作精神。这位动手能力极强的留美教授，将美国最新的实验手段也带到校园里来。北大物理系实验室里，原有许多旧仪器，颜任光到后，又购买了一大批新设备。他设置机器房，安装直流电，第一个开辟物理系阅览室，把北大图书馆中关于物理的书籍全都搬到阅览室中，又订购若干英文的物理杂志供师生阅读。这些看起来都是颜任光的"分外"工作。他在教学上的深受学生欢迎更可见他作为一代名师的风采。当时物理教师人数不足，他便主动承担功课，他每天早晨 8 点到校，晚上七、八点才回家，一周他要授课 30 个小时，真正做到以校为家，爱生如子。他从上课、实验到考试都很认真。据档案资料，在颜任光的任上，学生考试不及格的人数还真不少，能拿到物理系毕业文凭的人也不多，但是，中国的这一代北大学生还是很感激颜任光。有学生表示，他们从颜教授的身上，看到了真正的科学精神，看到了中国实验物理走向世界的希望。

事实证明，颜任光博士在北大的六、七年间，是中国物理教学与实验科学得到发展与壮大的关键几年，他让北大物理系脱胎换骨，奠定中国现代实验物理学的基础，深得师生敬仰。1927 年 10 月到 1928 年 6 月间，精力过人的颜任光除了担任北大教授外，他还兼任中央研究院理化实验研究所筹备委员，为日后他所钟情的仪器仪表制造开了一条路。

据《私立海南大学》（苏云峰著）记载，1928 年夏天，已经是资深教授的颜任光应国民政府之邀，离开北大来到南京，为军阀孙传芳遗留下来的一套电讯设备进行装配。这是一套从国外购买的大型电讯设备，由于技术资料尽失，构造复杂，致使长期无法安装使用。颜任光一到来，立即组织安装，经试行发动，性能良好，这让国人为之振奋，海外也是一片叫好，颜氏的声名更加远扬，不久他便出任南京政府交通部电政司司长。在此期间，他并没有离开教育界，放弃学术上的追求，还兼任上海光华大学副校长兼理学院院长等职，而且此时的工作，比在北大还更繁忙，更富有挑战性，直到 1934 年，他还出任中国物理学会董事。因此，在 20 世纪 40 年代以前，颜任光一直被认为是中国最好的物理学家之一（根据：The China Year Book 1933 年）。

出长私立海南大学

1945 年 8 月，抗日战争终于胜利了。当国共两党斗争激烈，大陆上的知识分子正在举行声势浩大的争取自由民主和反饥饿、反内战运动之时，一群海南籍精英首先在陪都重庆酝酿酬创私立海南大学。这是海南精英阶层在琼岛历史上罕见的一次团结与协作，近年来，由于私立海南大学重新进入研究者的视野，一个个如雷贯耳的名字重新激起人们极大的兴趣，也多少提高琼崖人的文化自信力：在 1947 年 11 月至 1950 年 4 月间，在海口椰子园私立海南大学内，聚集了一批颇有建树的各科杰出人才。纵观该校董事会 15 人之资料，除了张发奎为广东人外，其余皆为海南籍。宋子文、陈策、王俊、韩汉英、黄珍吾、郑介民、颜任光、陈序经、梁大鹏、云竹亭等，均为当时卓有影响的政界、学界和商界的人物，而在海大的 9 名博士中，便有 8 人是海南人，三位正副校长颜任光、范会国和梁大鹏，均为留洋博士，范先生是有影响的数学家，梁大鹏为年轻有为的政治学博士，而第一任校长颜任光的学术地位最高、资历也最深（颜任光当年已年届 60 岁）尤为当时学界所瞩目。

在国难当头之际，颜任光接受官职，担任中央无线电器材厂总经理兼资源委员会委员及购料室主任，表面上看似乎放弃了学术。其实不然。当 1948 年春天来临的时候，经私立海南大学董事会多次敦促及董事韩汉英的当面恳请，颜任光放弃了在上海的优裕条件和私人产业，回到家乡出任私立海南大学校长之职。2004 年 6 月 10 日，我在三亚市梅山拜访了颜任光教授当年在私立海南大学的学生、老诗人孙有瑄先生。今年已经 80 多岁的孙老是当年唯一的崖县（今三亚市）籍学生。孙老充满着缅怀之情说，在他的印象中，颜任光校长为人和蔼可亲，他虽然满口纯正的美语，但乡音依旧，让人备感亲切。他执掌一校之大权，却从来没有利用手中权力为自己的亲人谋职务。他的同胞弟弟颜任明是北京大学物理系硕士毕业，时任崖县中学校长，是一位无论学力还是人品皆称上乘的教师。记得是一个晚上，我曾和他试探："任明校长是否可以聘来海大？"他正色说："我在这里当校长了，他再来我岂不被认为偏私？"任光校长还有一位堂弟向他在海大谋求一个管理员之类的职位，还被他喝退了，可见颜校长的不徇私情的品格是多么叫人敬佩！孙老说，只可惜世间已无颜任光也！颜校长除了管理学校，还亲自上物理课，他的课总是让人凝神细听的，为了一睹

1949 年 4 月，颜任光（前排第八位）偕夫人黄次松南下榆亚（今三亚）募资，受到各界的欢迎，榆林《和平日报》大幅刊登此一盛事，还留下珍贵照片一幅，颜任光由此在故乡留下他难得的身影。

名师风采，还有一些同学是前来偷听的，可见他吸引人的魅力之大了。尤为可叹的是，颜校长除了教学和管理，还利用自己的影响力为初创的海大募集资金。1949 年 4 月，他偕夫人黄次松南下榆亚（今三亚）募资，受到各界的欢迎，榆林《和平日报》大幅刊登此一盛事，还留下珍贵照片一幅，颜任光由此在故乡留下他难得的身影。

1949 年年初，由于种种原因，颜任光辞去私立海南大学校长之职，从此"黄鹤一去不复返"，给怀念他的亲人留下一个感伤的背影。2004 年 6 月 9 日，在乐东抱由颜任光的侄女颜瑞霞家，笔者看到一份颜博士新中国成立前夕举家赴香港，后响应周总理的号召，回到上海受到各界欢迎的珍贵资料。返回祖国后的颜博士，已经是一位饱经风霜、在科学探索上更加成熟的科学家。他被委任为上海大华科学仪器公司研究室主任兼工程师，1954 年担任上海电表厂总工程师兼副厂长，研制成功了"开关板张丝式电表"、"电子自控记录仪表"等，为中国的电力与仪器工业的发展做出了不可磨灭的贡献，他的影响和业绩让他荣登《辞海》，名垂千古。"文革"爆发，他以"美蒋特务"等罪名遭受迫害，颜任光的名字于是变成了一个忌讳的符号，就连他的乡人也对他陌生了。

时间推移到 1979 年 10 月 4 日。在这一天的《文汇报》上，有一则消息特别引人注意。全文如下：

颜任光同志追悼会举行

本报讯　原上海电表厂副厂长兼总工程师、上海市第四届政协委员颜任光同志追悼会不久前举行。

颜任光同志生前曾任上海市第四届政协委员、市电子学会理事、物理学会理事等职，因受林彪、"四人帮"迫害，于 1968 年 6 月 16 日含恨逝世，终年 80 岁。

中共上海市委统战部、政协上海市委员会、上海市革命委员会侨务办公室、一机部仪表总局、市仪表局等部门，政协全国委员会副主席许德珩、中国科学院副院长周培源、严济慈，政协全国委员会常务委员钱昌照，外经部副部长汪道涵，一机部副部长曹维廉、诸应璜等同志献了花圈。（1979 年 10 月 4 日《文汇报》）

值得注意的是，这则短短的消息居然在颜任光离世四个月后才见报，中间的艰难曲折真的是难以诉诸笔端！毕生为中国的现代物理学研究倾尽心血、对我国的仪器仪表研究与制造做出重大贡献并已载入史册的一代科学家，就这样殒命上海！先生的次子颜瑞麟博士当时已经是世界工程学界超长基干理论的创立者，并已获得这个领域的世界最高奖——罗诺福奖，他同时还获得爱因斯坦奖和爱迪生奖，是美国科学领域里杰出的华人科学家之一；长子颜瑞琪留学加拿大，获博士学位，当时也是加拿大参议院议员，当闻知父亲的追悼会在上海举行后，却因悲愤至极，兄弟俩竟不还乡，只在异国他乡遥祝他们的父亲天国安息！

1985 年，乐罗的亲人为了纪念这位杰出的先人，在乐罗村东北角一块坡地建造了一座纪念墓，在故乡的土地上终于可以看见先生及其妻子、他的英文助手黄次松女士的衣冠冢，在先生身旁长眠的是他的亲兄弟、土改时惨死的颜任明先生。现在，除了他们的亲人每年的清明节为他们除草、上香、祭奠外，这个村庄年轻的一代大多已经不知道他们的身旁曾经生活过这么一个了不起的颜任光以及他的一门俊秀。在通往先生陵墓的路途中，乡民为了多占一些地种菜，竟将道路挤占了，原先宽敞的道路现在只能侧身而过！在布满荆棘与仙人掌的坡地上，那座高大、雪白的坟冢格外地叫人感慨万端，墓碑上的对联多少道出这位琼崖学人一生的行止和业绩：博学著中外汗洒科坛兴华夏功垂史册，硕行闻海内血荐轩辕育英才名留人间。

在海南乐东乐罗村，关于颜任光的传说似乎已经很久很久了，颜氏兄弟和他们优异的子嗣好像已经走出了同乡人的生活视野，他们仿佛传说中的人物；私立海南大学也早已掩埋在历史的烟尘中，这让后人深感疑惑：海南岛上曾经出现过颜任光这样的杰出人物吗？

椰子园叙事

1947 年 9 月，从南洋首次返回故乡的少年邢浪平入读私立海南大学附中，从此开始了他在国内"有浪难平"的一生。此时，私立海南大学刚刚创办，琼崖（今乐东乐罗）人士著名物理学家颜任光博士任校长、乐会人（今琼海）政治学博士梁大鹏任副校长，数学家范会国（文昌人，后继任校长）、教务长麦逢秋（儋县人，留法法学博士），意大利人、图书馆馆长罗斯等，还有一批来自内地的各学科名教师或者留学生也跻身其中，一时间，私立海南大学聚集了近现代海南历史上众多杰出的人物，其师资阵容也备受战时学界的关注。这是海南历史上文化教育界值得追怀的一件事。而附中的设立，更为战时中国的中学教育提供了一个短暂的安息之所。

2003 年 10 月，当邢浪平再度踏访故园时，他已经是古稀之龄。当年的椰子园，已经变成今日的海军 424 医院。

正值创作高峰期的邢浪平 20 世纪 50 年代在海口留影。

南洋少年邢浪平

祖籍海南文昌的邢浪平，在新加坡读完 5 年级。1947 年夏天，15 岁的他离开母亲，跟随参加革命的二哥从新加坡起程，回故乡继续未完的学业。其时，私立海南大学附中设立的消息已经传到南洋各国，华侨子弟回国读书在那一辈华侨中颇值得炫耀。多年后邢浪平告诉记者，在南洋诸地，一些稍有社会地位的人家，有子女回国升学，便有亲朋好友、社团同业们，张罗着在当地的华文报纸上大登广告贺词，清一色的套红广告中常见的贺词是"鹏程万里"、"前途似锦"、"国家栋梁"，甚至"光宗耀祖"之类。接着忙办宴席，拜别亲友长老，接受馈赠，他们被推向家族耀眼的位置。这些少年侨生第一次看到自己的名字竟然这么重要地在当地报纸上出现，那种少年人的狂喜充溢着年轻的胸膛。"回国升学"是 20 世纪中期华人文化上的回归，是一种文化上的进取，令人心灵激荡。

私立海南大学的牌子，在那一代的华侨心目中，如此动人心弦。它占据着当时海南最高学府的位置，而附在它体制框架内的附属中学，也就受到社会、家长的抬举，加之当时来自内地避难的移民子弟带来的文化大融合，也使这所新办的学校有了不同凡响的气息。当时在海口也只有三所中学，历史和规模都堪称老大的当为华侨中学，接下来当然是海大附中，另一所也是新办的建华中学。然而，各校学生少的只有 100 多名，多的则300—400 人，府海两地的中学生总数加起来也不足 2000 名，这让刚刚踏上故乡土地的邢浪平始料不及！还有这个时期的超龄学生特别多，十九、二十岁才上初一并不觉得稀奇，战争离乱之中，辍学现象比比皆是啊！这种家国之兴叹只在年少的邢浪平心中轻轻掠过，因为置身于其中的这座美丽的椰子园已经让他心旷神怡。

邢老说，入读海大附中我是开心满意的，其一是校园环境甚佳。位于得胜沙路末尾的椰子园，它的入口处有一道十来米宽的小河，清冽的小河将学校和市区割裂开来，形成了一个小岛。小岛面积不足一平方公里，它位于南渡江的入海口处，潮涨时，江面开阔，水天一色，有飞鸟翱翔，大有海阔天空任鸟飞之气概，海南大学的大学部当然领衔着最佳的位置。而随着小岛的弧形转弯，绿树掩映中的校舍就是我们的初中部了。它虽也临海，但海水很浅，并不缺少诗情画意，更有利于初中生的安全和教育。

1948 年间私立海南大学的学生在浮脚屋上。

说是椰子岛，可椰树并不多，校园里的马尾松、小叶桉、台湾相思，还有几棵火红的凤凰树，让年轻的心灵时常涌起许多思乡之情。令南洋少年好奇而难忘的是一座座奇特的浮脚大木屋。这是日本人在海南留下的侵略证据。日军侵琼时期，这里曾是日军的海军后勤基地，邢老说，日本人将他们本国的地震忧虑也带到海南来了。这些大木屋的底座是有一定间隔距离的坚硬的水泥墩，大木屋就在这些墩上建造起来，既可敌海水的冲刷，也不惧地震的忽然降临。每一间木屋长约 70 米，宽约 20 米，一头一尾是两间教室，紧挨教室的是学生宿舍，教师宿舍则夹在中间。两座这么大的木屋就将我们附中一百多名师生包容进去了。木屋通风透凉，干爽舒适，正好符合人们对海南热带风情的想象。

当观察完周遭的一切，邢浪平才发现，在这座战时的校园里，同学中竟然有那么多的侨生！还有一个同学金发碧眼，却被告知他是自己的文昌老乡！这座原本不太平静的校园在浪平的心中又起了风浪。

王其钟的法国母亲

1947 年以后的椰子园，生活着这么一群被家族寄予很大希望的侨生，他们操着马来语、泰国语、安南（越南）语，然而，在校园里，说得最多的还是带着各种腔调的母语"国话"。南洋侨生聚集在一起，各自的家族背景都慢慢地淡去了，唯有一位操着流利的南洋腔调国语的男孩成了这座充满异国情调的校园里最让人猜想的人。他叫王其钟，长着一头浓密的金发，眼珠子也是黄色的，温文尔雅的样子，浑身散发出一种西方少年独有的浪漫和神思，可当你用海南话与他交谈时，他冲口而出的却是温雅的文昌话。原来他的父亲是海南文昌人，母亲却是法国人，一个虔诚的天主教徒。邢浪平说，王其钟的身世是二战中世界民族融合、东西方文化碰撞的一个缩影，他母亲终其一生对爱情的坚贞、对中国文化的尊敬，她一生的坚韧而传奇的经历，让人对她肃然起敬。

这是一个凄美的爱情故事。1931 年，当轮船从法国起程，行驶到地中海海域时，一个法国女子生下了一个面貌酷似自己的男婴，她的丈夫一张典型的东方面孔，用温存的地道的法语抚慰自己的妻子，庆贺她为自己的家族添了一个继承者。他是文昌岭头村人，父亲在新加坡办学。想让儿子日后大有作为的父亲就在儿子还是一个少年时便将他送到法国留学，这一去就是 11 年！时值中国内外交困，儿子所选择的专业都跟实业报国有关。他先是学铁路专业，继而是采矿，最后一个专业是飞机制造。他是在里昂大学读书。初来乍到，他的法语只能应付日常的生活，要想将专业学好，语言不精谈何容易啊。这时，一个法国姑娘来到了他的身边，开始只是出于天主教徒的热心和善良，她教授这位中国青年法语，随后，像一切浪漫的爱情故事一样，他们坠入爱河，然后谈婚论嫁。姑娘出生在里昂的一个中产阶级之家，家中有 14 个兄妹。作为天主教徒的父母完全尊重女儿的选择，一个简洁的告别仪式后，便让女儿跟随这位中国青年在战乱中回到中国海南。

这一年的冬天，王其钟的父亲将妻子和爱子托付给家中亲人后，这位想报效祖国的青年只身到广州，希望进入飞机制造行业。谁想，这一次却是壮志未酬身先死，年轻的父亲客死广州！王家希望的天空一下子全部坍塌了。法国妻子的浪漫爱情和理想，那位还在吃奶的年仅 6 个月的儿子，瞬间失去了生活的依托，文昌乡下 20 多间房子间间冷若冰霜。对儿子寄予家族全部期望的老父亲从新加坡火急赶回，法国媳妇抱着王家的命根子在家中等待家公的归来。此时，摆在她面前的路有三条：可以带着儿子去法国，从此黄鹤归去不复还；第二是跟着家公去新加坡，靠着他在新加坡的资财也可以过上体面的生活，可她却决然选择了留在海南文昌乡下，与丈夫生前的气息活在一起！后来成为舞蹈名家的邢浪平说起这位可敬的法国母亲，总是不断地感叹：她的选择是基于对中国文化的认同，还是基于对丈夫的至情至义？当王其钟成为一个 16 岁少年，只身来到海口椰子园读书时，她一个法国妇人，守着 20 多间的空荡荡的房子，她将如何面对凄楚和孤独？尤其是文化上的差异和交流上困难，将带给这位失去爱人的女子怎样的哀伤？

2003年12月9日，我终于找到王其钟在海南的老师黄循颜、同桌好友邢定波，于是，王其钟在秦皇岛市家中的电话接通了。现在，他是秦皇岛中学的一名退休老师，一位谦逊而受人尊敬的老人。电话那头传来他温和的声音。他也不全理解母亲为何如此坚强，为何选择了如此艰涩的人生之路。她的长睫毛底下闪烁的是怎样一双充满爱的信仰的眼睛啊。他说，母亲从未跟他提起失去父亲后的伤心往事，也从不解释她为什么长期待在父亲的故乡，她好像父亲只是出远门的样子，她有足够的耐心等待，所以，她很安静地活着，闲来绘画或做些简单的农活，可谁能知暗夜里她内心的伤痛。她最大的愿望是儿子的长大成人。由于家中罹难，王家兄弟并不分家，母亲跟亲人与邻里总能和睦相处。她开始不会听海南话，可等两年之后，当儿子再次从椰子园回来时，却发现母亲已经能说一口流利的文昌话！此外，她还学会了广州话，这都居于她有着要了解父亲的祖国的愿望！这是不是她内心最深沉的寄托？儿子惊讶了，在这种惊讶与敬佩交织的感情中，一位母亲以她的善良与坚强完成了对儿子的人格熏陶。

1950年海南岛解放。参军参干成了那一代刚刚走进新时代的青年热心社会变革的选择。王其钟也想报名参加，可他的母亲阻拦了，她要让儿子上大学。1953年，王其钟考上了河北师院，那时已经在海口中法医院工作的母亲，随着一批传教士一起登上了去往法国的轮船，而此时她的爱子却在北京，未能和母亲见上一面，这一别，居然是整整半个世纪！2003年4月，当王其钟已经是一位古稀之人时，他终于带着自己的儿子，前往法国里昂，看望已经93岁高龄的老母亲。老母仍能忆海南，儿怆然而涕下！母亲终身未再嫁以报先夫，像一切虔诚的天主教徒一样，她一生都在默默地祈祷着丈夫灵魂的安宁和儿子的平安……

王其钟永远是椰子园里一个令人怀想的人物。1992年当他第三次踏

这是王其钟 2003 年 4 月到法国里昂看望母亲时的留影。他的气质和相貌，依然让人看出他不同于一般的身世。

上故乡的土地时，椰子园早已经是梦寻之乡。他和同学和老师一起经历过那场生死之劫的"九二七"风暴，王兴德、谢钿、王启安、黄循颜等老师的身影是无法隐去的，这已不仅仅是一般的师生情谊。

惊悸"九二七"台风

时序已经转到 1948 年。此时正是国内局势大变动的时期。然而，孤悬海外的海南岛，相对还算宁静，椰子园里那些来自各地的学生，尤其是初中生对政治还处在朦胧的状态，侨生和本地学生一起在那个热带风情浓郁的校园里，过着他们那个年龄该有的充满情趣的生活。回忆起青春年少的一幕，曾经置身于其中的南洋少年邢浪平说，南洋侨生热衷于体育和娱乐，他们带回来精致名牌的羽毛球、拳套和泰拳专用的铁手环，此外还有八弦琴、吉他、小提琴、黑管、小鼓、沙槌等乐器，他们带来南洋的歌儿和曲目，吹拉弹唱中，是否想起海那边亲爱的父兄？这一群看似不知愁滋味的少年郎，其实内心里还是时常涌起一丝莫名的乡愁。

邢浪平总是满怀深情地追忆那已经随风而逝的一切。他说，和那些同学一起让我长久忆念的还有附中的老师们。用今天的标准来衡量，那些初中部的老师国学根底深厚、英文造诣很深、人格高尚者不乏其人，生活在那座校园里的学生们该是怎样的幸运啊。附中的最高行政长官、教导主任王兴德副教授（因为附中不设校长，教导主任统辖着一切）至今还是学生们仰慕的尊师。他是海南乐会（今琼海）人，新加坡归侨，国立中山大学毕业，是一位恪尽职守、默默播撒爱心的仁者。特别是他对那些远离父母的侨生的照顾，在那场即将到来的海南历史上闻名的九二七风暴中，更是让人见其为师的风范和做人的敢于牺牲。年轻的学生在大变革的时代没有卷入政治风波，却差一点让自然风浪要了性命。

1948 年 9 月，新学年开始了。学校又招收了一批侨生和本地生入读初中一年级，新生住在大统舱宿舍，已经初中二年级的侨生便住在离海不足 10 米的一溜平板木房里。傍海居住，本来是可以浪漫的，但那片海的水浅可见底，最让人望而却步的是它那一海床淤泥。这片海沉闷而寂寞，在即将要起的台风中，成了命运交关的死海。要不是教导主任王兴德的果敢，几十个侨生的命运不堪想象。

几十年后在海口的茶房里，邢浪平说，那是 9 月 27 日夜，9 点时已经熄灯的校园里忽然袭来一股暗劲强大的风。接着是轰隆隆的电闪雷鸣，粗大的雨点倾泻下来，暴雨施虐一个多小时后，风越来越紧。木板房的空隙多，强大的气流在呼啸着。没有经过台风洗礼的南洋少年，不知道危险不在于暴雨和被掀翻的木屋顶，而是在于我们身后的那一片淤泥的海。忽然砰的一声巨响，木屋重重地摇撼了，砰砰的撞击声一阵紧似一阵，这是凶猛的海浪怒号了，木屋在暴风雨中摇摇欲坠，我们站在床上恐怖地喊着。

此时，门外传来咣咣的敲击声，并隐约听到"快逃命"的呼叫。是谁在这个时候上门来？我们使劲拉开门：两座浮脚木屋像漂浮在大海中的船舰，我们的教导主任王兴德就像一位孤独的船长，他手电筒挎在肩上，手里提着铜脸盘，拿着木槌不停地敲打："快快逃命！"他只穿着背心，想必是刚刚从床上跃起，他神情紧张，声音喑哑，几十个侨生，一下子涌出木屋，教导主任则搂着一个来自泰国的 13 岁的小同学，一边指挥我们快到大统舱宿舍的后面。

当我们又跌又爬终于到达大统舱时，身后轰然一声，我们的木屋倒塌了，我们逃过了第一劫！这时，教导主任又发出第二道指令：赶快抱住树！然而，我们谁也不知道，大海还要涌来多少祸水，大统舱会不会像木屋那样倒地而亡？当务之急是赶快离开那个椰子岛！此时有些老师还给我们找来长绳，每个人都手捏绳索，一干人就像一棵命运相连的苦瓜紧捏着长绳在淤泥里在狂风中踽踽前行。不知道经过了多少心惊胆跳，我们在王老师的牵引下，穿过湍急的海浪，摸索着过陆军医院的小桥，过了海关进入新华路，这时的新华路和中山路，早已经是汪洋一片，满目疮痍，七零八落。据事后估计，"九二七"台风起码在 12 级以上，它给战时的海南造成的生命和财产损失是难以估量的。

邢老说，那一晚，我们要是再多停留十几分钟，就会像整个房子一样，被波浪卷得无影无踪。死亡和我们交臂而过，虽说少年不知愁滋味，但经历了这次蛮横的大自然的威力之后，我们不由得不敬畏。从此，"九二七"这个重获生命的重要的日子，成了几十年后维系老师与同学之间的重要纽带，这些劫后余生的少男少女们，曾经郑重约定，每当这个日子来临，一定回海大附中聚会并看望老师。可是，时局很快就发生变化，同学们随后都登上时代的列车各奔东西了。而留在海口的还有 20 多位同学，每到"九二七"，这些白了少年头的同窗总要聚在一起，喝杯清茶，品味点心，追述往昔。所幸的是，他们的恩师王兴德今犹健在，他已 90 岁高龄还能和当年的学生共叙往事，真是人生一大快事。而另一位他们的恩师谢钿，一位曾经的江南才女，83岁老龄仍能吟诗作文，却少有学子知道她不凡的身世。

江南才女谢钿的身世之"谜"

这是一张难得一见的中国一代文化名人的合影。

这是一张中国文化艺术史上不可多见的老照片，它因为椰子园里另一个令人心仪的人物谢钿的身世而跟海南有了某种联系。这张由摄影大师郎静山拍摄的题为"谢玉岑与民国海上艺坛名家合影"的照片，荟萃了中国现代史上众多的文化艺术名家，有些还是艺术领域里的开山人物。人们熟知的一代文学宗师夏丏尊（第二排右起第二人）、国画大师黄宾虹、张善子（第二排右起第三人）、著名词家陆丹林（第三排右起第四人）、美术史家郑午昌（第三排右起第六人）等，他们都堪称中国现代史上的重量级人物。而站在第三排右边第一位的那位神情清朗、仪容俊秀的男子，却是一位早逝的名满江南的著名词人、书法家谢玉岑。他是本文主人公、私立海大附中名师谢钿的父亲。2003 年 11 月的某一天，当谢钿老师从海口的家中将这张照片展现在我的面前时，她埋藏了半个多世纪的身世才在那一刻一点一点地弥漫开来。

讲述谢钿的家世，并不是一件轻松的事。

1935 年 3 月，当谢钿只有 11 岁时，她的父亲，一代词人谢玉岑在常州家中辞世，年仅 37 岁，膝下留有 5 个不谙世事的儿女，世人慨叹"天之生才甚难，而又狼藉摧折之，真不知其何心也"！深哀其才丰命短，此一变故顿成当时惊动中国文化界的伤心往事！据《谢玉岑百年纪念集》记，当年痛悼谢氏的挽幛，悼亡者均是现代中国耀眼的星斗：他的灵堂里挂满了张大千的画作，谢氏家族用大千的画作来送别玉岑的亡灵，成为文化界一大奇观。大千云：予与玉岑交好，乃过骨肉。玉岑收有大千的画竟有百余幅，为世上最多者，在他病重期间，大千竟能每天守于榻前，为其作画，只可惜这些印记着两人金石之交的画作大多毁于日侵时的战火中。灵堂里除了大千的画幅，钱名山、徐悲鸿、于右任、柳亚子、夏承焘、郑逸梅、黄苗子等文化名人的挽文也令人读之心碎。谢钿在三年前失去慈母之后，现又失去父亲，自此靠着自己的外公钱名山的抚养，晨诗夕文，痛失双亲的凄寒中，却饱受诗书的熏染。

已经 83 岁的谢老师回忆前尘往事，仍不胜唏嘘之意。她说，外公 19 岁中举，是集诗人、仁者、名士于一身的学问家，光绪末年弃官回乡办学，追随者众，父亲玉岑因其聪颖，外公以为贤，便将自己的长女，也即父亲的表妹素蕖嫁给他。谁知，母亲 32 岁就已离去，父亲把孤苦情思，寄托在文字图画里，凄音苦调，使人不忍卒读。父亲有言：吾欲报外舅（即我外公），唯有读书；吾欲报吾妻，唯有不娶。其伉俪情深，令人动容！

三年之后，父亲忧病交加，竟随母而去，留下千古遗憾……

谢老师饱含着书香翰墨、悲欣交集的家世，即使是她所钟爱的学生邢浪平、潘在廉等，也并不知道许多。在邢浪平的记忆里，谢钿温雅端庄，贤淑而大气，她常着轻软质地的素色旗袍，简洁温尔的盘结发式轻轻往后一挽，略施粉黛，稍描眉睫，在那座美丽的校园里，给人一种轻灵而随意的感觉。她江南女子特有的风韵，一颦一笑间，都能引发人美好的遐想。

邢浪平说，不仅如此，谢老师的教学也是与众不同，别有情味的。她经常抛开课文，把全班学生带到傍海的马尾松下，她轻盈的气息，只年长我们几岁的年龄，让她看起来更像是一位大姐姐，而又兼有师者的威仪。她给我们讲巴金的《家》，讲觉新和梅表妹，讲觉慧和鸣凤，此时，椰子园里海风在马尾松的针尖上轻轻作响，一丝丝带着咸腥味的南风吹过来，谢钿老师款款动情地讲述着，她用一种优雅的坐姿和手势，清纯的眸子透出来的一丝忧郁和浪漫，让文学的美从她的周身，从她手持的课本中慢慢弥漫开来。这成了椰子园里最为动人的一景，也成了这些学生日后最值得追怀的往事。叫人难忘的是，她还鼓励我们通过写日记来培养写作兴趣，然而她又认真地说："我不想知道你们的吃饭、睡觉、起床。我想知道你们看到了什么最美的东西，或最丑的东西，想知道你们因为什么事情喜悦或发怒。"

她对文学美的阐释已经深深地打动了这些少年少女的心。而在学生看来，她更是文学中的人物。1948 年，当她第一次踏上海南岛的土地时，她完全无法描述海南当年的模样。当年的海口人口不多，但军人不少，街上总是有不少外国人在消夏的样子，海口的异国情调让她印象深刻，也让她充满着神往。她是因他而到的海南，也因他而一辈子守着海南。他就是王启安，海南琼海人，二战期间他是盟军一名出色的翻译官。他曾留学印度加尔各答大学，印度的英式教育，王启安的中国背景，让他在那座校园里完成了很好的英式教育，也培养了他一种文化上的自信。他戴着金丝眼镜，西装革履的，真是一派潇洒。他和谢钿浪漫的爱情故事是从 1943 年开始的，地点是陪都重庆。今天，当这位名门之女叙说往事时，她仍记得当年的空气和他们喝的第一杯咖啡的味道。而生性乐天的王启安还常常"得意"地跟椰子园的学生们"炫耀"一番他当年如何追到的谢钿。但在谢钿的眼里，她对他的那份感恩和深爱，即使是当事者本人都说不清啊。

因为有了江南名门之女谢钿出水芙蓉般的高雅气质以及她和海南人王启安堪称"英雄美女"般的爱情，椰子园变得更加浪漫和灵动起来。刚刚进入青春期的学生们很想知道长相并不怎么样的王老师是如何将他们心仪的老师追到手的，而王老师顶呱呱的英语，王老师幽默风趣、宽容待人的人生态度，让他们猜到了其中的奥秘。以他的教育背景，他的三年盟军翻译官的经历，让他来教初中的英语，未免有些大材小用，但生性达观的他却并不在乎。似乎只要美丽的谢钿和他们的爱子在身边，只要椰子园里不要再起风浪，他这一辈子就会过得乐呵呵的。

在学生邢浪平的记述里，有一件事很能说明王启安老师幽默而充满智慧的性格。有一次，两位侨生因为背后说了对方的坏话而打了起来，一时间没有人能劝解得住。此时，王启安老师出现了。他不紧不慢地说："哪个人前不说人，哪个背后无人说。你们怎么那么不小心，将骂人的话让人听见了呢？"他的话立即引起学生们的兴趣，他们知道王老师肯

初为人母的谢钿，1948 年和大儿子摄于海口。

定有妙言在后。接着他说："骂人要懂得骂，不要当面骂人，也不要背后骂人，"他故意停顿了一会儿，所有学生的目光马上齐刷刷地聚焦他。这时，他才慢悠悠地说："最好的骂人方法，是在梦里骂。"同学们爆出大笑，他又说："梦里骂人最解气，人家又不知道，无须动拳出手。"从梦里骂人，他又说到曹操梦里杀人的故事，一场打架风波，就在同学们的笑声中平息，那两位打架的同学，尤其得益于王老师充满人生智慧的解围。同学们由此知道，这位英语讲得不比海南话差的王老师，确实掌握着解答人生难题的钥匙，他们对他的崇拜，也并不亚于给他们带来文学与美的谢老师。

2004年1月14日，当我再次拜访这位当年淑雅端庄的才女谢老时，已经83岁的她梳妆齐整，面容滋润，对许多生活细节仍能记忆如初。1943年，王启安初遇谢钿。那是在战时的陪都重庆。在那个乱糟糟的空袭警报不断的山城，谢钿饱读诗书的书卷气和她清纯可人的模样，让长期奔波疲惫的王启安如遇仙子。王启安刚刚结束了在印度给美国飞行员当翻译的生活，怀着不知前路何方的迷茫，带着一笔外币前来重庆谋求发展机遇。此时已经21岁的谢钿在一家油矿局当一名职员，生活待遇并不低。可她不愿意一辈子就做一名领着高薪的职员，做一个纯净的读书人是她追求的理想。对她百般呵护的姨夫在重庆当一名政府公务员。他是一名美国留学生，英语是他那一代知识分子在社交场合炫示自己学业背景的交际手段，也是识别身份的一个便利。1943年的那个夏天，王启安踌躇满志来到姨夫跟前，当了解到对方的教育背景后，两人情不自禁地用英语交谈起来。这位典型的南方青年，他的谈吐风度，他丰富的阅历，特别是他对人的责任心，给姨夫留下了很好的印象。他说他能成全谢钿上大学的愿望，他能读懂谢钿的脾气并能永久地爱着她。当他请求姨夫将谢钿嫁给他时，人情练达的姨夫略一考量，就和他当着她的面用一场英语对话决定了她的一生。后来，王启安还风趣地跟他的学生说："幸好我的英语很棒，不然肯定过不了姨夫那一关，那就不会有你们的谢师母了。"说完后他会开心地得意地大笑。此刻，说起当年这一切，谢老的脸上还现出一丝天真。"王老师太自信了，我很任性，他说他比我大，他会让着我的。"这一诺言被他坚守了一辈子，而善良却"任性"的谢钿在他爱的沐浴中也度过了单纯美好的一生，尽管她与他一起经历了新中国成立后种种的坎坷与磨难。

就在那个夏天，谢钿嫁给了海南人王启安，可那个时候，她却不知道这个岛屿在哪个地方。就在那一年，谢钿如愿上了云南大学，而后，由于战乱，1945年她转学中山大学中文系，两年后毕业，1947年暑期考试刚刚结束，她就生下了第一个孩子。两个月之后，她被爱情与命运推送到那个椰风吹送、操着多种腔调国语的椰子园，从此开始了自己40年海南岛上的教学生涯。

这是谢钿老师（后排右立者）和她的学生1953年在海口的留影。她和自己的学生亲如姐妹，她的智慧和美丽成了同学们一生美好的记忆。

这是谢老师和自己的学生1953年在海口的合影。她（后排右一）看起来和自己的学生没有什么两样：一样黑油油的纯净的眸子，黑油油发亮的长发，单纯的对新生活的向往之情，春光流溢地洒在她们充满朝气的脸庞上。40年来，谢钿从椰子园开始，先后任教于琼台师范学校、乐会一中以及华侨中学，她将自己全部的精力与才情都给了自己的学生，也将谢家良好的教育风范默默地传递给学生。直到1987年，她已经66岁了，才从毕业班老师的位置上退了下来，她的循循善诱、充满浪漫气质的讲解，让人在文学的氛围中进入美丽的遐想，这种美将影响着人的一生。

1947年到1949年，正是国内局势大动荡的时期。海南岛上那座椰风摇曳的椰子园还看不出革命的风潮涌动。许多过海避乱的内地学子常常将目光投注到这座看起来有些浪漫的椰子园。椰子园里面的"三王"——中山大学毕业的教导主任王兴德、英语老师王启安、王先柏，集才情与美丽于一身的谢钿，还有一肚子历史的王德渊、语文老师黄循颜、体育老师黄世芬，后来成为诗人的邝海星，还有说得一口流利的四川国语的训导主任等等，都是那座校园引以为骄傲的人物，也是海南教育史上不该忘却的人物。他们的高资历和教学水平，都达到了战时的高水准，日后从这里走出去的优秀学生，为椰子园的良好教学做了最好的注脚。

不当花瓶的女科学家

1948年留着小分头（左）的蒙如玲1948年和姐姐在海口的合影。

照片中这位剪着小分头、长着一副漂亮机灵小脸孔的到底是男孩还是女孩？右边那位娴雅、端庄的是姐姐，瞧那神情活像是姐弟俩。可这是一位后来非常了不起的女孩，她的名字叫蒙如玲，一位从椰子园走出去的唯一的女科学家，在《美国德州华裔名人录》中，她被誉为"著名国际级材料科学专家"，同时也是"中国专家协会"创始会长。她曾是美国休士顿大学高能物理研究室主任、博士生导师，现任美国休士顿大学超导研究中心物理系教授，在美国乃至西欧材料科学界均享有盛誉，为世界的材料科学研究做出了令人刮目的贡献。

2003 年秋天，蒙如玲从美国回到海口接受海南大学和海南师院教授的聘书，开始为海南教育与世界的合作交流做一些实质性的工作。就在这次的回乡活动中，蒙如玲还为她的母校海口市一中捐款 10 万元，用于激励该校特优、特困的师生。我经她的老同学潘在廉、周虹、邢浪平等的引见，在海口见到这位有些传奇色彩的巾帼女杰。

话题自然就从椰子园谈起。因为那个美丽而有些遥远的校园，装载着她少女纯真的梦想。

蒙教授坦言，15 岁以前在海南岛，她一直是这样的男崽打扮。在椰子园，不熟悉的人还常常把她当成一个小男生，但人们并不取笑她，那个时候人们的观念是否还算较开通？真实的原因也许是，由于她出色的成绩，校园里没有人敢小瞧她。她的女扮男装，一半是因为好玩，梳妆方便，更重要的是，这满足了父亲内心强烈的愿望：他希望这个最小的女儿是个男孩。在蒙如玲的前面，曾经有过四个哥哥，可都不幸夭折了，家中剩下 4 个姐妹。父亲的伤痛自不必说，母亲更是被别人在背后里指责"命太硬"，克子。这可是旧时代里让女人难以背负的罪名。父亲是一个商人，走南闯北见多识广，倒不相信民间的传说，但身边没个男孩就低人一等的传统观念还是让父亲在人前深感自卑。懂事的如玲决定牺牲自己漂亮的裙装，女扮男装，打消父亲的自卑感，让他带着他梦想中"男孩"出入亲朋好友的圈子乃至社交场合，而如玲从打扮到学业成绩，确实让父亲在人前深感安慰，甚至有一种成就感，觉得还是自己养的这个女儿好。也是在这样的装扮过程中，如玲内心里生长了一种不能给父亲丢人、一定要给女性争光的信念。在班里，她的成绩总是名列前茅，她的机敏和聪明，她身为"男孩"却又喜欢唱歌、跳舞的乐天派头，她静若处子动若脱兔的活泼个性，在那座有着众多南洋侨生、时常有南洋音乐传来的初中部，平添了一种勃勃生机。直到现在，老师和同学依然记得当年那个"假小子"，她的班主任黄循颜对她仍赞不绝口。

其实在椰子园里，如玲做得最多的梦想应该是成为一个像冰心或巴金那样的作家。表面看起来无忧无虑的蒙如玲，其实她的内心里对那些贫弱者总是怀着强烈的同情心。善良的孩子总以为文学可以做很多的事情，可以拯救很多的人，总认为文学的力量很大很大，因此，除了功课，她阅读得最多的是中外名著。那时节椰子园还算浓厚的人文环境，为她和同学们提供了很好的传阅文学名著的条件。在这个少女的书架上，不难发现冰心的《寄小读者》，巴金的《家》《春》《秋》，当然还有秘密传递的鲁迅的杂文以及能弄得到手的苏联小说。她的同班同学潘在廉和好友甘梅英等都曾是蒙如玲读小说的"二传手"。潘老总是说，蒙如玲的小说看得最快，我们几乎一周就要交换一次手中弄到的新书。那会儿海口还没有什么像样的书店，很多书并不公开地卖，但不知道怎么搞的，同学们总是能从各种途径弄到一些书，当然更多的是小说类的。

在外面的世界风起云涌的时刻，椰子园里依然书声琅琅，同学们互相传阅小说竟成风气，老师和学生之间也亲密无间，这让那些曾在椰子园读书的学子追怀不已。可是，这种日子还是太短暂了。1951 年春天，海口市人民政府接收海南大学附中全部师生和财产，他们将书桌搬到龙华路那些教室里，学校的名字也就改为海口市一中，几十年的风云变幻，椰子园里曾经存在过一个私立海大附中似乎也被人们忘记了。几十年后，该学校成为蒙如玲捐款助学的母校，已经成为科学家的蒙如玲说起那段经历对她人生的影响，仍感慨万千。她说，在那座椰子园里培养起来的对文学与绘画的热爱，看起来是不自觉的，我一直以为将来自己会走上文学道路。可是，到 1954 年我考大学时，社会上却风行一种漂亮的女人只能给人当花瓶的看法，这让一直叛逆的我在内心深处生起了一种反抗：一定要读理工科，为女性争光！抱着这样的信念，我改报志愿了，就在那一年考上了湖南中南矿冶学院，一个十足的男性学院。说到这，蒙如玲开心地笑了，带着胜利者才会有的自豪。

这是 1949 年私立海南大学附中的部分师生在椰子园的留影，右边第 4 人为后来成为华裔美国科学家的蒙如玲。他们曾一同经历过那场可怕的"九二七"风暴，从他们的笑容里，多少可以窥见新中国成立前夕海南学生和老师的精神风貌。

蒙如玲在家里充分地享受着父爱和姐妹的宠爱，在那个充满异国情调的椰子园里自由自在地生活着。在那所战时学校里，初中部同学年龄偏大，1949 年，上初中一年级的甚至有 18 至 20 岁左右的学生，而她当年只有 12 岁，是校园里最小的一位女生。

然而，蒙如玲却是以一位男生的身份在那个校园里出现的。她的女扮男装曾给那个校园留下一些佳话，从中也可窥见她日后成功的轨迹。

　　这里不得不提到的是训导主任王昌颖先生。他是琼海人，却说得一口地道的四川国语。他常常对学生"炫耀"说："我的国语在四川是顶呱呱的"。抗战时他曾在四川国民党军队中当教官，胜利后退役还乡。新中国成立后，他的下落如何，就是他当年的同事黄循颜老师，也并不知晓了。他在学校里常常穿马靴戎装，胸前别着勋带，他对内务的管理非常苛严，也非常有效。他说，他要按照黄埔军校的标准来管理学生内务。可就是这位"自诩"聪明过人的王教官，还是被蒙如玲的装扮给"懵"了一把。

　　有一天，他在检查女生宿舍的内务时，发现有一位剪着短头的"男生"爬上女生宿舍的上架床，他眼一尖，进得屋来，大声喝令："快快下来，你大胆！"蒙如玲知道是误会了，可怎么向他解释他硬是不相信，直到她的班主任黄循颜来了，一切才真相大白。蒙如玲生性喜欢唱歌跳舞，过不久，她穿上漂亮的裙装，准备参加学校举办的晚会，哇，那一天晚上，她简直让人看傻眼了：椰子园里什么时候来了一位这么标致的女生？这一回，连刚刚严厉训导过她的王训导也不知眼前的她到底是谁了。蒙如玲的喜欢标新立异，喜欢接受挑战，也许从椰子园的女扮男装开始，就已经埋下了种子了。

　　1954年，蒙如玲考入湖南中南矿冶学院（即现在的中南大学），1958年毕业后留校当助教。可充满着创造精神的蒙如玲两年后被调往中国科学院矿冶研究所，从此开始了她终身的研究生涯。不久，"文革"爆发，直到1979年，蒙如玲才真正迎来自己的科学的春天：当今著名物理学大家、美国休士顿大学朱经武教授到中国科学院物理研究所访问，他发现有一位女研究人员特别的勤奋，尤其富有创见。这个女子就是蒙如玲，当时她已经是两个孩子的母亲。而整个科学院物理研究所聚集了近800名各怀绝技的科学人员，谁都希望能够被朱经武教授选中。可是，结果让那些自以为很有希望的人眼镜大跌，整个研究所只挑了蒙如玲一名。于是，蒙如玲在那一年的9月踏上了美国的土地，开始了她在那块土地上的拼搏和挑战。

蒙如玲说，她到美国时已经是 40 出头的人了，中国封闭得那么久，她连最简单的英语也要从头学起。要进行科学研究，要与欧美的学者合作，没有英语你连门都进不了！也不知当年哪来这么大的勇气，竟然像一个少年郎，完全投入在英语的学习与科学探索中。到了美国，她对科学工作才有了全新的认识。两年之后，她被邀请到德国康士坦丁大学物理系与 BUCHER 教授合作，研究各种超导单晶的生长，获得了科学界同行的肯定。在德国半年，是她学术上技术上收获最大的阶段，这期间，她掌握了许多难度极大的单晶生长技术，1982 年回国，继续在中国科学院物理研究所进行超导研究。

蒙如玲回国了，孩子们可以一解思念之愁，可是，朱经武教授在美国却缺少了一个最得力的合作者。1984 年，朱经武再次邀请蒙如玲到美国，1987 年，一种在材料科学上无可限量的高温超导体被发现了，美国的科学杂志说，它的成果一旦应用在工业上，将会引起世界的电子革命！蒙如玲作为当时 5 人小组的骨干，所有的化合物都是她制备的，她不知熬了多少个夜晚才换来的成果，此刻，成功终于来临了，它让欧美整个材料科学界都为之惊讶！一个最初并不以居里夫人为人生榜样的海南女子，在美国，却做出了叫人惊叹的成绩，蒙如玲作为国际知名的材料科学家的地位就此确立。从那一刻开始，蒙如玲的名字屡屡出现在美国的报纸杂志上，美国著名的《国家地理》杂志还在"发现和发明"栏目中专题介绍了蒙如玲和她的小组高温超导体。值得一提的是，美国科学资讯研究中心在 5 万个科学家中精选 1000 人为论文被利用率最高者，蒙如玲的名字竟位居第 25，并被授予荣誉奖状！ 2003 年秋天，已经年过 60 岁的蒙如玲回到海南岛，在接受我的访问时，她谦虚而诚恳地说，事业的成功要靠"三气"，即力气、才气与运气。"我属于没有才气的人，要借努力和好机会，才有今天的成果，这也算是我个人的座右铭吧。"

现在，蒙如玲依然梳着小短头，明亮的大眼睛还可见当年的聪敏和调皮。进入晚年的她更加频繁地奔波在中美两地，为中国为家乡的教育事业牵线搭桥，是国内多所大学的客座教授，成为从椰子园里走出去的唯一的科学家。她依然喜欢唱歌，是休士顿最好的一个小合唱组的活跃分子。椰子园的故事已然苍老，但她说，无论我到哪里，总也忘不了椰子园，忘不了家乡的咸水味……

别了，椰子园

1949 年的夏天到了，椰子园初中部的学子们也放了暑假。这是一个特殊的年份，无论是对于国家还是个人。表面上看起来还算平静的椰子园，在这一年的夏天来临的时候，却在暗地里掀起了一些波澜。特别是在那些思想活跃、充满着理想激情的男生中，已经有人在悄悄地做好参军参干的准备，向往着充满歌声与希望的解放区。本篇故事的述者邢浪平先生正处在这样的历史关头中。

初中部一景。今天的人们大多已经忘记了这里曾存在过一个战乱中的学校。

1949 年 6 月，南洋少年邢浪平刚满 16 岁。他在椰子园里已经读完初中二年级，而从新加坡带回来的儿童护照已临近过期，二哥在海口的生意也失败了，已经回到乡下去，他和三哥在海口已难有立足之地，再说，去哪里要钱交学费膳食费呢？远在新加坡的母亲可谓鞭长莫及，还是三哥出了个好主意："你不要回新加坡，去读书吧！去琼崖公学读书吃饭不要钱。""可琼崖公学在哪里呢？""在五指山解放区！"邢浪平几十年后回忆起当年这一幕时说，他之所以接受三哥的建议，放弃回新加坡，不是因为已经懂了多少马列，而是哥哥眼睛里闪烁的对光明的向往和椰子园里其他同学的对解放区充满期待的神情深深打动了他，另外，三哥为人诚恳、正气，是家族中的佼佼者，跟着他准没错。就这样，邢浪平怀着少年人美好的梦想，和亲爱的椰子园道别了。

决定了人生的方向，第一件要紧事是改名，免得家庭受累。哥哥改的新名叫邢远，邢和行是谐音，行万里路到远方，正好暗合了这位革命青年的人生理想。而在椰子园里受了文学熏陶的弟弟很是欣赏浪漫的人生，欣赏风平浪静的诗意，于是，"浪平"这个名字一下子就蹦出来，从此，他就改名邢浪平了。在哥哥的周密安排下，邢浪平和另外两位投奔解放区的女同学陈蔚云、何妮终于来到了位于塔市的琼崖特别北区行署。说来让今人无法相信，这行署的办公地实际上却只是一棵榕树头，而它的全部家当是一个担子挑的两个锌皮箱！而名叫塔市的"市"，却只不过是十来间土坯房做成的店铺的总合。

这样和想象中相去甚远的革命环境对刚刚从书声琅琅的校园中走出来的邢浪平们来说，是新奇而有几分荒凉的。然而，就是这个地方，一场战斗打响前的文艺慰问演出，唤醒了邢浪平心中早已播撒的艺术种子，规定了他今后的人生走向。那是 7 月下旬的一个夜晚，夕阳西下，席地而坐的战士，在等待着独立团文工队的演出。该团文工队的成员主要是来自东南亚的归侨学生，其中就有后来的海南舞蹈名家周醒。他们在南洋接受了名闻海内外的中艺社的艺术影响，因此，他们的歌舞节目明显地不同于一般的红色根据地的，有着自己独特的风格。《五里亭》《雨不洒花花不开》，还有《青春的旋律》："太阳落山明早依旧爬上来，花儿谢了明年还是一样的开……"欢快的旋律在飘荡，四个伴舞和两个男女主角在自由奔放地踩着舞步，两把口琴和几个男声在伴奏和伴唱……在战争年代还能听到这样的歌，对着战士还可以跳这样的青春小鸟之舞，战士们乐了，邢浪平早就热泪盈眶，感动不已。

不久，独立团这支文工队就调到五指山琼崖纵队总部去了，新中国成立后成了海南文工团，邢浪平也成了该团的一分子，从此踏上了艺术之路。20 世纪 50 年代，邢浪平在这个洋溢着青春朝气的歌舞团里找到了最好的表达，他编导的黎族舞蹈《半边裙子》参加全国首届专业音乐舞蹈汇演中，获得极高声誉，被选送中南海为党和国家领导人演出。可以说，这个舞蹈为年轻的邢浪平赢得了一生的荣耀，也奠定了他作为从海南岛走出去的"中华 50 年百名舞蹈名家"的地位，海南获此殊荣的还有著名舞蹈家陈翘和刘选亮夫妇。1979 年，邢浪平在国内经历了几十年不平静的生活后，决意去香港发展，离港前夕，他的右派帽子才被摘下。

在香港这样的商业社会，一个舞蹈家能有什么作为？可酷爱舞蹈的邢浪平和同样是舞蹈演员的妻子黄凤兰还是决定从舞蹈入手，于是，他们参加香港舞蹈总会"精英舞蹈团"，制作并演出一系列舞蹈《寓言舞集》《华夏风采》《金陵 12 钗》等，激起港人对华夏文化的热诚，人们又看见了一个才气横溢、充满着创造热情的邢浪平。他在香港创办了艺术幼儿园，教授孩子们高雅的音乐和舞蹈，开创了当时香港幼儿艺术教育的风气，逐步得到港人的认可。邢浪平不甘寂寞的个性让他在香港再度以舞蹈起家，20 世纪 80 年代，他以一位资深舞蹈家的身份率领香港艺术家代表团回到北京中南海，受到国家领导人的接见。现在，他还将幼儿艺术教育向国内、向家乡发展，在武汉开办一家幼儿艺术教育中心，专从娃娃抓起，他想将自己的舞蹈语言传承下去，让他心中所喜代有传人。

2004 年春天，邢浪平回来了。回忆少年往事，他还是离不开那座迷人的椰子园。其实，除了舞蹈，邢浪平还是一位灵气十足的作家，他在香港报纸上开的舞评专栏，在文艺界颇有口碑，而他最近完稿的 20 多万字的《南洋少年》，处处可见他的灵思妙想，有许多篇章还是难得一见的南洋生活见闻。邢浪平说，椰子园里陶醉于谢钿老师讲述的《家》《春》《秋》，那样的凄美意境给一个少年带来的是怎样美的向往和感受啊！正是椰子园的文学熏陶，让他对写作充满了神圣般的情感，现在到了晚年，写作的欲望越加强烈，椰子园给予他和同学们的，将是一生的感动，是带有春天的欢快、秋日的惆怅的少年滋味。可除了他们这一帮同窗，还有几人追忆当年的椰子园？

繁花凋落黎明前

——琼崖地下学联冤案始末

2004年4月1日,天气预报说这一天阴有小雨。上午8点开始,一群白发苍苍的老者步履蹒跚,三五成群迎着初升的太阳陆续向海口市金牛岭烈士陵园走去。9点,温和的太阳转阴,在渡海英雄烈士墓和李振亚将军墓之间,一座新落成的烈士墓前聚集了来自全国各地和港澳地区的琼崖地下学联冤案幸存者和家属80多人,他们当中还有海南省委省政府部门的负责人,广播电视台和报社记者也云集一起,争相记录这个有些沉重的时刻。

经过55年的奔走,这座埋着海南地下学联31位归国学子和革命者的烈士墓今日终于落成。前来扫墓的学生们和这些老者一起目睹了这凝重的一刻:主持人恳切的致辞,原琼崖地下学联主席冯万本先生几次被泪水中断的讲话和烈士家属代表的发言,均让人感慨系之,为之深深动容。10点多,当鞭炮点燃,给烈士们的香火刚刚烟飞四处时,天空中忽然乌云密布,雷电交加,大雨倾盆而下,久久不能止息。人们在互相安慰:这是不是英雄的地下英灵有知,化作满天的相思泪?

4月1日晚上,海南广播电视台播放了烈士墓落成的现场情况,对烈士们的历史功绩给予了公正的评价;4月3日,人们在《海南日报》头版显著位置,发现了一条醒目的新闻:琼崖地下学联烈士墓落成。文中有一段话引人注目："……从成都专程赶回来参加这次活动的原地下学联成员、美国纽约科学院院士、西南交通大学博士生导师王欲知教授说：'烈士墓的建立，说明了党和政府对地下学联的历史功绩是充分肯定的，在党中央强调以人为本的今天，烈士墓的落成更具有重要的意义'"。

尤其让人感喟的是，在关于琼崖地下学联背景资料一栏，人们读到如下文字：

琼崖地下学联是解放战争时期在琼崖党组织直接领导下的地下组织，从 1946 年组织读书会开始到 1948 年正式宣布成立，发展到 300 多人（包括外围组织）。他们中有来自南京学运的骨干人物、进步归国侨生、进步教师、革命堡垒户的后代、贫苦青年、从富裕家庭参加革命的学生以及烈士的遗孀等。地下学联通过读书活动，团结进步同学，搞策反活动、袭击警察局、演进步戏剧，讽刺国民党的统治。尤其是学联冤案在根据地发生后，学联成员还冒着被打成特务的危险，配合即将渡海作战的解放军，成功刺探"伯陵防线"，为海南解放做出了贡献。

从 1948 年开始，琼崖地下学联先后组织 75 名青年到解放区参军参政，充实了解放区的力量。1949 年八、九月间，由于左的思想流毒在解放区的蔓延，在五指山解放区发生了所谓"琼崖地下学联案"。1953 年，这起冤案被中共中央平反昭雪。

冤案惊动中央高层

让我们将目光回溯到 20 世纪 50 年代初。

1953 年 3 月 26 日海南地下学联领导和成员在海口的合影。

　　这是 1953 年 3 月 26 日海南地下学联领导和成员在海口的合影。前排左起为琼崖地下学联主席冯万本（后来的中国公民出国出港游的主要创办人）、顾问张光明（湖北三峡医院名誉院长、医学家、全国人大代表）、骨干蓝明良（曾任中国法律出版社社长、著名的国际法专家）、林道俭；后排左起为陈川源、曾繁惠、林凯、罗平。面对镜头，他们还能露出笑容，毕竟，他们刚刚结束了一场噩梦，刚刚从死亡的边界逃了回来。可是，和他们一样风华正茂，一样怀有梦想的 31 个年轻战友却永远长眠在自己为之奋斗的土地上，在海南解放前夜（1949 年年底到 1950 年间）死在自己人的枪口下，成为新中国成立之际惨死的学运骨干。1953 年 1 月，由公安部长罗瑞卿主办、中央监委、公安部、中南局和华南分局组成的联合工作组紧急亲临海南，深入调查取证，彻底否定了海南区党委的错误决定，为琼崖 1949 年"破获"的"府海中上学校学生联合会特务案"以及琼崖地下学联冤案彻底平反昭雪。3 月 24 日，在海南区党委主持召开的海南一级机关干部大会上，正式宣布琼崖地下学联为中国共产党直接领导下的琼崖地下革命组织，面对来自本地和海内外被琼府司法厅判刑、监禁、拘留、改造的受害者及其亲属几百人的痛哭流涕，海南区党委书记兼海南行政公署主任、海南琼崖革命领袖冯白驹做了《深刻的教训》的长篇检讨，在此照原文选摘如下：

"……应该承认府海学联是在我们领导下的学生组织，过去的处理是极端错误的，造成人命案，错捕 95 人，学联 54 人，和学联有关的 41 人，枪决 21 人，学联 10 人，有关 11 人，坐监因失火烧死 3 人（实际上是 7 人），病死 4 人，因逃跑给国民党枪杀 1 人，全案牵连 216 人，这还是不完全统计材料。这样大批青年受到精神打击，因逼供受伤的不少……从领导上来讲，我要负主要责任……对学联案的处理，不是从客观出发，而是从一些现象，那时候有些学联同志到解放区，看有些不好的（原文如此，笔者注），有些是地主出身的，于是便下结论这是特务组织，不是实事求是，不重证据，没有调查研究，于是把学联同志扣押起来，经过刑讯、吊打等等，这便牵连大起来，进行乱打乱吊，这些口供都是假的，是逼出来的。……在思想上认为逼是没有什么关系，后来报告中央说逼供有些收获。

该案发生于 1949 年 8 月，大军已渡江作战，形势已定，国民党节节败退。当时认为国民党是从政治上来向我们进攻，同时府海学联组织我们是没摸底，成分有些也复杂，有些是官僚子弟，同时有些自高自大，抓老干部的缺点，有时三五成群坐在一起，有些不是学联的也拉在一起处理，加上发现有人放毒，便认为这一定是特务。

现在回过头检查一下，这是主观上的看法，……看不到学生参加革命斗争是有传统的，当时只是看到坏的一面，而看不到好的一面，……只看到知识分子的自高自大，讲马列主义（原文如此，笔者注），看不起老干部，便认为是特务。在当时解放区是有头痛、疟疾的病，于是便下结论是特务放药，是特务组织……

学联是在 1948 年和我们联系，在我们指导下组织成立的，虽然没有经过考验，但是在党的领导中（原文如此，笔者注），在处理方法上采取逼供信、吊打、电刑、竹签插指甲，这不是无产阶级的作风，是国民党恶劣的作风，由于逼供信造成了恶果，如果不承认便说是国民党的坚决分子，吊打、强迫承认，一定要达到承认特务为目的，在李英敏的房子内轮流打，李英敏也参加的。

民主作风不够，我在领导上一贯以来工作是不够民主的，对镇反工作积极于是便上升、提拔。……这案件除了检讨外，还要适当处分，李英敏撤销党内工作，陈民开除党籍，牢狱一年。"

承认学联是进步组织，正式公布，全体干部从今天起，对学联鄙视的要打消克服过来（原文如此，笔者注），团结一致，管制、监禁的要取消。"

据十多名幸存者的回忆，冯白驹 3 月 25 日在南方大礼堂与受害者及其亲属座谈并做检讨，当他说到"革命的同志、革命的家属们，今天召开的这个会是沉痛的会，但案情已弄清，也是极光荣的一个会。过去受歧视，现在宣布了，干部们也重视了，家属们也是革命的人民，这是极大的光荣。……烈属们应该继承死者的精神，保持烈属的光荣"时，哭泣的人群中忽然有人大声喊叫，说："我们不要什么光荣，我们要回自己的孩子！""还我们的孩子！""还我们的女儿！"哭声动地，秩序曾一度失控。来自泰国、新加坡、马来西亚的华侨有的拿着自己孩子的遗物，向冯白驹要回自己的孩子，冯白驹面对伤心欲绝的死者亲人，已经有些憔悴的脸上是一副无奈、愧疚交织的神情。他稳定了一下自己的情绪，任由那些失去至爱的母亲们的哭诉和责骂。

在这场难以交代的检讨大会上，有一个人物的出现差一点再次让会场秩序出现混乱。他就是这场冤案的主办案者、海南区宣传部长李英敏。他在检讨过程中出现了几次骚动。家属们觉得，李英敏检讨的语气里有不够诚恳的成分。据公开出版的《海南公安 40 年》的记载，在行刑阶段，李英敏的卧室就是刑事拘留室兼吊打室，文中称："……在审讯学联成员时，采取刑讯逼供、指供、诱供等手段，不供就逼，供而后信，信而后定，定而后错，造成极其严重的后果。如审讯学联成员何天啸时，主办案者（李英敏）亲自主持，他集中当时七、八个干部作打手，何不承认是特务，经严刑拷打，才被逼承认为'特务'。主办案者问：还有谁，某某人是不是特务？不承认又打，刑讯到半夜才逼何供出林书岭、刘歹等13人为特务。于是，又逮捕了一大批成员。据刘青云（当时《海南日报社》总编辑，已故）同志称："在审讯何天啸之后，主办案者李英敏认为打的经验很好，马上推广各机关，此后在各机关审讯时都以刑、打为主，一时形成审讯、下刑、管制，夜以继日，甚为紧张。用刑种类计有：吊打、夹棍、打膝盖、电刑、烤、刺乳头、竹签刺手指、灌辣椒水等多种。总之，当时能想得出来的办法都用了，有的刑至死去活来，屎尿并流，哀声怪叫。当时主办案者李英敏的住房成了刑场，屎尿满地，人心惶惶，新老同志都不安。进步学生像蒙岛南、吴赐等人打得不能动弹就抬出去枪毙。"

"在那个屈辱的日子里，从审讯室常常传来凄惨的求救声和以头撞击墙壁的声音。可怜的是那些女学生，她们在那一刻只求一死！因为她们在被审讯时还遭受队伍里的败类恶意的凌辱，他们将她们的衣服扒开，狂笑着，点燃烟头去烫她们的乳房！能为她们声张的人已成了'特务'，有一个烫女战士乳房的人新中国成立后还当上海南医学院的党委书记！""难以理解的是，作为部队中有文化的主办案者李英敏，他在这场冤案中所扮演的不可思议的、令人发指的角色！""主办案者李英敏几十年后时而在电视上或书中回忆他光荣的革命历程，这对那些亲历这场灾难的人是何等的伤害！"

这是几十年后地下学联的战友们对笔者所说的话——2003年8月24日，地下学联冤案发生的54周年纪念日，经过多方联络，笔者终于在海口见到9位亲历这场悲剧的幸存者：冯万本、唐冠雄、罗平、邢远、邢益武、梁定远、梁先衍、黎济森、梁鸿志和欧勉老前辈，他们都已经是70多岁的老者。对这段往事的回忆是痛彻肺腑的，关于烫乳头的那一段，作为男性，他们欲言又止，而面对我期盼的目光，终于他们还是开了口。

李英敏，广西北海人，1952 年 8 月，海南解放两周年时，他任海南区党委宣传部长、军事管制委员会文教部长、海南大学军代表兼琼山县第一书记等要职，1984 年从中宣部电影局长位置上离休。虽然因为学联事件，1953 年他被撤销党内职务，一年多后他却"东山再起"，后来还是官运亨通。根据他的记载材料，这位琼崖纵队的"才子"被调离海南进了京城后，他广交电影界"大腕"如夏衍、蔡楚生等，并投入了很多精力去搞电影，京城人似乎并不知晓他在海南犯下的血案。他曾被称为"琼纵老战士，触电第一人"，电影《南岛风云》的编剧。前些年，他在接受采访时曾说："在海南，我工作生活了 12 年，而且是战火纷飞的日子，也是我最美好的青春时期，又娶了琼山咸来淋水湖村的姑娘做妻子，因此海南，该是我永远怀念的地方。"据有关记叙，这位自称是"海南人的女婿"的老革命离休定居南宁后，"（1999 年）已经 82 岁的他身体健康，精神乐观，每天笔耕不已。"他写很多关于海南题材的作品，也写一些怀人忆旧文章，不知道他对学联冤案中和自己一道革命的冤魂做何追忆和感想？时间回溯到 1953 年 3 月 24 日和 25 日，作为剧作家的李英敏不知是否还记得那一天自己面对的悲愤的人群？在李英敏的检讨书中，他称：

"在处理学联问题上主要是违反了党中央的镇反政策。

1948 年在根据地发现放毒，有些小孩在机关放毒，在东区抓到一个，但没有什么根据，于是便展开了反特运动，在每个机关内检查包袱，当时抓三个：万真、天啸、励志，他们的行动可疑。

违法乱纪，不顾党的政策，为了完成任务便逼供信，这是反党的行为，当时打一方面是消气，觉得很畅快。这对学联同志不起的（原文如此，笔者注），尤其是被打死的同志。

整个错误也有个人成分在内，一贯以来狂热的资产阶级思想表现（原文如此，笔者注）主观主义想出风头、品质不良，对党对人民不负责任。

学联问题新中国成立前就搞错了，……新中国成立后朱碧玲、莫维安提出来，但是自己没有很好地帮助解决，而认为错了便算了"。

据冯万本回忆，当李英敏念到此时，亲属们又出现一次混乱。要此案的主办案者李英敏接受从汇报中央的"反特重大胜利"到"重大冤案"的历史事实，确实很困难。李英敏的检讨声一次次被亲属们的声音打断。

1949 年 11 月，中共中央曾对"琼委反特偏向"作过指示，并数次催促："对此案切实考虑清楚，问题未弄清前不要再依口供捉人，特别不要随便杀人，已捉而未处理之人，应当实行仔细甄别，弄清是非。"但是，直到 1950 年 7 月，海南已解放，海口市公安局还在逮捕学联的人。据《椰岛学海洪波》载：已经身患重病的学联灵魂人物符国戈老师（1954 年病故，年仅 34 岁）还是被关押，地下学联顾问张光明，为了学联案的平反，便找军管会、第四野战军负责人，然而，他被认为是"继续上蹿下跳的反动派潜伏人员"，"是大反革命分子"，于 7 月底在海口被捕，成为"要犯"。同年 10 月，海南首次镇压反革命分子时，海南军管会决定将他作为第一个枪毙的要犯，并已定下执行的日期，但因台风又拖延了两天。当时海南机关是 9 点用早餐，海南公安局决定早餐后才去监狱提要犯游街而后枪毙。但是，命运交关，当天上午 8 点，海南区党委接到南京市军管会的电报，证明张光明是积极进行革命活动的全国学运骨干，是党派来支持海南学运的，张光明得以从枪口下逃过最后一劫！

热血青年投奔根据地

琼崖地下学联可以追溯到 1948 年 5 月成立的府海地下学联，核心人物为林云、蓝明良、陈义侠、林志良、曾繁惠、王咏雪、陈忠雄等，这是琼崖学运史上的里程碑，也是全国学运澎湃发展的必然结果。它从最初的 10 人左右的读书小组发展到 160 多人的革命组织。1949 年 2 月，根据琼崖特委的指示精神，成立了琼崖地下学联，直接受党组织的领导，核心人物为冯万本、唐冠雄、梁鸿志、蔡敷惠、李受卓、郑里雄、吴恒、徐清灏、张榕溪、陈鸿赞等，主席冯万本，顾问张光明、邢国华、符国戈。他们中有来自南京学运的骨干人物如张光明、进步归国侨生、进步教师、革命堡垒户的后代、贫苦青年、从富裕家庭参加革命的学生以及烈士的遗孀等。地下学联通过读书活动，团结进步同学，搞策反活动、袭击警察局、演进步戏剧，讽刺国民党的统治。尤其是学联冤案在根据地发生后，学联成员还冒着被打成特务的危险，配合即将渡海作战的解放军，成功刺探"伯陵防线"，冯万本还策反了国民党副团长冯泰来起义成功，给仍在冤屈中的学联成员们以坚定的信心。地下学联有着自己的行动纲领，有着成熟的斗争经验和自己的刊物——1949年5月地下学联的刊物《新潮》，发表了《琼崖学联会的意义与任务》的社论，提出琼崖学运的三大任务：进行同学的思想、生活改造学习；支持琼崖的解放斗争；协助人民民主政府接管蒋区的大城市。社论最后说："中国的今天，已临到了数千年来未有的巨变之瞬间，中国的琼崖人民已经在血泊中站立起来，中国的琼崖学生也已经在血泊中站立起来了。他们发出了巨大的力量，用血和肉去粉碎封建制度与帝国主义给予中国人的枷锁！"这期报纸在各校散发传阅，为青年人的认清形势和激发革命热情起了很大的作

案中蒙冤的刘德溥（刘歹）烈士。

用，琼崖地下学联的先进性和革命性由此可见。

为了以更直接的行动支持琼崖革命，从 1948 年年底开始，地下学联组织三批成员共 74 人到解放区去参军参政，他们到了五指山区根据地后，都担任了军政干部的工作，给根据地带来了一股清新活跃的气息。地下学联主席冯万本回忆说，当年，我们是唱着《毕业歌》入山的："同学们大家起来，担负起天下的兴亡！"歌曲让我们热血沸腾，"天下兴亡，匹夫有责"的爱国激情

地下学联骨干之一王盛之烈士。

在我们的胸膛激荡。我们想象着根据地充满着团结战斗精神的一切，被祖国需要是我们的最大光荣。还没有到达根据地，就听到从那儿传来的动人心弦的琼纵军歌：

我们都是中国人民解放军，

我们的队伍日日壮大，

我们一起战斗一起生活，

不分你我快乐笑呵呵！

年轻的心灵需要的就是这种充满生命激情的"不分你我快乐笑呵呵"的生活！在这样的氛围中，同学们不怕艰苦，任劳任怨，与琼纵战友并肩奋战，不惜抛头颅，洒热血。然而，正当在国统区的同学们刚刚庆祝中华人民共和国成立的时候，1949 年 10 月间，从根据地传来了地下学联主

地下学联早期领袖之一陈义侠烈士。

要骨干林云、陈义侠、吴慰君、何天啸、韩惠敏、严雪等被疑为"特务"并被杀掉的消息。起初对这个噩耗大家还是将信将疑：怎么可能自己人杀掉自己人？当时，地下学联的成员都坚信自己的组织是党直接领导下的革命组织，自己的一切活动都是在党的领导下进行的革命活动，加上地下学联的主要成员陈义侠出生于革命老区琼山塔市，他的家庭是革命的老堡垒户，很多革命干部，包括冯白驹在内，都曾在他家隐蔽、食宿过，他的家从1934年以来一直是共产党党政机关的长驻地，他本人曾当过抗日儿童团团长，他的母亲在大革命时期就是坚定的革命者，正是这种革命家庭背景，滋养着他早早成为学生领袖。他的重要职责，就是受共产党的委派发动、鼓励、组织青年学生参加革命队伍，许多青年如邢浪平、邢远、王进、欧敏等都是由他推介，并从他的故乡塔市走进革命队伍的。这样的一个青年怎么可能是特务，怎么可能被自己的队伍杀害呢？严雪还是一名烈士遗孀，她是一名幼儿的母亲，她英勇的事迹在家乡到处被传扬，她怎么可能也是特务？在国统区的冯万本们召开紧急会议研究，最后的结论是：这是国民党反动派为了阻止进步学生参加革命而捏造出来的谣言。这么一分析，他们更坚定了对琼崖党组织的信任。

然而，悲剧正以不可想象的惨状在琼崖革命根据地的中心——海南白沙县毛栈乡——琼崖区党委和琼崖临时人民政府所在地上演着。

悲剧为什么发生

事情的起因看起来很简单。根据原琼崖区党委和海南公安史的文字材料，1949 年七、八月间，琼崖纵队女英雄刘秋菊因吃过饭后出现拉稀、肚痛、不久便死亡的事件，琼崖纵队领导层因刘的特殊身份而对此高度重视。是山中蚊虫传播的疟疾还是食物中毒？或者是敌人放的毒？时值国民党以十倍于中共的兵力围困根据地的严酷时期，关于特务的传闻也很多。怀疑的结果竟是有特务放毒，疑点首先落在一个年仅 13 岁的小公务员身上（这和前面冯白驹和李英敏所做的检讨相一致，笔者注）。于是，"在琼崖区党委的领导下，首先在琼崖党政军领导机关各部门，有计划、广泛、深入地开展了群众性的反特斗争。在追查中，有一'小鬼'（十二、三岁的小公务员）承认自己是特务，进行过放毒、偷窃子弹等活动。琼府三个女炊事员也承认自己做特务，施放毒药，还'检举'了从海口来参加工作的一批学生：云振中、罗平、林书岭、林云等。在新华分社工作的王励志同志在酷刑下被迫承认他在泰国参加特务组织；印刷员李爱珠承认在东区被引诱参加特务组织，是受林碧霞指导的，还有万真、何天啸等……"（资料来自《椰岛学海洪波》）可怜这些还不知道特务是会置人于死命的小孩和女人，在严刑拷问下，竟然供出了一连串的特务。

"在获得上述承认、交代、检举揭发的材料之后，琼委（即琼崖区党委）认为进入解放区的特务分子大多数是'府海中上学校学生联合会'之学生中布置来的。"他们认为：地下学联是"借学联之名，收罗青年学生入会，施以特务训练，并利用地下学联左的招牌与我党组织联系，打进我革命队伍中来，利用其会员的社会地位，以进步民主人士的面孔出现，对我政府假献殷勤，取得信任，进行特务破坏活动。"

"于是，琼委立即组织核心专案组，把'府海中上学校学生联合会'当为'反共会'的特务组织，'立案侦破'。"

当年琼区党委在《关于反特工作给华南分局和中共中央的报告》中，也明确地认定："学联是被敌人特意组织以进行特务活动的机构"。

马来西亚共产党员、琼纵文工团作曲家吕子明回忆了他被疑为特务的过程："也正是 1949 年 8 月反特高潮，有一天，文工团的领导患疟疾，疑有人下毒药，乃将 12 岁的公务员六精拘留审讯。政治部领导人下令全体文工团员排队，让六精指认谁是特务并指使他放毒的。六精看了半天，指不出，在审讯者的一再追问下，最后指了我。他根本就不知道我的名字，只是我因公事曾批评过他一次，给了他一个反感，并捏造说我曾在合作社买糖给他吃，收买他投毒的。我当场被扣留审讯，后被转送警卫室监禁，双脚加镣，遭受毒打，后成为'特务组织'劳改班的班长。"

原海南区党委组织部一位负责人对被他审讯的'犯人'更是露骨地说："区党委处理特务案件，不问事实根据、时间、地点，只要你向组织坦白；不坦白就要施肉刑，再不坦白，就是顽固不化，就要从肉体上消灭。"原琼崖公学校长史丹说："……在严刑逼供、指供、诱供的威逼下，有些同志在'免吃眼前亏，留得生命在，海南即将解放，学联问题肯定会弄清'的思想支配下，违心地承认自己是特务，把所参加过的革命活动、所说过的革命言论都倒过来写'坦白书'，以迎合审讯者的要求。"

在酷刑逼供之下，案情迅速扩大，不到半个月，进山的琼崖地下学联成员全部"落网"，并在短短的时间内草率定性。1949 年 8 月 24 日，是琼崖革命史上蒙羞的日子。琼府司法厅召开宣判大会宣布"琼崖地下学联是伪装进步学生的特务组织，林云是司令、头子。"

地下学联领袖之一、吴慰君烈士生死相依的情侣林云。

林云被定为"特务头子"事出有因。刚进山不久，出身知识分子的林云曾向琼纵领导同志建议："队伍中不要说粗话、脏话，要组织学习文化、学理论，要搞读书运动，以提高全体队伍的文化理论素质。"没有想到这个建议竟在某些领导的心头埋下祸根，被认为是林云"看不起革命队伍"、"是贬低领导威信，是骄傲自大、打击领导"的罪证，于是，林云被打得遍体鳞伤，不能动弹。幸存者唐冠雄（原地下学联组织部长）几十年后回忆说，临刑前，林云已经不能行走，他的双脚双手被铐住，双臂中间有一根木棍穿过去，看起来好像是村里人准备拿去杀掉的狗，叫人不忍回望。而他的爱侣、琼崖师范学生领袖之一的吴慰君，一个秀丽端庄才情横溢的女子也在这一天被行刑。那天，她美丽的双眸被蒙上一块黑布，她白皙的脸庞伤痕斑驳。当她听人悄悄说她的情侣林云已经被打得动弹不得时，一向温文尔雅的她大声地要求揭去那块蒙冤的黑布，好让她看一看爱人最后一眼。其时，他们的爱情结晶已经在慰君的肚子里三个月。悲剧发生前，林云和慰君依偎在一起，想象着自己的孩子将是迎接海南解放的最好的礼物……可是，此刻，他们已经被革命队伍判为死刑！慰君要求见林云最后一眼得到准许。持枪者回忆两人相见时，失声痛哭，高喊着："冤枉啊！"其声之凄烈，却不能感动主办案者失去理性的良知。

幸存者访谈：自由树的血迹

这是吴慰君 18 岁时的留影（见下页）。照片上这位满怀救世情怀的学生骨干，为了追逐理想而上了党组织的断头台。她出生于一个和睦幸福之家（详情见《五层楼的海上旧梦》）。父亲吴坤瑞 12 岁到香港谋生，经过多年艰苦奋斗，终于在香港创办一家"新华印刷公司"和一家饭店。20世纪 40 年代，他回海口在海口最高的五层楼开办海南较早的胜利大戏院，苦心经营着电影业，是旅港和海口商界的知名人士之一。论实力，他不是

1948年，风华正茂的吴慰君。

海南最大的，但这位识字不多但颇具胸怀的海南文昌人却一生克己奉公，倾心于公益事业。他不为子女购房置业，自己也常穿着旧衣服，却将长期省吃俭用所积累下来的5000多块大洋，在临高和舍地区买下了115亩地，献给中台小学作为学田，接济贫困子弟免费上学。父亲这一义举在少女吴慰君的心中留下了不灭的印象，滋养了她淳朴高洁的情操。在琼崖师范学校读书时，她总是尽量控制自己的生活开支，把父亲每月给她安排的生活费压到最低，把省下来的那部分帮助同学解决燃眉之急，许多同学因为得到她的帮助得以继续求学下去，她也从帮助别人中体味到快乐。让同学们久久追忆的是，这位家境富裕又乐于助人的慰君姑娘，无论读书成绩还是艺术课程均属上乘，她用小楷写的周记诗心独运，更可见慰君的蕙质兰心！

一个善良而关注社会进步的孩子在那样的年代自然而然会走上革命的道路。翻开吴慰君在琼崖师范读书时的周记，她写道："作为现代青年，每个人都要具有纯洁的心去为大多数人谋幸福，毁掉一种制度，建立一种新制度……用革命与自由代替不义和夺掠，让博爱的光辉普照世界，这是青年人的理想。"怀着这样的理想，这位出门怕黑、看不得母亲杀鸡的善良姑娘，于1948年年底，在党组织的安排下，瞒着自己的亲爱的双亲，顾不得拿上简单的行李，投奔琼崖纵队，准备将自己的一生献给海南人民的解放事业。

2004 年 2 月，吴慰君的弟弟吴多旺告诉笔者：有一个细节很能说明姐姐纯真善良的本性。母亲知道去意已定的女儿没有带上被褥，便到处打听消息，她终于找到可以将一床金山被毯寄到根据地的人。姐姐收到后，将这张精美的被毯剪成四块，将三块送给没有被子的战友，抵御住了冬夜山里的寒气。

和我们在革命小说中常见的情节一样，作为富家子弟加革命演说家的林云（详见《五层楼的海上旧梦》）和热心社会变革的吴慰君在发动学生参军参政、讲述革命道理的过程中建立了感情。林云，文昌罗豆人，琼崖地下学联前期领袖人物，1948 年年底，他是最早进入琼崖解放区参军参政的骨干之一。他的父亲是海口白宫酒店总经理，生活条件优越。在战友的眼中，林云喜欢穿白色的西服，白色的皮鞋，俊逸洒脱，一派诗人气质；慰君的温文尔雅，大家闺秀的涵养，在革命队伍中真的很惹人注目。在国统区，林云的洋派为地下工作做了最好的掩护，他的敏捷和善辩让他成为海南青年学生的先知先觉者。然而，在那个冤屈的时刻，面对自己为之倾心的队伍和左的路线执行者，他却只能饮恨身亡！

在这一天同时和林云、吴慰君饮弹而亡的还有何天啸等 14 位同志。这位以鲁迅为人生榜样，曾无数次将犀利的笔锋投向敌人的铮铮汉子，在被捕时，他还在为海南、为中国即将到来的美好前程构想。他和难友们从被捕到行刑，仅仅 7 天时间，其办案之草率，视生命如草芥，叫人难以置信！而同一时间，从北区的文昌、琼山等地，又传来枪决地下学联骨干及其成员的消息：陈义侠、曾粤泉、严雪、周正绳、林野、吴续子、王盛之等同志在自己人冰冷的枪口下，喊着"共产党万岁！"应声倒下。直到生命的最后一刻，他们对共产党的信仰依然不动摇，而却被自己所投奔的队伍夺去了活泼泼的生命！

其实，在这场悲剧中，16 岁的女生罗平是被宣布为被枪毙的第 15 个。50 多年来，这位从枪口下逃生的女生不愿意向人说起这段叫人惊悸胆寒的一幕。根据罗平女士回忆，在刑场上，当枪声响了第 14 响，下一个将是她时，她的脊背发凉的一瞬间，突然一声"枪下留人！"罗平奇迹般地生还。原来，当主办案者李英敏向坐镇的冯白驹介绍被杀者的简历，最后一个是罗平，当说道："罗平，原国民党万宁县长的女儿"时，很少插话的琼纵政委黄康打断说："国民党县长的女儿也来参加革命？这个不要杀吧？"就这样，绝望中的罗平保全了生命，从血腥的刑场上被押到监牢，送进劳改班。但是，那命运交关的一幕成了心头永远的噩梦。"别再问起她，今天她能出来就不容易了。"这次聚会的组织者冯万本先生善意地提醒我。在前文所叙的 2003 年 8 月 24 日的聚会上，罗平老人不愿意再回忆起那一切，似乎是"人平无语，水平无流"，她想尽一切办法埋藏那一段记忆。但是，她能做得到吗？

2003 年 5 月 6 日，海口五公祠。当我对一名亲眼看见罗平被行刑时的琼纵老首长、《红色娘子军》琼剧作者吴之先生，喟叹革命的无情与复杂，生命的脆弱如游丝时，这位身经百战的老人似乎在笑我的幼稚无知："学联死这 30 多个人算什么？在 1931 年的肃反扩大化中，仅独立师就处死 200 多名干部，有不少是顶好顶好的指挥员啊，最后，母瑞山上才剩下 26 个人，琼崖革命遭受了最严重的损失。对此，冯白驹是有过深刻的检讨的。"革命是为了获得精神的自由，生命的尊严，可革命的过程为什么如此残酷？如果一个革命者都认为死了几十条人命不算什么，那我们如何做到前事不忘，后事之师？根据有关档案材料，冯白驹曾在肃反扩大化的自我检讨中说："当时处在严酷的斗争环境中，对革命队伍内部出现叛徒极度仇恨，一个党组织遭到破坏，一支部队的损失，一次战斗的失利，常常由个别叛徒的出卖而造成。因此，一旦有敌情发生，我们便恨之入骨，非要一下子把队伍内搞得干干净净不可……"这一段话为后人理解革命的残酷提供了一种注解，也对一生追寻自由解放、领导琼崖革命 23 年红旗不倒的领袖人物冯白驹多了一层理解。然而，面对十多年后的琼崖地下学联案，我们又该说些什么呢？

林辉烈士（前排左一）与战友们的合影。

　　这是林辉（前排左一），他永远也不会对着人们微笑了。1949 年 11 月，他和冯万本同时被关在解放区的监牢（其实是茅草房）里，监牢在夜里失火，被关押的人全部被烧成黑炭，这位性情温和、意志坚定的林辉就在其中。冒着生命危险急匆匆赶来解放区的"特务头子"冯万本，如自投罗网的飞蛾，立即被党组织抓住。然而非常巧合的是，就在那天晚上，冯万本被押离那间几小时后便失火的监牢，到解放区司令部接受审讯，这一小小的临时变动让他逃过了死神的劫持。人们认为"特务头子"的冯万本必死无疑，消息传到他家乡，哭成一片的家里人已经为他设灵牌，准备墓穴……

　　事情到此，想探询事件真伪、从国统区送情报到解放区的冯万本，这才知道所有可怕的传闻都是千真万确的了。现在，共产党的监牢里又多了地下学联的几位骨干：为准备迎接解放军过海、刺探敌人"伯陵防线"的地下学联主席冯万本以及唐冠雄、邢国华、林道俭、吴俊、潘波等20多名成员，成了这座特殊的监牢里的重要犯人。

纯真至爱已不在　夜半依床暗自伤

这是另一个叫人不忍描述的美丽而单纯的女孩。她纯真灿烂的笑容让人不忍相信她已在最好的年华死在自己热爱的一群人手中。她的身世她的遭遇，她永远定格在21岁的青春脸庞，让人对已逝的悲剧难以释怀。"她被枪杀的时候肚子里还有一个孩子啊，他们实际上是一枪杀了两个人啊。"2003年8月，当笔者终于和她的来自香港的弟弟在海口见面时，这位年近70岁的男子忍不住压抑多年的眼泪。"姐姐走时我才12岁，我正在琼崖公学读书。突然我也被看管起来，可那时候我并不知道姐姐已经惨死了。"说起自己的姐姐，这位永远是12岁的弟弟久久难以平静，姐姐在他的心里也永远是美丽善良的模样。姐姐叫韩惠敏，1928年生于泰国曼谷。父亲韩元，原籍海南文昌，母亲是泰籍华人的后裔。这是一个开明进步的家庭，她的家是爱国进步人士常常开会联络的地点，父母曾资助过琼崖革命，哥哥韩成光也是爱国革命组织的成员。"华侨是革命之母"，孙中山先生曾高度评价了华侨对中国革命的巨大贡献。1948年夏，琼崖纵队为了争取东南亚华侨的支持和经济上的援助，指派琼纵干部陈克攻到泰国等地发动海外的进步力量资助琼崖革命，并组织进步青年回国参军参政。年仅20岁的韩惠敏和哥哥成光说服了亲爱的母亲，在陈克攻的带领下，和陈起能、黄彪、林勇等人一起踏上归乡的路途。

这是一个热情奔放、能歌善舞的漂亮姑娘。她的酷爱体育，更让她显得轻盈活泼。1948年9月，正值琼崖纵队政治部文工团要成立，惠敏参加了组团的工作，负责歌舞的基本训练。副团长郑放（后任团长），一位英俊潇洒、为人厚道的归侨青年，深深地爱上了惠敏姑娘。几十年后，被牵入学联案的舞蹈家邢浪平仍记得当年这位可爱的姑娘给大家带来的歌儿：

故乡在何方？

故乡在何方？

母亲啊我在战场，

风霜雪夜摸索着向前进，

饥饿寒冷样样当……

文工团的成员大部分是来自东南亚的归国侨生，他们演出的节目，多数是海外带回来的或自己创作的，比如《青春舞曲》《船歌》《唱春牛》《马车夫之恋》《五里亭》等。文工团的生活是艰苦的，他们除了行军打仗，还肩负着战地鼓动、激励革命军民的任务。惠敏一张口就是一些曲调优美的好歌，她还教给大家许多革命歌曲，与其他团员一起表演《小二黑结婚》《兄妹开荒》等，文工团活跃着她年轻的身影。1949 年 3 月，已经调回琼崖公学的郑放在琼崖公学校长史丹的主持下，在厨房里加了几个菜就算是给郑放和惠敏举行了婚礼。

仅仅过了 6 个月，正当惠敏哼着歌儿准备排练下一个节目时，她娇小而健美的身躯被套上了粗大的绳索。她被人当做肃反对象。事后人们疑惑：为什么带她回国的陈克攻没有站出来证明她的革命身份？难以想象这位单纯善良、同情人间疾苦的姑娘被套上绳索的那一刻的心情。她被定性为"特务"，原因仅仅是："她在海外生活得那么舒服，为什么回来跟我们一起过艰苦危险的生活？准是敌人派遣的特务！"（根据谢光的回忆材料）那时，离她回国仅仅 1 年 3 个月，她 21 岁的生命里已经孕育了 3 个月的另一个小生命！

1949 年 9 月下旬，在琼崖民主政府所在地五指山红毛，群山环抱，绿

曾经阳光灿烂的烈士韩惠敏。

水悠悠。20多岁的郑放眼看着自己的爱妻被押上刑场。他已经哭昏过去。他不能接受这场从天而降的人间惨剧。据琼崖纵队老战士吴之的回忆：那一天他刚好从前线归来，正巧碰上是韩惠敏的行刑日。冯白驹、黄康、陈克功等琼纵领导人正在刑场听取主办案者李英敏对"死刑犯"的情况介绍。至今仍在他脑海里萦绕的一个细节是，临刑前，惠敏忽然脱下那双雪白的皮鞋，将它们整整齐齐地放在一棵树底下。她光着脚丫子，一步一个小脚印，向前方走去……"她为什么要脱下那双白鞋子？"我长长地叹了一口气。"谁也来不及知道她的心事啊。"吴老说，那天围观的百姓特别的多，他们以为枪杀的是国民党呢！那里伫立着一棵老榕树。许多人都记得那凄惨、凄切的场景，记得那双白色的鞋子：它们到底装着姑娘的什么秘密，她的爱人就在身旁，她却来不及跟他诉说？吴之记得那一天惠敏穿着一件从泰国带回来的浅蓝色翻小白领上衣，下身是一条崭新的素色长裤。她看起来还是一个稚气未脱的南洋中学生的模样，那双在树底下静静等待着什么似的白鞋子，给人们留下了永远悲伤的记忆……

痛不欲生的郑放从此变得沉默。身为文工团团长的他从此不再唱歌，他已经变成另外一个人。据他的战友们说，他因为在惠敏被杀的时刻失声痛哭，被组织上认为立场不坚定，新中国成立后他一直得不到真正的重用。他在海南文化局任副局长，可一直他都是副职。今年（2004年，笔者注），郑放先生已经80多岁。而惠敏永远是21。他写给惠敏的诗是他对惠敏的不灭的怀念，是对一个时代的反思，是对那场本不该发生的悲剧的一种刻骨记忆：

生聚老榕仍苍苍，

死别幽梦已茫茫。

年来妄念消磨尽，

夜半依床暗自伤。

　　就在烈士们长眠地下 4 年之后，1953 年琼崖地下学联冤案终于得以平反。然而，这场冤案的影响范围之广，后果之严重，在解放初期党中央团结一切进步民主力量和海外华侨的大背景中形成了强烈的对比。尤其在东南亚的华侨中，当初热心支持琼崖革命，而今痛失儿女、亲人者，他们的悲伤和抱怨从何叙说？被牵连此冤案者，有一半是新马泰的侨生，他们都正处于豆蔻年华，才华横溢，满怀着对祖国解放事业的美好愿望。然而，冤案的发生却让人匪夷所思，令人难以接受。"刑讯逼供，是历代反动统治阶级司法活动的一个重要特点，是奴隶主阶级、封建地主阶级和一切法西斯主义者用来镇压广大热闹群众的一种最野蛮、最残酷的手段。它同我国人民民主专政的政权性质是根本不相容的，是我们党历来反对的。……"（《发扬学联精神，牢记历史教训》刘泽第执笔）然而，不可掩盖的是，琼崖纵队在地下学联问题上所犯下的无法弥补的错误。被卷入学联案的归国侨生邢浪平说："在解放在即的时刻，解放大军已经在并不遥远的海峡对岸呼唤，为什么要如此迫不及待地处置事关生命的问题？是主办案者李英敏个人的素质在起作用还是我党我军中左的思想流毒难以清除？事件过后将所有的细节都综合起来，那种草率、愚鲁、褊狭所催生出来的文化上的野蛮已经到了令人发指的地步！冯白驹 23 年红旗不倒，其主旋律是鲜丽的，但一忆及学联冤案，他所听取的主办案者李英敏的错误报告，却又让人难以言说。今天旧事重提，并不是要追究任何人的责任，关键是，我们要懂得反思，在我们处理有关生命的事情时，要慎之又慎啊！"

50 多年后的今天，当年的学联成员已经是白发苍苍的老者。近些年，为了在海口金牛岭烈士陵园拿到一块纪念墓地，冯万本、唐冠雄、罗平、吴多旺、吴多吉仍要冲破一些阻力，不遗余力地奔走着，终于，他们的行动得到海南省委宣传部领导和相关部门的支持，并批准在金牛岭公园为死难的 31 名烈士设立纪念墓，以供后人瞻仰并汲取历史的沉痛教训。在金牛岭烈士墓前，那绿色的墓碑上闪耀着的几个金色大字"琼崖地下学联革命烈士墓"，碑的背面是陈辞恳切的碑文，昭示着历史的深刻教训，寄托着生者无限的哀思。

在烈士墓前，我看到了献给他们的一本书。正文之前我读到了学联烈士麦堂正新中国成立前赠给战友的一句话：

自由树常常要拿烈士和暴君的血去灌溉，那才是它的天然肥料。

这令我十分心惊！

……

原版后记

深夜来临，我近海的家涛声隐约涌动，两年多来拜会过的那些老人的面容，在潮声中渐次闪现，他们所讲述的故事使我体验到了更丰富的人生；对浮沉在过往时代一群人的命运，让我有了一份难于释怀的关切，对那些远去的灵魂有了莫名的牵挂。这些风烛之年的老人，我的世界已经和他们的紧紧联系在一起，不仅因为他们是我的忘年交，还因为他们心中有着一部和我们不一样的活的历史，不一样的记忆。这些记忆随着岁月的流逝渐渐淡化，在宏大叙事遮蔽下的个体命运和历史的真实几乎掩埋在过往的烟尘中，成为极少数人心灵的隐秘。近年来，随着城市研究、人文地理、往事记忆的重新进入人们的视野，对往事的追怀已经变成链接过去、复活以往时代以及发掘人文资源的重要手段，而和老照片连在一起的个人历史，更是让人直观地看见曾经上演过的历史一瞬，并以此来对抗遗忘。

2002 年 3 月，我所供职的《海南日报》家庭版开辟"似水流年"专栏，我有幸成为该专栏的主要作者。从《海口名媛吴玉琴》在报纸上连载开始，我尝试着用自己的生涩之笔，去再现业已埋没的人与事。想不到，该专栏图文并茂的风格和充满历史感怀的文字得到了读者的热切关注，并得到来自同行和专家、学者的鼓励与支持。于是，便一发而不可收，进而加入到对地方人文历史的挖掘整理工作。2004 年，作为国内有影响的读物《老照片》杂志（山东画报出版社出版），连续 4 期刊登了我的文章，其中的《繁花凋落黎明前》更是引起读者的注意，并引发了一些评论，该文在网上也传播甚广。2005 年年初，山东画报出版社决定结集出版我的《似水流年》主要文章，于是，便有了本人第一部口述历史作品集《有多少优雅可以重现》。

感谢《海南日报》的领导和同人给予我的关心和支持，感谢我所在的文化生活部主任鹿玲和编辑们对我写作的指导和关心。因为有了《海南日报》这个平台，才有了这些年在"似水流年"上的专栏文章，才有了这本书。此外，我还要特别感谢著名作家韩少功先生一向对我成长的关心，他的序言对我是一种激励和启示；感谢《天涯》杂志社社长孔见先生，他对本书所做的评价让我对今后的写作不敢有丝毫的怠慢；感谢陈秀云女士为我搜集整理有关资料。还有从未谋面的知名青年学者傅国涌先生，他最先在《老照片》上发表的评论激励了我写作的信心；著名评论家何西来先生、蔡翔先生、单正平先生以及台湾知名新闻文化人高信疆先生等也曾对我的写作给予指点和鼓励，并提出许多修改意见，在此一并致谢。我尤其要感谢所有接受我采访的先辈们和他们的家庭成员，他们卸下了诸多思想包袱，敢于直面人生，他们的真诚袒露和热切期待使得我的这些文字能够源源不断地从历史的烟尘中清晰地显露出来。

蔡葩

2005 年 2 月于海口

再版后记

在一个碎片化阅读的时代，一部十年前出版的小书获得人民出版社再版的机会，这是一件让人多么欣慰的事！回想 2005 年 6 月，我的口述历史作品集《有多少优雅可以重现》由山东画报出版社出版了。海南岛上的名媛和归侨学子，流落海南的末代格格，支持抗战的国医……他们跌宕起伏的命运，他们的光荣与梦想，总是与国运一起升腾与坠落，让人感慨唏嘘。山东画报出版社推出拙作不久，台湾的诚品书店也很快上架。在 2005 年 7 月的当当网新书排行榜上，《有多少优雅可以重现》名列前茅，一部关于南洋、关于海南的新书吸引众多读者的眼光。其时，央视《半边天》栏目制片人张越老师正在主持"2005 女性记录"，我因此书而进入了她的视野，成为该栏目的报道人物。12 月央视一套播出《抢救历史的女记者蔡葩》《格格 美女 新娘》两集的专题报道，第一次将海南女性群像和南洋风情推到全国乃至海外观众面前，《有多少优雅可以重现》无意中引起了人们对民国海南和南洋文化的热切关注，令人始料不及。

可以说，是我的老人们将我从海南岛带出去，见识更广阔的世界，行走在活的历史之中，思索人在历史长河中的位置。为了寻找他们当年的足迹，我沿着他们下南洋的线路，一路寻访南洋各国，重新获得新的感悟，得到诸多的帮助。十年后当我来到台北诚品书店时，我因此书而结缘了海南籍台北姑娘巧贞。她的爷爷 1949 年来自海南，我书中所叙的人物命运勾起了他爷爷那一辈人深沉的记忆，台湾读者对该书的认可让我再次感到口述历史工作的价值与意义。

时光飞逝，《有多少优雅可以重现》竟然已经出版了十年！当年接受我访谈的老人大多离开了人世，仍健在的，亦是耄耋老者，岁月的无情谁也挡不住啊。好在我们有口述历史，有文图记录，多少能挽住一点他们曾经的流光与背影，总有人不能忘记那些业已模糊的记忆。2015 年 4 月，受北京大学海洋研究院和北京大学东南亚学研究中心的邀请，我到北大做一场关于"口述历史与南洋文化的挖掘和写作"的演讲，一张张老照片的背后是一段段南洋往事或民国人物故事。从《海口名媛吴玉琴》《格格遗事》《文化大师陈序经》到《五层楼的海上旧梦》《繁花凋落黎明前》《何碧玲与何家大院》等等，我的讲述对象几乎都有一个"南洋"身份。他们无论男女，年轻时候几乎都闯过南洋，都与南洋有着一段难以割舍的生命经历。我的写作被韩少功先生称为"找回南洋的开端"。从个人深入到一个大家族，深入到一个大时代，个人、家族与时代是紧密相连的。可以说，复活这些沉潜的南洋往事，已成为此生不可放弃的责任。

2015 年 3 月，人民出版社任超副社长到访海南省作协，在一次聚会上，他关注到我的海南文化与南洋题材的创作，《有多少优雅可以重现》被推荐到他的跟前，拙作的再版得以进入人民出版社的计划。在新媒体时代，纸质的出版越来越困难，读者的口味越来越挑剔，在此情况下，人民出版社依然郑重地通过了再版选题，《有多少优雅可以重现》终于得到再版的机会。

十年匆匆过去了，作者的经历与思索都发生了变化，但是，为了留有口述历史的原貌和价值追问，我对原文除了修订谬误，增加某些内容，补充一些图片外，并不作实质性的文字改动。值得一提的是，韩少功先生一直关注本人南洋文化题材的写作，他所赐予的《再说找回南洋》，是他对原版序文的补充，也收录于再版书中，有助于读者理解南洋文化的深层意义，在此要特别感谢韩少功先生的真诚支持。

《有多少优雅可以重现》付梓之时，时间已跨入到 2016 年春天。在此，真心感谢任超副社长对海南文化的关心与支持，感谢我的责任编辑薛晴老师、魏士博女士认真细致地阅读原稿，并提出诸多宝贵意见，让拙作日趋完善；另外，我的工作得到家人和朋友、同事长年默默的支持，借此再版机会，在此一并感谢！

蔡葩于海口碧雅苑

2016 年 3 月 6 日星期日

责任编辑:薛岸杨
文字编辑:魏士博
责任校对:阎　宓
封面设计:孙　昊

图书在版编目(CIP)数据

有多少优雅可以重现/蔡葩 著. —北京:人民出版社,2016.7
ISBN 978－7－01－016389－5

Ⅰ.①有…　Ⅱ.①蔡…　Ⅲ.①故事-作品集-中国-当代　Ⅳ.①I247.8

中国版本图书馆 CIP 数据核字(2016)第 143064 号

有多少优雅可以重现
YOU DUOSHAO YOUYA KEYI CHONGXIAN

蔡　葩　著

人民出版社 出版发行
(100706　北京市东城区隆福寺街 99 号)

北京兴湘印务有限公司印刷　新华书店经销

2016 年 7 月第 1 版　2016 年 7 月北京第 1 次印刷
开本:787 毫米×1092 毫米 1/16　印张:19.25
字数:260 千字　印数:0,001－5,000 册

ISBN 978－7－01－016389－5　定价:47.50 元

邮购地址 100706　北京市东城区隆福寺街 99 号
人民东方图书销售中心　电话 (010)65250042　65289539